茅盾研究
八十年書系

錢振綱 · 鍾桂松◎主編

翟德耀◎著

50

走近茅盾

花木蘭文化出版社

國家圖書館出版品預行編目資料

走近茅盾／翟德耀 著 — 初版 — 新北市：花木蘭文化出版社，
2014〔民103〕

序14+ 目2+218 面；19×26 公分

（茅盾研究八十年書系；第50冊）

ISBN：978-986-322-740-3（精裝）

1. 沈德鴻 2. 中國當代文學 3. 文學評論

820.908   103010662

中國茅盾研究會《茅盾研究八十年書系》編委會

主　編：錢振綱　鍾桂松

副主編：許建輝　王中忱　李　玲

特邀顧問：

邵伯周　孫中田　莊鍾慶　丁爾綱　萬樹玉　李　岫

王嘉良　李廣德　翟德耀　李庶長　高利克　唐金海

茅盾研究八十年書系
第五十冊

ISBN：978-986-322-740-3

走近茅盾

本書據中國文聯出版社 2001 年 3 月版重印

作　　者　翟德耀
主　　編　錢振綱　鍾桂松
總 編 輯　杜潔祥
副總編輯　楊嘉樂
編　　輯　許郁翎
出　　版　花木蘭文化出版社
社　　長　高小娟
聯絡地址　235 新北市中和區中安街七二號十三樓
　　　　　電話：02-2923-1455／傳真：02-2923-1452
網　　址　http://www.huamulan.tw 信箱 hml810518@gmail.com
印　　刷　普羅文化出版廣告事業
初　　版　2014 年 7 月
定　　價　60 冊（精裝）新台幣 120,000 元

走近茅盾

翟德耀　著

作者簡介

翟德耀，曾用筆名翟耀、魯鋒等，男，山東萊州人。1946 年生，大學文化。《山東師大學報》（人文版）編輯部副主編、編審，山東師範大學文學院兼職教授、碩士研究生導師。中國茅盾研究會常務理事，山東省茅盾研究會常務副會長。主要從事中國現當代文學、文藝學的輯輯、教學和研究，著有《茅盾前期文學思想散論》（合著），《中國現代紀遊文學史》（副主編）、《心靈之約：「名人的友情」（主編）等，發表文章 200 餘篇，獲山東省社會科學優秀成果獎 9 項。

提　　要

　　本書主要由 4 個專輯組成：（1）茅盾早期的新女性觀及其與時代女性。上世紀 20 年代初期，青年茅盾發表了上百篇關於婦女解放的文章，集中探討了婦女運動的方方面面，形成了鮮明的「女性的自覺」的新女性觀，與後期小說中所創造的帶有現代獨立意識的「時代女性」形象系列達到了內在的契合。（2）茅盾早期的新文學觀與俄國文學。茅盾確立「表現人生、指導人生」的現實主義文學觀，與接受外國文學特別是俄國批判現實主義文學是密切相關的，從「足救時弊」出發，茅盾高瞻遠矚，取精用宏，在窮本溯源的追尋和廣泛深入的比較中作出了終生的選擇。（3）茅盾與新文學的民族化和現代化建設。茅盾一向注重新文學的民族化和現代化，在 40 年代前後關於「民族形式」的論爭中對民族形式乃至民族風格發表了相當透辟的理論見解，主張民族化和現代化的統一。（4）茅盾散文和歷史小說片論。旅日散文濃郁的主體意識，三四十年代散文的社會意識，散文體式的多樣化，構成了茅盾散文的個性特徵，而歷史小說的苦心營構，則不失為一種有益的嘗試。

序

朱德發

　　喧囂浮躁的環境，追名逐利的氛圍，是對人文學者的巨大心理考驗。誰若能耐得寂寞，頂住誘惑，視「追求學問、探索眞理」爲終生的價值根基，那麼，不論在什麼崗位，也不論扮演何種社會角色，誰就能以自己的聰明才智開關學術園地，結出碩果，以充實人類積累起來的文化寶庫。翟德耀同志從 30 年前踏進大學校門便游進了書海，逐漸與學術研究結下了不解之緣，任憑風雲怎麼變幻，不管角色如何移位，總是堅定不移地守住內心的「學術情結」，憂在學術，樂在學術，至今癡心不改。即便周圍的壓力再大，環境的誘惑再強，他也毅然決然地在學術領域不息地耕耘，不停地追求，不斷地進擊，以實現自我的學術理想。唯其如此，他不僅以有份量的研究成果一次次獲得省社會科學優秀成果獎，而且以身在編輯崗位而被遴選爲碩士研究生導師的事實證明了自己的學術實力。

　　德耀並非那種性格外露、好表現自我的研究者，也不是那種故作高深、故弄玄虛的研究者，而是穩健紮實、論說有度的研究者。雖然他不是專職從事教學和研究，主要時間和精力用在《山東師大學報》（人文版）的編輯工作上，但幾十年來卻始終沒有鬆懈對學術的苦心追詢，沒有消解學術探討的激情。他在工作與科研中較好地處理了三種關係：

　　一是學報編輯與學術研究的關係。學報編輯與學術研究看似矛盾，解決不好會顧此失彼，而德耀卻把二者有機地統一起來了。編輯工作不僅能不斷擴大學術視野，充實調整知識結構，提高話語操作能力和文字表述能力，提高辨識學術水平的眼力，還能及時瞭解學術研究現狀和動態，洞察學術研究的薄弱環節，尋找研究的突破點，從而形成自己的問題意識和研究課題。通過有針對性的、超越性的研究，德耀不僅拿出了一批塡補性的科研成果，而且增長了才智，提高了編輯水平，形成了以編刊帶科研，以科研促學報的良性循環。

　　二是宏觀研究與微觀剖析的關係。在學術研究中，德耀既重視宏觀研究，又重視微觀剖析，他將二者辯證地結合了起來。他的不少論文，都能體現出他在宏觀研究方面的才能和優長，從思維的高度和論證的力度，反映出了他所具有的高屋建瓴、駕馭全局的學術視界和概括能力。注重微觀研究，則體現在他對文本解讀的優勢，其藝術感悟之敏銳，主題挖掘之深刻，人物分析之細微，語言闡述之準確，形成了他的作品賞析或文本解讀深微紮實、圓熟老道、穩健出新、別開生面的文格和文風。正由於他重視從文本、從資料入手的微觀剖析，使他的宏觀把握能牢牢地紮根於微觀研究的堅固基礎之上，論證的實證性與抽象的思辨性達到了統一。

　　三是研究領域的面與點的關係。德耀的研究領域是由面到點，即從人文社科領域的廣泛涉獵到中國現當代文學學科，再從現當代文學學科聚焦到茅盾其人其文上。後者是他 20 年研究的一個重點和興奮點，介入較早，又堅持不懈，發表了一系列有學術質量的茅盾研究成果，使他成爲在茅盾研究領域取得可觀成就的學者。

　　本書選取的 20 多篇文章，都是在學術刊物上發表過的，經過了歷史的考驗，也經過了讀者的檢驗，是言之成理、論之有據的有深度也有力度的成果。雖是論文結集，但由於緊緊圍繞幾個專題展開，按照一定的邏輯框架組合在一起，是可以看作一本學術專著的。它沒有枝蔓，沒有水分，結結實實，沉沉甸甸，有相當的學術含量。

　　這本專著，集中了德耀對文學巨匠茅盾幾個側面的探討和研究，呈現出他對茅盾研究的思考。在百年中國文學的滄桑歷程中，茅盾創造的各種樣態的文本，都帶有元話語性質，具有無限的闡述空間；儘管在評價上出現了較大分歧，但只要以一個學者的起碼良知和求實態度去研究，評高評低都是學術研究的正常現象。令人難以接受的，是那種出離文本的隨意貶損，那種隨風而去的嘲罵之論，似乎「把茅盾這位巨匠罵倒了，他這個學術巨人就站起來了」。這是不可取的。德耀對茅盾其人其文的研究從不盲目跟風，隨波逐流，從不墨守成規，固步自封，從不頭腦發熱，任意妄斷，而是「努力於吸納新觀念、新思潮、新方法，盡可能完備地佔有研究資料，取精用宏，求眞務實，言之有據，持之有故」（見《後記》），這種實事求是的思維模式和科學的治學態度，貫穿於他關於茅盾研究的全過程。通過對茅盾帶有元話語性質文本的闡釋，形成了他關於茅盾研究的獨特話語和學術優勢，具體體現在以下四個

方面。一是 80 年初他就注意從比較的視角研究茅盾與俄國文學的關係，探討茅盾為人生文學觀和現實主義創作傾向及其淵源，不僅起步早，而且有一定的開創性。二是 80 年代初就關注茅盾譯介外國文學的活動，探討茅盾譯介外國文學的特點，為新時期一度掀起的翻譯並吸納外國文學的熱潮提供了歷史之鑒。三是從原典原作入手，對茅盾的新女性觀、婦女解放理論、婚戀觀以及在小說中所塑造的「時代女性」形象系列，從不同的角度進行了系統而深入的研究，特別是以文化人類學和審美文化學所作的理論闡釋和心理透視，既有論述的深度，又有理論創見，從理論與文本的結合上，把茅盾在這個領域的思想建樹和藝術營構的研究提高到新的水平。四是茅盾對中國文學的現代化與民族化既有理論上的探索也有文本上的建構，而學界很少有人從現代化與民族化的互動關係切入來研究茅盾對中國新文化建設所提供的寶貴經驗，德耀在這方面的研究是下過較深功夫的，獲得的學術成果具有開拓性的理論價值和實踐意義。此外，德耀對茅盾歷史小說的研究起步早，對茅盾散文的探討既有獨特的視角又有自己的新發現。

總之，雖然不能說本書所有的論文都是創新和開拓之作，但總體上卻顯示出相當高的學術水準、新穎的思想風貌和明睿的智慧風采以及銳意求新而又嚴謹紮實的治學之風。

德耀既有思維的優勢又有創造的潛能，既有知識的積累又有堅韌的毅力，既有開放的視野又有學術的自覺，相信今後在茅盾研究、中國現當代文學研究乃至其他人文學科的研究上一定會奉獻出新的理論碩果。

是為序。

2001 年 3 月 4 日

茅盾：走在時代前面的文學巨擘

（代自序）

公元 1996 年 7 月 4 日，「紀念茅盾誕辰 100 週年大會」在北京人民大會堂隆重召開。當李瑞環等黨和國家領導人在主席臺上就座的時候，當李鐵映在講話中對茅盾（1896-1981）的文學道路、文學思想和文學貢獻作出高度評價的時候，會場上爆發出一陣陣熱烈的掌聲。看到坐在身旁的老中青幾代蜚聲文壇的文學家們共聚一堂，看到他們臉上發自內心的那份投入和激動的表情，我的心情難以平靜，思緒像潮水一樣開始奔湧開來。

——100 年，在人類歷史的長河中是短暫的，但對個人來說卻是漫長的。人生 70 古來稀，這句俗語在今天也許不那麼妥貼了，可是百歲壽星畢竟還是罕見的。高齡如茅盾，在這個世界上也只是生活了 85 個春秋。有多少人身後默默無聞，無聲無息地湮沒於浩茫的歷史長河之中啊。可以說，能夠被後人記起的為數不多，而能夠像茅盾這樣被隆重紀念的更是寥寥無幾。如此高規格大規模的盛會，人們可以想到的有魯迅誕辰 100 週年紀念，有郭沫若誕辰 100 週年紀念。這一事實本身，不是很能說明些什麼嗎？

——20 世紀是一個風雷激蕩的世紀，也是一個需要巨人而且產生了巨人的世紀。而茅盾，就是文學界乃至文化界的巨人之一。還在茅盾誕辰 50 週年的時候，王若飛同志就代表黨中央稱他是「中國文化界的一位巨人」，指出：「他所走的方向，為中國民族解放與中國人民大眾解放服務的方向，是一切中國優秀的知識分子應走的方向。」1981 年，胡耀邦同志代表黨中央在茅盾追悼大會上所致的悼詞中，蓋棺論定他是「我國現代進步文化的先驅者、偉大的革命文學家和中國共產黨最早的黨員之一」，讚譽「他同魯迅、郭沫若一

起，爲我國革命文藝和文化運動奠定了基礎」。人生一世，能夠像茅盾這樣貢獻於社會、造福於人類並且爲人民所高度評價者，也當死而無憾、含笑而去了。

——茅盾 60 年的文學生涯，不僅著作等身，留下了卷帙浩繁的包括 112 部著作和 28 部譯作在內的 1200 萬字的精神財富，而且扶持和培養了一大批作家。從 20 年代到 80 年代初，冰心、丁玲、沙汀、蕭紅、姚雪垠、茹志鵑、楊沫、陸文夫、馮驥才等幾代作家，都受過他的支持和關懷。據統計，茅盾一生評論過的作家竟達 313 人之多。作爲在新文學園地裡長期耕耘的園丁，茅盾被陳白塵稱作「20 年代作家的朋友，30 年代以至七八十年代之間一代又一代作家們的導師」，證諸史實，實不爲過。不然，懷念茅盾，何以文學界會出來如此眾多的文學家？茅盾在文學界的凝聚力和影響力之大，實在是罕有人及的。

……

七月流火。「紀念茅盾誕辰 100 週年大會」精神如縷縷清風，吹拂著人們的心田。老作家陳沂感慨萬端：「文壇不能忘記茅公。」是的，對於茅盾這樣的新文學巨擘，怎麼會忘記呢？文壇不會忘記，讀者不會忘記。無論你對茅盾小說的風格是否喜歡、是否認同，你都不能不承認茅盾作爲一種現實主義小說流派的代表所產生的巨大影響和所取得的巨大成功。只要不是囿於非理性主義和唯美主義的眼光，而是堅持歷史的和美學的批評尺度，堅持真善美的標準，那麼，你就會對茅盾作出公正客觀的評價。

就人生的智慧而言，茅盾更是不同凡響。如同張光年在紀念茅盾誕辰 90 週年大會上的講話中所指出的：「如果說，一個民族的一定時代的精神文明與智慧水準，總是以這個民族與時代的精神領域、思想領域的傑出人物爲代表，那麼，茅盾同志和一些同時代的傑出的英雄志士、思想家、科學家、文化巨人、文化大師一起，毫無疑問是 20 世紀中華民族精神文明與智慧水準的當之無愧的優秀代表。」〔註1〕信哉斯言！作爲 20 世紀中華民族智慧的優秀代表之一，茅盾是被廣泛認同的。茅盾的智慧，突出地表現在他的文化業績特別是文學業績上，表現在他對人生道路若干機遇的把握中，表現在他畢生追求共產主義理想的崇高品格裡……

〔註 1〕 《茅盾 90 誕辰紀念論文集》，作家出版社 1987 年版，第 5 頁。

時代潮流漩渦裡的弄潮兒

歷史進入 20 世紀，中華民族面臨著從未有過的生存危機。為了救亡圖存，振興中華，由先進的知識分子們發其端，於 1919 年前後掀起了波瀾壯闊的五四新文化運動浪潮。在這一時代潮流中，青年茅盾意氣風發，銳意進取，投身於洶湧澎湃的飛湍漩渦裡，搏擊急流，叱吒風雲，在思想文化、政治革命和文學理論等領域均卓有建樹，成為走在時代前面、領一代風騷的思想家、革命家和文學理論家。

1916 年 8 月，20 歲的茅盾從北京大學預科班畢業，因緣時會地到了現代都市上海，在商務印書館謀到了一份適合自己發展的工作。離開學校走上社會，是人生道路上的一大轉折，一大選擇。所幸的是，茅盾有一位能幹的母親。知子莫若母。是母親一手安排了茅盾的前程，使他避免了在人生十字路口的徘徊。商務印書館是當時的文化重鎮，知識之府，儘管不乏官場遺風，但茅盾憑著自己的學識和才幹，很快地適應了環境，工作得輕鬆自如、遊刃有餘。起初，茅盾在編譯所英文部批改所屬「英文函授學校」學生的英文課卷，一個多月後，由於致信總經理批評《辭源》而被商務當局發現用非其才，遂調國文部與一位老編輯合作編譯《衣》、《食》、《住》等書。次年 7 月，助編《學生雜誌》，譯介科幻小說，撰寫《學生與社會》等雜誌社論，以及《履人傳》等。涵芬樓古今中外的大量藏書和各種期刊，特別是聲名很大的《新青年》，使他大開眼界，並進一步激發了他的寫作興趣，《時事新報・學燈》、《解放與改造》、《婦女雜誌》、《東方雜誌》等報刊開始經常發表他的譯作和文章。1920 年，《小說月報》半革新，茅盾主持「小說新潮」欄；次年，主編《小說月報》，實行全面改革，大力反對舊文學，倡導「為人生」的新文學……僅僅幾年時間，作為職業編輯的青年茅盾即在中國最大的出版機構裡脫穎而出了。他的工薪年年增加，從開始時編譯最低級 24 元起，到 1921 年月薪 100 元，短短 5 年光景，走過了常人幾十年的路程。即便 1923 年茅盾辭去《小說月報》主編之職，也還是被挽留在商務工作，而且待遇不菲。直至 1926 年茅盾以全部精力和時間投身於大革命運動之中時，這才結束了商務生涯。在茅盾的人生旅途上，商務 10 年可說是第一個階段，是為其一生的事業奠定基礎的輝煌階段。然而，如果青年茅盾僅僅囿於職業編輯的份內工作，像其他編輯那樣安分守己，那麼，充其量也只能成長為在館內有所影響的編輯家而已。茅盾的成功卻決不止於此。身在編輯崗位，胸懷天下大事，奮發自立自強，

敢為他人之先，這才是茅盾取得多方面成功的根本原因所在。要而言之，茅盾這個階段的成功有以下幾點。

思想大變動漩渦中的搏擊者。茅盾步入社會之時，正當中國思想文化界開始大吐大納、吐故納新之際。各種文化思潮紛至沓來，澎湃激蕩，在與傳統文化的撞擊中消漲沉浮。青年茅盾感受著時代潮流的衝擊，面臨著重大的選擇。是在民主主義、人道主義、進化論思想上徘徊不前，還是走向馬克思主義？當時，馬克思主義還只是作為西方的一個學派被介紹的，那時的思想界未免魚龍混雜，很難分清什麼是最先進的思想武器。然而，青年茅盾出於「革新思想」以實現人生價值的內在要求，經過一番深入的探索和比較，經受了十月革命勝利的震撼，五四新文化運動的洗禮，很快投向了馬克思主義。特別是 1920 年 10 月經李漢俊介紹參加上海的共產主義小組後，在著手翻譯《美國共產黨宣言》、《國家與革命》（部分）等重要文獻和撰寫《自治運動與社會革命》等重要文章中，在傳播馬克思主義的同時接受了馬克思主義。在 1921 年 1 月發表的《家庭改制的研究》中，他明確聲明「我是相信社會主義的」；在 1922 年 5 月的一次講演中，更公開宣布自己已經找到了一條可以把終極希望放在上面的路子，這就是「馬克思底社會主義」。青年茅盾選擇最先進的思想體系，把實現共產主義作為畢生的奮鬥目標，決定了他在思想文化領域必須同無政府主義、工團主義、封建主義等形形色色的社會思潮進行持久不懈的鬥爭，必須在任何情況下都是馬克思主義堅定的宣傳者、捍衛者，是思想鬥爭漩渦裡的搏擊者。茅盾的一生，正是如此。

政治鬥爭核心裡的一分子。作為中國共產黨最早的 50 多名黨員之一，茅盾不僅在思想理論方面作了大量的宣傳工作，而且為黨的建設和發展作了許多重要的實際工作。黨成立之後，茅盾即成為直屬中央的聯絡員，轉送各地黨組織給中央的信件。同時，在黨辦的平民女校、上海大學兼課，培養革命力量。1923 年 7 月，茅盾當選為上海地方兼區執行委員會委員兼國民運動委員會委員長後，政治活動日益頻繁，不久又改任該組織秘書兼會計，並和向警予一起分管婦女運動。1925 年「五卅」運動中，茅盾和瞿秋白等人冒著生命危險走上南京路參加遊行示威，表現了一個共產黨人英勇無畏的革命精神。在商務印書館的大罷工鬥爭中，茅盾作為領導者之一，始終站在工人一邊與資方談判，直至取得罷工的勝利。1926 年 1 月，茅盾以代表身份參加了

在廣州召開的國民黨第二次全國代表大會，會後被組織留在國民黨中宣部任秘書，協助代理部長毛澤東工作，接編《政治週報》。中山艦事件後，茅盾奉命回上海工作，任國民黨宣傳部上海交通局代主任、主任，並兼國民黨（左派）上海市黨部主任委員。1926 年 4 月初，茅盾辭去了商務印書館的工作，一度成為職業革命家。本是擬任的浙江省政府秘書長職務因時局變化未成事實，旋被委任為中央軍事政治學校武漢分校政治教官。幾個月後，又出任《漢口民國日報》總主筆……這裡略述茅盾建黨後至第一次大革命時期所擔負的實際工作，意在說明茅盾決非一介搖筆桿子的文弱書生，而是在黨的領導核心裡從事政治活動的革命家，特別是「五卅」運動後，更是以飽滿的熱情和戰士的姿態置身於大革命的滾滾洪流中，在廣州和武漢的大洪爐、大漩渦裡縱橫馳騁，大顯身手，顯示了宏大的政治抱負和傑出的政治才幹。

文學革命運動中的主將。青年茅盾在文學革命運動中的貢獻，莫過於主編並改革《小說月報》的壯舉和倡導現實主義文學的業績了。《小說月報》本來是舊文學的重要陣地，已有 10 年之久的歷史，但在新文化運動的衝擊下出現了生存危機。為此，年輕的茅盾繼 1920 年對其中的一個欄目改革之後，次年即進行了全面改革，驅逐「禮拜六派」於刊物之外，吸納文學研究會同仁為基本作者隊伍，使《小說月報》成為名聞遐邇的新文學園地。在這塊園地裡，與「禮拜六派」「遊戲的消遣的金錢主義的文學觀念」相反，高揚的是為人生的現實主義文學大旗。茅盾主張文學應當「表現人生、指導人生」，應當「表現社會生活」，「擔當喚醒民眾而給他們以力量的重大責任」……由此，也就和「禮拜六派」結下了深深的怨仇，從而展開了為人矚目的論戰。由於茅盾在《自然主義與中國現代小說》中義正辭嚴的批判，招致了「禮拜六派」的反撲，他們串通商務當局的保守勢力，對茅盾施加壓力，但茅盾寧折不彎，寧可辭去《小說月報》主編職務，也決不妥協，並且在離職前又連發了幾篇尖銳抨擊「禮拜六派」的文章。同時，對於復古主義的「學衡派」，茅盾寫了《文學界的反動運動》等多篇文章予以反擊，和魯迅等人一起，堅決捍衛了新文學運動的健康發展。另外，由於在對文學與社會關係上的觀點不同等原因，茅盾與新文學陣營中的「為藝術」派的創造社也發生了很有規模的論戰。通過論戰，茅盾的文學思想日臻完善和成熟，至 1925 年即由「為人生」的文學觀發展為「為無產階級」的文學觀，此後更是明確主張革命現實主義文學了。

偉大的革命文學家

轟轟烈烈的大革命運動驟然失敗，給志在通過社會政治革命以救國救民的茅盾以沉重的打擊。和黨組織失去聯繫後，茅盾「不得已而舞文弄墨」，專注於文學活動，走上了職業文學家的道路，創作了大量的作品，成為一代現實主義文學大師。

茅盾的文學活動始於對外國文學的譯介，以文學評論貫串終生，而以 20 年代末至 40 年代末的文學創作特別是小說創作的成就與影響最大。據統計，茅盾介紹的外國作家作品和文藝思潮流派的文字（不包括翻譯文字）約 200 萬字，窮本溯源地探討了從古希臘、羅馬直至 20 世紀初葉西方的各種文藝思潮流派，從而使介紹者形成了世界性、現代性、選擇性的文學視界；文學評論包括文藝思想的評論與文藝運動、文藝創作規律和經驗的總結以及現代作家作品的評論等在內的文字約 300 萬字，內容十分豐富，具有鮮明的實踐性、針對性和指導性；文學創作包括小說、散文、戲劇、兒童文學、詩詞等共有文字約 500 萬字，其中小說 300 萬字，包括長篇 7 部、中篇 8 部、短篇 54 篇。茅盾的小說以鮮明的藝術風格和巨大的影響力，確立了作者在中國新文學史乃至世界文學史上無可替代的地位。

在茅盾的小說中，最有影響的是《蝕》、《虹》、《子夜》、《春蠶》、《林家鋪子》、《腐蝕》、《霜葉紅似二月花》等。這些小說成功地創造了包括靜女士、慧女士、孫舞陽、章秋柳、梅女士等在內的時代女性形象系列，包括吳蓀甫、趙伯韜、孫吉人、朱吟秋、林老闆等在內的大小資本家形象系列，包括胡國光、曾滄海、馮雲卿、趙守義等在內的地主形象系列，以及老通寶、趙惠明、錢良材、婉卿等其他一些人物形象。如此林林總總的人物形象，具有極為豐富的歷史容量，真實地反映了幾十年來中國社會發展的歷史風貌，諸如五四運動、五卅運動、大革命運動、抗日戰爭等都是作為人物活動的社會背景甚至是主要舞臺展現的，這就使茅盾的小說從總體上帶有像巴爾扎克小說那樣的編年史性質，具有史詩性、時代性特徵。與熱衷於寫身邊瑣事、杯水風波的作家不同，茅盾注重於正面地全景式地展現紛紜複雜的社會矛盾和人物命運，善於細膩地多層次地表現人物的內心世界，從而形成了自己的藝術風格。

最能代表茅盾藝術風格的作品是《子夜》。《子夜》以宏大的規模、恣肆的文筆，近距離地描寫了 30 年代初現代工業都市上海錯綜複雜的社會關係，塑造了吳蓀甫等人富有文化內涵的典型性格，揭示了中國社會經濟結構變遷

的內在原因，提供了一軸色彩斑爛的巨幅畫卷。作家以一種冷靜清醒的態度，從廣闊的歷史背景和眾多的矛盾糾葛中展示人物的性格和命運。作品以吳蓀甫為軸心，圍繞吳、趙鬥爭及其所衍生的複雜關係，沿著興辦工業、公債市場和農村變動三條情節線索交叉運行，縱橫捭闔，氣勢恢宏，從而在重大的社會政治經濟衝突中刻劃了一系列人物形象，大大豐富了中國新文學的人物畫廊。

王若飛同志指出：「茅盾先生的最大成功之處，正是他的創作反映了中國大時代的動態，而且更重要的是他創作的中心內容，與中國人民解放運動是相聯繫的。」〔註2〕這是茅盾作為革命現實主義作家的基本特徵。出於強烈的社會責任感和歷史使命感，出於以文學改造社會人生和進行審美教育的需要，茅盾總是立足於表現充滿著「善與惡的鬥爭，前進與倒退的矛盾，光明與黑暗的激蕩」〔註3〕的社會生活，力求藝術地揭示生活的本質和光明的前景。如果茅盾沒有對 30 年代初中國社會政治、經濟、文化的本質把握，《子夜》的成功是不可能的。

茅盾小說的藝術風格當然是與作家的創作個性分不開的。大致說來，茅盾是一位理智型的作家。這不是說他缺乏激情，而是他往往把激情隱藏在作品中人生畫面的後面，很少激情外露。不過也有例外，《蝕》、《野薔薇》的情感表現就很顯著。但總的說來，他是以理智控制感情的，是偏於理智的作家。這與他內向的性格，自覺的理性思維定勢和求真務實的人生價值觀念密切相關，也與他早期的人生經歷密切相關。早期站在時代潮流前頭的文化活動特別是政治鬥爭的實踐，培養了茅盾的理論家和政治家素質以及嚴謹的科學態度，使他在理論上有學貫中西的學者素養，在實踐上有革命家的豐富閱歷和政治眼光，所有這些，都潛移默化地影響到後來茅盾的文學創作。即以近年來頗受非議的社會分析特色和或有的某種理性化傾向而言，應該說也正是茅盾的創作個性所在。

作為現實主義的一個重大流派的代表，作為特定的社會歷史條件下的產物，茅盾的小說當然有這樣或那樣的可議之處，但總的說來其價值是不容低估的。

〔註 2〕 《茅盾研究資料》（上），中國社會科學出版社 1983 年版，第 466 頁。
〔註 3〕 《茅盾文藝雜論集》（下），上海文藝出版社 1981 年版，第 1014 頁。

「有所為，有所不為」的人生選擇

1945 年 6 月，在周恩來同志的倡導下，重慶文藝界為茅盾 50 壽辰和創作活動 25 週年舉辦了隆重的紀念活動。文藝界籌備會發佈「通啓」說，茅盾有一個最大的特點為人們所不能忘，就是他「有所為，有所不為，他經歷了好些艱難困苦，只因中有所主，常能適然自得」。〔註 4〕柳亞子先生在紀念會上也說「茅盾先生就是『有所為』與『有所不為』的作家」，並指出：「作為文藝家，要的是政治認識，『有所為』是對政治的認識。『有所不為』就是對政治的操守，沒有操守思想就反動落後，對民族無一點好處」。〔註 5〕「有所為，有所不為」是一種很高的人生態度和人生境界，是人生大智慧的體現。茅盾的人生選擇和人生道路，在這方面確實是十分突出的。

茅盾一生的最大心事，莫過於自己的黨籍問題了。我們知道，1927 年 7 月大革命失敗後，茅盾受命經九江參加南昌起義，但因交通中斷，身體不適而滯留廬山，不得已而潛回上海家中，足不出門達 10 個月，從此失掉了組織關係。大革命的失敗，使他痛心疾首，苦悶悲憤，但並未動搖他自 1921 年即確立起來的共產主義信仰。1928 年 7 月流亡日本後，黨中央曾致函中共日本支部考慮恢復茅盾黨籍問題，但因支部成員回國而落空。茅盾回國後，身在黨外，心繫革命。曾於 1931 年向瞿秋白同志提出恢復黨的組織生活的問題，但瞿秋白正受排斥打擊，未得到黨的左傾領導的答覆。1940 年，茅盾攜全家由新疆到延安，打算長留延安，又一次向張聞天同志提出恢復黨籍的要求，黨中央經過慎重研究，認為他留在黨外對革命對人民更有利。茅盾愉快地服從了組織決定，在周恩來的召喚下奔赴國統區從事文化工作。全國解放後，茅盾儘管擔負著文化領導工作，但考慮到共產黨的執政地位，自己不應該分享黨的榮譽，也就長期未再提出自己的黨籍問題。1957 年 11 月訪問前蘇聯，毛澤東主席向前蘇聯領導人介紹宋慶齡、茅盾時，稱為黨外布爾什維克。1981 年 3 月 24 日，茅盾在自知自己病重之際，最後一次鄭重地向黨中央提出了死後追認自己為黨員的問題。他囑咐家人，在自己身後再把這個書面要求交給黨組織。他還是那個想法：他不是為了生前。他所坦露的，是畢生為共產主義而奮鬥的赤誠之心。茅盾逝世的第 4 天，黨中央決定恢復他的黨籍，黨齡從 1921 年算起。這是非同尋常的。茅盾如地下有知，也當為他終於實現 50

〔註 4〕《茅盾研究資料》（上），中國社會科學出版社 1983 年版，第 467 頁。
〔註 5〕唐金海：《茅盾年譜》（上），山西高校聯合出版社 1996 年版，第 708 頁。

多年的心願而欣慰了。

　　茅盾脫黨而一直心向著黨，儘管長期在黨組織之外而矢志不渝，這正是他人格的偉大之處。50多年的人生追求，多少坎坷多少風險，他都泰然處之。唯其如此，黨中央才決定「恢復」而不是「追認」他為黨員。茅盾對共產主義理想的堅定、執著，固然來自他的人生信念，同時也是他人生智慧的結晶。

　　人生道路上總是充滿著矛盾和鬥爭，面臨著機遇和挑戰，如何端正自己的人生航向，把握住轉瞬即逝的機遇，同樣是與個人的智慧水準分不開的。大革命失敗造成太多的矛盾，曾經嚴重困擾著茅盾的心靈，以致他以「矛盾」作為自己的筆名（後經葉聖陶先生改為「茅盾」），但重重矛盾並未阻止他的前進，經過一番深入的思考，他更加堅定地走上了既定的道路。就內心趣味而論，也許在從政還是從文的選擇上，茅盾較注重於前者，但現實無情地打破了他做職業革命家的第一選擇，他只好無奈地做職業文學家了。這一轉變也許不無苦痛，但茅盾審時度勢，畢竟隨遇而安了。從此，中國才得以產生了一代文學泰斗。少了一個政治家而有了一個文學家，對文學界說來不能不說是幸事。平心而言，茅盾其實是適合於做文學家的。大革命前在文學理論方面的煌煌業績自不必說，走上職業文學家道路的巨大建樹更是明證。在談及作家應有怎樣的素質時，茅盾在《創作的準備》中稱：「偉大的作家，不但是一個藝術家，而且同時是思想家——在現代，並且同時一定是不倦的戰士。他的作品，不但反映現實，而且針對著他那時代的人生問題和思想問題，他提出了解答。在他作品的藝術方面，除了他獨創的部分外，還凝結著他從以前時代的文化遺產中提煉得來的精髓。在偉大的作家，是人類有史以來的全部智慧作為他的創作的準備的。」集思想家、革命家和文學家於一身，以人類的智慧豐富自己的頭腦，是現代中國社會所要求的大作家，茅盾也正是這樣的大作家。這是時代的選擇，也是歷史提供的機遇。只有站在時代的制高點上，洞察歷史風雲的極少數人，才會抓住這樣的機遇。所以說，茅盾大可不必為未能成為大政治家而歡惋，歷史的選擇也許更能發揮他的優勢和長處。與茅盾的文化心理素質多有相似之處的瞿秋白，在生命的最後時刻坦陳自己做政治領袖是「歷史的誤會」，而他本是「愛文藝」的，言下不勝悵然。相形之下，真該為茅盾慶幸了。

　　法國科學家巴斯德有句名言：「機遇只偏愛那些有準備的頭腦。」這是不錯的，茅盾成長為文學家的「準備」，還可以追溯到少年時期所受家庭環境的

影響，吳越文化的薰陶。這只要看一下他在小學作文中所反覆表達的「大丈夫當以天下爲己任」的鴻鵠之志，以及被師生視爲未來「了不得的文學家」的文學才分，也就可以略知一二了。無論濟世之志還是文學素養，都是與家庭和地域文化的陶冶分不開的。

（《成功者大智慧叢書・文學卷》，山東人民出版社 1997 年 4 月版）

目次

第 1 輯

茅盾早期的新女性觀

　　1921 年 8 月，茅盾在《民國日報‧婦女評論》上發表文章，旗幟鮮明地提出了「女性的自覺」這一響亮的口號。他說：「現代的女性當自覺是一個人，是一個和男性一般的人。……現在我說『女性的自覺』，只是希望女性從這些『異樣的』『非人的』外殼裡自覺過來，獻出伊『眞人』的我來。」〔註1〕「女性的自覺」集中地概括了茅盾早期婦女解放的思想，成爲其新女性觀的核心。圍繞著這樣一個核心，茅盾早期就新女性的思想實質、倫理道德和實現途徑作了廣泛而深入的探討，建構了迥然有別於傳統觀念的新女性觀。正是在這一新女性觀的燭照下，茅盾從生活積累出發創造的時代女性形象才會那樣內涵豐富，獨具風采。

一

　　「女性的自覺」，從根本上說是人的自覺。在茅盾看來，人的自覺是「女性的自覺」的實質所在，是新女性區別於舊女性的根本標誌，是婦女解放運動的出發點和落腳點；離開了人的自覺，「女性的自覺」是無從談起的。茅盾早期對新女性思想觀念的這一本質性把握，不僅貫穿在其蔚爲可觀的有關婦女問題的評論之中，而且體現在早期小說的創作之中。

　　所謂人的自覺，對於女性來說就是自覺地把自己當作一個人，一個人格獨立、意志自由、具有人的權利的人，從「非人」的地位中解放出來的和男性一樣的人。質言之，就是一個有著清醒的自我意識的人，而不是一個被異

〔註1〕　《茅盾全集》第 14 卷，人民文學出版社 1987 年版，第 232～233 頁。

化的渾渾噩噩的「非人」。對此，茅盾早期作了深入的闡發，顯示了非同尋常的現代意識和眞知灼見。

一是明確主張新女性必須是「解放的婦女」。還在 1919 年 11 月，茅盾即在《解放的婦女與婦女的解放》〔註2〕一文中指出，「欲求婦女的解放，先求有解放的婦女」，「所謂解放，是意志刻苦的精神解放」，「現在要解放，就是要恢復這人的權利，使婦女也和男人一樣，成個堂堂底人，並肩兒立在社會上，不分個你高我低」。在這裡，茅盾強調「解放的婦女」應是在精神上具有人的自覺的、和男人一樣的人。1921 年 1 月，茅盾在《家庭改制的研究》〔註3〕一文中就此作了進一步拓展。作者在相當透闢地評介了西方學派的學說之後，宣稱「我是相信社會主義的」，並肯定了社會主義者關於「女子們應該完全享受男人所得的自由，有絕對的身體上經濟上政治上的獨立資格」的觀點。這就是說，除了思想觀念上的轉變以外，「解放的婦女」還應有身體上的自主權、經濟上的獨立權和政治上的權利，沒有這幾方面的權利，也就不成其爲「解放的婦女」。

二是堅決反對壓制人性，使女性淪於「非人」地位的傳統思想觀念。茅盾認爲，女性的人的自覺，必須掙脫種種精神羈絆，其中首要的是砸碎封建思想的枷鎖。幾千年來，婦女所以處在社會的最底層，就是因爲「在舊禮法底下，婦女不許有自由的意志，不許有知識，不許有自由的行動和言論，被『三從』『四德』等等的信條，束縛得絲毫不能動，一言以蔽之：『人的權利』，剝奪淨盡」。〔註4〕女性只有徹底解除封建思想觀念的束縛，實現人的復歸，才有可能成爲新女性。茅盾清醒地認識到，實現這樣的轉變，固然應該由女子自己解放自己，然而男子思想觀念的轉變也是十分重要的。「人類中的男子對待女子的態度，已有過好幾次變化：最初時期，視女子如神；後來視女子如牛馬奴隸；再後視女子如名花珍鳥……可是從來不曾把女子當作和男人一樣的一個人」。〔註5〕在中國，女子則大致處在被視作「如牛馬奴隸」的階段，對此，男子的責任是不容推卸的。正如茅盾所指斥的：「是男子造出賣淫制度來，叫女子丟臉；是男子做出奇形怪狀的東西來，叫女子好裝飾；是男子做出不通的禮法來，叫女子沒知識沒獨立的人格；是男子造出可惡的

〔註2〕 《茅盾全集》第 14 卷，人民文學出版社 1987 年版，第 63 頁。
〔註3〕 《茅盾全集》第 14 卷，人民文學出版社 1987 年版，第 183 頁。
〔註4〕 《茅盾全集》第 14 卷，人民文學出版社 1987 年版，第 63～64 頁。
〔註5〕 《茅盾全集》第 15 卷，人民文學出版社 1987 年版，第 40 頁。

謊來，叫女子自認是弱者是屈伏者。」〔註6〕所以，伴隨著女子解放而來的，必然是要求男子思想觀念的解放，男子必須徹底摒棄形形色色的歧視女子的思想和行為，徹底根除男權社會中普遍存在的男子中心主義。像茅盾所希望的那樣：「把女子看作和我們完全一樣：我們要尊重伊們的意志，我們要還伊們自由，同時我們也要把從伊們那裡攬來的責任歸還伊們。」〔註7〕女子則應該自立自強：「不肯受強者的欺凌，也不屑強者的卵翼，這樣，方是現代的女子，是覺悟的女子。」〔註8〕社會是由男女雙方共同組成的，只有男女雙方都轉變思想觀念，女性才能實現人的自覺。

三是著重強調了女性人的自覺的合理性和必然性。婦女解放的要求不是憑空產生的，它有著深刻的歷史背景。從根本上說，這是社會物質文明和精神文明發展的必然結果。茅盾在考察了婦女運動發生發展歷史的基礎上，一針見血地指出：「婦女解放這要求」「是根據人類平等的思想來的。因為凡是人類，都是平等的；奴隸要解放，所以那些奴隸（是就中國最舊的男尊女卑觀念說）的婦女也應得解放。」〔註9〕而人類平等思想的提出和倡行，則是近代社會經濟、政治和文化發展的產物。經濟發展了，帶動著上層建築各個方面的變化，人類平等、個性自由、講求科學和發揚民主的要求由此應運而生，並隨之日益高漲。基於這樣的認識，茅盾指出「婦女解放是天經地義的事」，〔註10〕「是外合乎世界潮流，內合乎社會狀況的。決不是少數醉心歐化的人來瞎提倡，也決不是女子想出風頭，實在是為改善我們自己的生活，促進我們社會的進步」。〔註11〕女性有了自我意識，成為「解放的婦女」，自然也就提高了自身的素質，這就勢必會促進社會的進步和發展。從某種意義上可以說，沒有婦女的解放，也就沒有社會的進步。所以，婦女解放的程度是被當作衡量社會進步的重要尺度的。

以上三點，構成了茅盾早期關於女性人的自覺理論的基本內容。在茅盾看來，新女性必須是「解放的婦女」，必須與陳舊的傳統思想觀念徹底決裂，「婦女解放的真意義是叫婦女來做個『人』」。〔註12〕而這樣的要求，又是由

〔註6〕 《茅盾全集》第 14 卷，人民文學出版社 1987 年版，第 206 頁。
〔註7〕 《茅盾全集》第 15 卷，人民文學出版社 1987 年版，第 40 頁。
〔註8〕 《茅盾全集》第 15 卷，人民文學出版社 1987 年版，第 40 頁。
〔註9〕 《茅盾全集》第 14 卷，人民文學出版社 1987 年版，第 63 頁。
〔註10〕 《茅盾全集》第 14 卷，人民文學出版社 1987 年版，第 123 頁。
〔註11〕 《茅盾全集》第 14 卷，人民文學出版社 1987 年版，第 120 頁。
〔註12〕 《茅盾全集》第 14 卷，人民文學出版社 1987 年版，第 90 頁。

社會的經濟基礎所決定和提出的，是社會發展到一定歷史階段必然產生的歷史性課題。茅盾的理論見解，從思想觀念上回答了女性應該是怎樣的人的問題，把握了女性自覺的實質，張揚了「五四」的時代精神，確立了女性解放的方向。

茅盾關於女性人的自覺的理論主張，在他所創造的時代女性形象身上鮮明地體現了出來。《蝕》中的女性形象，無論是熱情豪爽、雄強幹練的周定慧、孫舞陽、章秋柳，還是文靜柔弱、溫和賢淑的章靜、陸梅麗，都或深或淺地打著作家新女性觀的烙印。作為經過「五四」精神洗禮的新女性，她們一出場就有著做人的基本權利和尊嚴，有著程度不同的個性主義意識。她們在思想上有很大的自由度，可以自行選擇自己的信仰；在政治上有一定的自主權，可以和男子一樣參加社會變革；在經濟上有相應的獨立性，可以不受他人左右……她們所面對的，主要是個人與社會的衝突，而不是像「五四」新女性那樣主要面臨的是個人與封建思想的對抗。社會變革中的挫折，大革命失敗後的低氣壓，成為她們進一步解放自己、實現人的自覺的洪爐。參加大革命的人生選擇，把她們的命運和大革命的成敗緊緊地聯結在一起。儘管她們不是革命的中堅、時代的弄潮兒，但是在社會變革中卻能夠和男性一樣發光發熱，而不是置身局外的看客，遠離革命運動的娜拉。起初抱著不切實際的幻想參加大革命也罷，在革命進程中彷徨迷惘也罷，最終被時代潮汐拋擲而擱淺也罷，時代女性畢竟以獨立的姿態走上了社會，置身於大革命運動的全過程，並且在血與火的社會變革中經受了嚴峻的考驗和鍛煉。時代女性所表現的自立、自尊、自強的精神，自我肯定、自我實現的價值觀念，以及對自身命運和出路執著追求的進取意識，是走在婦女解放道路前頭的，也是「五四」新女性所不及的。〔註 13〕時代女性在思想觀念上所張揚的女性自覺意識，無疑有著茅盾早期新女性觀的折射和投影，當然這是經由作家豐富的生活積累這一中介，通過藝術創造得以實現的。

二

確立新的倫理道德觀念如同確立新的思想觀念一樣，是茅盾早期新女性觀的又一基本要求，也是其基本組成部分之一。作為思想開放、卓然不群的

〔註 13〕 參見拙作《現代女性自我意識的張揚和迷惘》，《山東師大學報》1995 年第 6 期。

婦女問題評論家，茅盾早期就此作過十分深入的研討，在徹底否定傳統觀念的基礎上建構了新女性道德觀。茅盾的新女性道德觀，集中表現在戀愛、婚姻和性解放問題上。要而言之，主要有以下幾點。

強調戀愛神聖和以戀愛爲基礎的婚姻。戀愛究竟是什麼？茅盾早期就此作過多次討論和反覆的界說，認識逐步深化。從「所謂戀愛，一定是靈肉一致的」〔註14〕基本看法開始，到「戀愛不是理知底產物，是感情的產物，也可以說是最強烈底感情，亦唯絲毫不帶理知作用的戀愛才是眞的戀愛」；〔註15〕從「戀愛是一個男性和一個女性在既已瞭解雙方的全人格後的兩個靈魂的合一」，〔註16〕「戀愛是兩心交融的情意通過理智的爐鍋後所成的新物；它在情意的交融上又加了一層人格的瞭解，——說得神秘些，是從人格的互證到靈魂的合一」，〔註17〕到「戀愛可說是一種限於兩性間的最高貴的感情，起於雙方人格之互相瞭解，成於雙方靈魂之滲合而無間隙，它的力是至大至剛的，它的質是至醇至潔的，它的來源是人類心靈的最深處」，〔註18〕在僅僅三年多的時間裡，茅盾即對戀愛這一問題進行了如此深刻的探究，達到了如此透闢的把握，賦予了如此美好的詩意，這在 20 年代的學者中是僅見的。茅盾早期戀愛觀的要點在於，戀愛是兩性間情意的交融，人格的契合和身心的合一，從而賦予戀愛以神聖的觀念：「戀愛神聖的意義即謂戀愛是神聖不可侵犯的，爲了戀愛的緣故，無論什麼皆當犧牲。」〔註19〕不用說，這一戀愛觀是以徹底否定中國幾千年來「禁愛主義」的婚戀觀爲前提的。本來「戀愛」在中國是犯禁的，歷來的聖經賢傳從無「戀愛」之說，有的只是帶有被鄙視被玩弄意味的所謂「偷香竊玉」、「風流韻事」而已，戀愛被視作「逾閑蕩檢」的行爲。對於這種扼殺人性的傳統道德，茅盾給予了有力的鞭撻。〔註20〕在他看來，「女子解放的意義，在中國，就是發見戀愛！」〔註21〕戀愛是人世間莊嚴的事情，決不受什麼禮教信條、習慣勢力的制約，爲了戀愛，可以什麼也不顧，可以忘卻美醜之別、貴賤之分，唯其如此，「兩性結合而以戀愛

〔註14〕《茅盾全集》第 14 卷，人民文學出版社 1987 年版，第 254 頁。
〔註15〕《茅盾全集》第 14 卷，人民文學出版社 1987 年版，第 331 頁。
〔註16〕《茅盾全集》第 15 卷，人民文學出版社 1987 年版，第 65 頁。
〔註17〕《茅盾全集》第 15 卷，人民文學出版社 1987 年版，第 66 頁。
〔註18〕《茅盾全集》第 15 卷，人民文學出版社 1987 年版，第 262 頁。
〔註19〕《茅盾全集》第 15 卷，人民文學出版社 1987 年版，第 262 頁。
〔註20〕《茅盾全集》第 15 卷，人民文學出版社 1987 年版，第 62～63 頁。
〔註21〕《茅盾全集》第 15 卷，人民文學出版社 1987 年版，第 324 頁。

為基的，那就是合於道德的行為，反之，就是不合於道德的」，〔註 22〕「戀愛的結合……是人類精神生活之最高的表現！」〔註 23〕在這裡，茅盾把戀愛和婚姻緊緊地聯結在一起，把有無愛情看作婚姻道德與否的唯一尺度，從而為新女性確立了嶄新的婚戀觀。茅盾這一充滿現代意識的主張，可以看作是對他 1919 年從「利他主義」出發的「非戀愛的結婚」觀的反撥，儘管當時他特別說明所說「『戀愛』指性的戀愛」，〔註 24〕但考慮到作者一向認為情愛與性愛密切關聯，因之「非戀愛的結婚」終究是無視了愛情，所以不久即被新的婚戀觀取代了。1923 年，他進而強調說：「我們信奉戀愛教，確信結婚生活必須立在雙方互愛的基礎上，無戀愛而維持結婚生活，是謂獸性的縱欲，是謂喪失雙方的人格！人道主義的美名固然可愛，但我們更愛自己的人格，和對手的人格！」〔註 25〕如此決絕地否定自己以往的主張，從人格高度撻伐無愛情的婚姻，發人深思。

主張新女性應有新性道德。反對舊道德，建構新道德，被茅盾視作婦女解放「緊要中的緊要」〔註 26〕的事，而性道德的重建則是道德重建的關鍵。性的問題本是人類的共同性問題，但是在號稱「禮儀之邦」的泱泱中華卻向來諱莫如深，「正人君子」談性色變，往往將之視作羞於啟齒、有失斯文的淫穢之事。茅盾反其道而行之，以過人的膽識痛下針砭，發人深省。他指出，「性的道德」，男女間相差很遠，「這道德方面的不平等，是第一該解放」。〔註 27〕「舊性道德的堅壘，就大體而言，一是片面的貞操觀，二是夫婦形式主義不可侵犯」。〔註 28〕所謂「片面的貞操觀」，即男子出於自身佔有欲的驅使，要求女子為他保守貞操，甚至在丈夫死後也要妻子為他守節——繼續為他所佔有，而把寡婦再嫁視為下賤之事。貞操觀念本來起始就是禁錮女子的，在中國則愈演愈甚，終成為舊性道德的核心。茅盾對此深惡痛絕，實在是抓住了問題的要害。所謂「夫婦形式主義」，是指無愛情的、不平等的夫妻婚姻是徒有虛名的形式而已，其實質在於像囚籠似的囚禁女子，造成女子的終生悲劇。

〔註 22〕《茅盾全集》第 14 卷，人民文學出版社 1987 年版，第 331 頁。
〔註 23〕《茅盾全集》第 15 卷，人民文學出版社 1987 年版，第 53 頁。
〔註 24〕《茅盾全集》第 14 卷，人民文學出版社 1987 年版，第 59 頁。
〔註 25〕《茅盾全集》第 15 卷，人民文學出版社 1987 年版，第 39 頁。
〔註 26〕《茅盾全集》第 14 卷，人民文學出版社 1987 年版，第 121 頁。
〔註 27〕《茅盾全集》第 14 卷，人民文學出版社 1987 年版，第 128 頁。
〔註 28〕《茅盾全集》第 15 卷，人民文學出版社 1987 年版，第 258 頁。

所以，「舊婚制的可惡，即在它的形式主義。」〔註29〕

為了把女性從備受歧視和壓制的兩性關係中解放出來，茅盾依據人類的「生活條件」決定思想道德的唯物史觀，針鋒相對地提出了建構新性道德的主張：「所謂新性道德，簡括一句話，便是反對片面貞操觀與夫婦形式主義。」〔註30〕就是說，新性道德必須講愛情，必須男女平等，必須在兩性關係中給女子以應有的自主權和自由權。茅盾認為，解除對女性的性禁錮對婦女解放來說是首當其衝的，爭取女性絕對的身體上的獨立資格應置於經濟上政治上的獨立之前。作為新女性，應有自覺的自主意識，應從「人」的高度出發，在完全平等的基礎上和男性共創共守「新性道德」。「所以戀愛神聖與離婚自由實在是新性道德的兩翼：因為要保持戀愛神聖，同時便不能不採取離婚自由；而在此兩性關係正在變化過渡的時代，採取離婚自由便所以實現戀愛神聖。」〔註31〕以戀愛神聖取代片面的貞操觀念，以離婚自由解除無愛情的形式主義的夫婦關係，都是把愛情看作兩性關係的唯一道德尺度的。在這樣的尺度下，「不但強令戀愛者不得戀愛乃為罪惡，即如強令無戀愛者發生戀愛也是不應該的」。〔註32〕戀愛、結婚和離婚，都應出於自願。就離婚來說，無愛情的婚姻自不必說，就是有過愛情的婚姻也會因愛情的消失而發生。在茅盾看來，「一個人有過兩三回的戀愛事，如果都是由戀愛自動的，算不得怎麼一回事。」〔註33〕既然愛情未必是恒久不變的，那麼婚姻的變化也就勢在必行了。婚姻本應是幸福的結合，倘若一定要把無愛情的男女用婚姻的繩索綁在一起，豈非有違婚姻之初衷？所以，儘管茅盾注意到自由離婚會隨之帶來相應的社會問題，但出於這是「歷史的必然」〔註34〕的考慮，出於愛情神聖和女性的自覺的考慮，還是旗幟鮮明地倡導了。茅盾的上述主張，不用說是十分開放的。

反對凌駕於男性之上的女子中心主義傾向。數千年來男性對女性的壓迫和損害，不能不造成女性對男性潛在的對抗甚至敵視心理。婦女解放運動興起之後，隨著婦女社會地位的提高，女性的這種心理也就外化起來。她們或

〔註29〕《茅盾全集》第 15 卷，人民文學出版社 1987 年版，第 263 頁。
〔註30〕《茅盾全集》第 15 卷，人民文學出版社 1987 年版，第 261 頁。
〔註31〕《茅盾全集》第 15 卷，人民文學出版社 1987 年版，第 263 頁。
〔註32〕《茅盾全集》第 15 卷，人民文學出版社 1987 年版，第 262 頁。
〔註33〕《茅盾全集》第 14 卷，人民文學出版社 1987 年版，第 333 頁。
〔註34〕《茅盾全集》第 15 卷，人民文學出版社 1987 年版，第 267 頁。

者「覺得男性都是不道德的，都是狼，而自己呢，都是羊」，〔註35〕而狼總是要吃羊的，男女之間無平等可言；或者認為婦女解放運動就是要把歷來的兩性關係顛倒過來，取男性地位而代之，讓男性服從女性，使女性揚眉吐氣……對此，茅盾一方面表示了寬容的理解，一方面提出了明確的反對意見。他說：「要曉得解放不就是女子效男子的樣，也可以隨便和人發生性欲關係，或也如男子一般，置小丈夫；或也反男子之道而行之，將男子視為滿足女性肉欲的玩物！」〔註36〕又說：「（一）切莫認為運動有階級（男一階級，女一階級）戰爭的意味，因為婦女運動的目的在謀全社會的進步，不是謀一階級的搶到上風；（二）切莫認為婦女運動是有反抗男子、敵視男子、凌駕男子的意味，愛倫凱（Ellen Key）說得好，婦女運動只不過想得到男子所已享有的權利，和男子一般罷了（見愛氏所著 Woman Movenent）；（三）切莫認為婦女運動是有呼喚一切婦人出來到社會上，代替男子的地位，而反荒卻家內正事的意思。」〔註37〕不難看出，茅盾所反對的，是在兩性關係和社會生活等方面的女子中心主義傾向。茅盾所主張的男女平等、互助共進的關係，是一種理想的男女關係，是新女性應有的現代觀念。

茅盾強調戀愛神聖和以戀愛為基礎的婚姻，主張新性道德，反對女子中心主義傾向，從而從倫理道德方面建構了其早期的新女性觀。茅盾關於新女性的道德觀念也在其時代女性的創造中表現出來。實際上，時代女性在婚戀關係和異性糾葛中大膽反抗舊道德的叛逆精神，我行我素、獨立不羈的開放意識，確實也是最為引人矚目的。

慧女士由於純潔的初戀受到嚴重的傷害，即對所有男子開始了報復和玩弄。她「不但結過幾次婚，並且有過不少短期愛人」，但不過是玩玩而已，談不到什麼責任和愛情。對於男子，她「只是憤怒——報復未盡快意的憤怒」。慧女士在兩性關係上完全無視道德規範的態度和對男子的報復思想是失之偏執的，但未嘗不是對女性自身尊嚴和權利的維護，對男子中心主義的挑戰。

從省裡派到縣婦女協會工作的孫舞陽，熱情、奔放，在與異性的糾葛中違世抗俗，玩世不恭，「使許多男子瘋狂似的跟著跑」，並幾乎導致商民部長

〔註35〕《茅盾全集》第 14 卷，人民文學出版社 1987 年版，第 289 頁。
〔註36〕《茅盾全集》第 14 卷，人民文學出版社 1987 年版，第 128 頁。
〔註37〕《茅盾全集》第 14 卷，人民文學出版社 1987 年版，第 159 頁。

方羅蘭原本美滿的家庭破裂。這個被流言說成「見一個，愛一個，愈多愈好」的新女性，性觀念十分開放，與小縣城的封閉形成強烈的反差。她坦然自稱：「我有的是不少黏住我和我糾纏的人，我也不怕和他們糾纏；我也是血肉做的人，我也有本能的衝動，有時我也不免──但是這些性慾的衝動，拘束不了我。所以，沒有人被我愛過，只是被我玩過。」與慧女士玩弄男性動機不盡相同，孫舞陽玩弄男性只不過是自尋消遣而已。這樣的行徑，我們在浮浪的男子那裡可說是司空見慣，但發生在女子身上卻是鮮見的。這不能不讓人聯想到茅盾所批評過的女子中心主義傾向。

被同伴戲稱爲「戀愛專家」的章秋柳，在大革命失敗後的壓抑環境中，一度沉緬於「享受青春快樂」的浪漫生活之中。爲填補時代苦悶病造成的內心空虛，她出入於舞場和酒樓，周旋於圍在身邊的青年男子之間，放浪形骸，自我麻醉。所幸章秋柳並未墮落，「向善的焦灼」最終引導著她在「神與魔」、靈與肉的衝突中戰勝自我，告別過去，「切實地做人」。爲了救治企圖自殺的懷疑主義者史循，她斷然以身相許，自我犧牲，表現了可貴的奉獻精神。她的名言是：「我理應有完全的自主權；對於我的身體，我應該有要如何便如何的自由。」章秋柳以對自己身體擁有的完全自主權，以鮮明的女性獨立性，爲他人也爲自己作了一次有意義的冒險，在付出包括道德代價在內的巨大代價的同時，實現了離經叛道的舉動和人道主義的勝利。

總之，時代女性們在婚戀關係和異性糾葛中表現不一，風采各異，但共同之點是具有驚世駭俗的現代開放性。時代女性道德觀念上的現代開放性，就是茅盾所指出過的特異性，充分體現了女性的自覺意識。[註 38] 當然，時代女性的道德觀，並不等同於茅盾早期的新女性觀。茅盾無意於按照早期對於新女性的理性認識來塑造時代女性的道德觀念，更無意於塑造完美的無可挑剔的女性形象，他只是從所「經驗了人生」的切身體驗出發進行早期小說創作，因而人物形象是鮮活的、成功的。然而顯而易見，時代女性道德觀念上的現代開放性，在許多方面無疑是與茅盾早期的女性觀相通的。

三

女性究竟應該怎樣實現從舊女性到新女性的轉變，婦女解放的道路應該怎樣走，是茅盾早期關注的又一重點問題。爲了正確地回答這一問題，茅盾

〔註38〕參見拙作《論時代女性的基本特徵》，《山東師大學報》1994 年第 6 期。

從不同角度進行探討，開出了一個又一個藥方，認識不斷深化，逐步達到了本質性的把握。

在個人解放和社會解放的關係上，注重於社會解放，認爲社會解放是婦女解放的根本道路。從社會環境決定社會存在的基本認識出發，茅盾探討婦女解放的途徑時，一開始就注意到解決婦女問題不應是孤立的，而必須和整個社會的變革聯繫在一起。他指出，「先要變更我們的社會生活」，〔註39〕婦女運動須「從社會改革入手」，〔註40〕這才能有婦女「眞正的根本的解放」。〔註41〕唯其「婦女問題是社會改造問題中的一部」，〔註42〕而社會改造又決不是一蹴而就的，需要一個很長的歷史過程，所以茅盾主張在致力於社會改造的同時，女性應「先求解放自己」，〔註43〕即實行個人解放。從思想上、道德上、文化上等方面轉變觀念，提升自己，使自己成爲新女性。在茅盾看來，社會解放是婦女徹底解放的根本出路，個人解放是婦女解放的必要準備和重要內容。一方面，「最先切要的是改革現在的社會的經濟組織……因爲什麼禮教等等，還是社會制度經濟組織的產兒；不把產生這產兒的社會制度和經濟組織改革過，而專從思想方面空論，效果很小」；〔註44〕另一方面，也不能坐等社會解放後再來進行婦女解放，即使成效不大，社會解放前的婦女個人解放也不可放鬆。茅盾的這一主張，應該說是辯證的、正確的。

在精神解放和經濟獨立的關係上，強調精神解放。有了經濟獨立性，也就有了婦女解放的基礎，這才會有精神解放，這幾乎是一種共識。然而，茅盾對此卻持有異議。他認爲，從理論上說，「婦女經濟獨立是合理之至不用懷疑的」，〔註45〕西方婦女解放也是首先從經濟獨立起步的，然而，在中國「婦女問題不必定要從經濟獨立做起」。〔註46〕這是因爲，「人類行爲除受生活狀況支配外，實在還有一個最大的力——便是道德思想。像 Gilman 所說『男女的關係實在是經濟的關係』，委實是太忽略道德思想也是在人類社會中占極大勢力，而男女的關係也有多少分是由道德思想定下的。現在社會中男女間的

〔註39〕《茅盾全集》第 14 卷，人民文學出版社 1987 年版，第 66 頁。
〔註40〕《茅盾全集》第 14 卷，人民文學出版社 1987 年版，第 123 頁。
〔註41〕《茅盾全集》第 14 卷，人民文學出版社 1987 年版，第 123 頁。
〔註42〕《茅盾全集》第 14 卷，人民文學出版社 1987 年版，第 126 頁。
〔註43〕《茅盾全集》第 14 卷，人民文學出版社 1987 年版，第 68 頁。
〔註44〕《茅盾全集》第 14 卷，人民文學出版社 1987 年版，第 246 頁。
〔註45〕《茅盾全集》第 14 卷，人民文學出版社 1987 年版，第 244 頁。
〔註46〕《茅盾全集》第 14 卷，人民文學出版社 1987 年版，第 138 頁。

不平等，經濟尚止是一端，其他發源於倫理的不平等，尚是很多。」〔註 47〕
顯然，茅盾是把包括思想道德在內的精神的作用看得更重要。不僅如此，在
1921 年 8 月的《婦女經濟獨立討論》一文中，他又進一步指出，中國農村婦
女經濟要獨立，「最先切要的事是打破舊禮教」；〔註 48〕因爲農村的宗法制，
男尊女卑，造成了男女間極其不平等，家庭中即便女子同男子一樣勞作，也
無經濟獨立可言，所以，「農村社會內的婦女經濟獨立問題全是思想禮教上的
問題」。〔註 49〕可見，茅盾在精神解放和經濟獨立關係上的獨到見解，是基於
對中國婦女所遭受的精神禁錮的嚴重性和實現精神解放的艱巨性的深切認識
的基礎之上的，因而是發人深省的。

在思想道德解放和政治解放的關係中，突出思想道德解放。對於辛亥革
命以來「目的是要求政治解放」〔註 50〕的女子參政運動，茅盾認可是「婦女
運動中的一項」，〔註 51〕但一直持保留態度，認爲「表面的政治改革是不能發
生好結果的」。〔註 52〕經過深入的探討，他指出，「中國婦女的被屈服，完全
是因道德上的失敗」，〔註 53〕「婦女問題該從改造倫理，改造兩性關係入手」，
〔註 54〕而不是從女子參政入手。婦女解放運動「所要求的，不單是參政權，
而且照現在情形講，簡直不用參政權，我們現在所切要的，是道德的改革，
家制的改革，女子在社會上地位的改革」，〔註 55〕一句話，是思想道德方面的
改革。事實上，由於束縛女子的舊思想舊道德根深蒂固地存在著，即便有了
女子參政權，那也無非是幾個上層女子的事，並不能改變廣大婦女被壓迫被
奴役的社會現實；況且，資產階級的代議制也不可信任，所以空談女子參政
權之類的政治改革是無濟於事的。〔註 56〕婦女眞正的政治解放，只有在社會
解放之後，婦女當家做主人才能實現。所謂爭取女子參政權之類的政治改革，
決不應成爲婦女解放運動的鵠的。茅盾的這一主張，無疑是切中肯綮的。

〔註 47〕《茅盾全集》第 14 卷，人民文學出版社 1987 年版，第 136 頁。
〔註 48〕《茅盾全集》第 14 卷，人民文學出版社 1987 年版，第 246 頁。
〔註 49〕《茅盾全集》第 14 卷，人民文學出版社 1987 年版，第 245 頁。
〔註 50〕《茅盾全集》第 14 卷，人民文學出版社 1987 年版，第 122 頁。
〔註 51〕《茅盾全集》第 14 卷，人民文學出版社 1987 年版，第 122 頁。
〔註 52〕《茅盾全集》第 14 卷，人民文學出版社 1987 年版，第 120 頁。
〔註 53〕《茅盾全集》第 14 卷，人民文學出版社 1987 年版，第 121 頁。
〔註 54〕《茅盾全集》第 14 卷，人民文學出版社 1987 年版，第 138 頁。
〔註 55〕《茅盾全集》第 14 卷，人民文學出版社 1987 年版，第 123 頁。
〔註 56〕《茅盾全集》第 14 卷，人民文學出版社 1987 年版，第 123 頁。

綜觀茅盾早期關於婦女解放途徑的上述見解，可知著重點在於女性思想道德觀念的解放，精神的解放，通過社會解放實現人的解放。婦女解放可以從不同途徑切入，但只有走社會解放這條道路，才可以獲得徹底解放。茅盾早期的這一基本觀點，在 30 年代初有了更爲明確的表述。他說：「婦女問題的徹底解決，婦女的眞正解放，須有待於社會組織之根本改造。」〔註 57〕這是因爲當時他進一步認識到，婦女運動儘管進行多年，但由於社會組織的根本改造未能實現，所以婦女「問題是原封不動地擱著」。〔註 58〕在婦女解放的途徑問題上，茅盾的基本觀點是一以貫之的。

茅盾關於婦女解放根本道路的思想，在其早期小說中被時代女性切實地實踐了。感應著時代的召喚，時代女性們熱情地投身到社會變革——大革命運動之中，把自身的解放和社會解放緊緊地聯結在一起。在這場社會變革中，她們經風雨，見世面，既在勝利時體驗到自身的價值，又在失敗後感受了時代的苦悶。社會洪爐的冶煉，使得她們成熟起來。伴隨著社會責任意識的強化，她們的個性意識並未消融，道德觀念繼續開放，在婦女解放的根本道路上進一步實現了女性的自覺。儘管她們在社會解放中有迷惘，有幻滅，但是女性只有走上社會，投身於社會改革之中才能「實現自己」〔註 59〕的昭示，卻是顯而易見的。與後來的某些小說不同，茅盾在早期小說中雖然沒有也無意指示什麼，他只是眞切地描寫了自己所感受的生活，然而唯其如此，作品的內涵也就更爲厚重，更發人深思，這大概就是藝術的魅力所在了。

（《齊魯學刊》1997 年第 4 期）

〔註 57〕《茅盾全集》第 15 卷，人民文學出版社 1987 年版，第 432 頁。
〔註 58〕《茅盾全集》第 15 卷，人民文學出版社 1987 年版，第 426 頁。
〔註 59〕《茅盾全集》第 15 卷，人民文學出版社 1987 年版，第 309 頁。

茅盾在婦女解放運動中的理論貢獻

　　在中國婦女解放運動的歷史進程中，早期共產黨人茅盾作出過重要的貢獻。然而，由於茅盾一向以文學家著稱於世，他早期的社會活動和政治活動並未引起人們足夠的重視。事實上，本世紀 20 年代，青年茅盾不僅在文學界聲名遠播，而且在思想文化界也卓有建樹。茅盾對婦女解放運動的關注和參與，特別是從理論上所作的深刻闡發，就是其中的一個重要方面。從最初抱著興趣於 1919 年發表第一篇婦女評論文章起，到 1921 年作為「婦女評論社」社員而經常在《民國日報》副刊《婦女評論》上刊登文章，到 1922 年與胡愈之等人發起成立「婦女問題研究會」，一直到 1923 年作為中共上海地方兼區執委會委員一度與中共中央婦女部部長向警予一起主管兼區所轄的上海、江蘇、浙江的婦女運動，到開始置身於轟轟烈烈的大革命洪流之中，在六七年的時間裡，在緊張繁忙的文學活動和實際的社會政治活動的同時，茅盾竟發表了 100 餘篇專論婦女解放的文章，其數量之大，可以說罕有其匹。不僅如此，作為婦女解放運動真誠的參與者而不是局外一般的同情者，擔負著實際責任和義務的指導者而不是隨波逐流的附合者，站在新文化運動前沿的研究者而不是婦女運動情況浮光掠影的介紹者，茅盾的視野之開闊，觀念之先進，對婦女運動歷史和現狀把握之透闢，對婦女解放的根由、目的、任務和途徑等內涵的認識之明確，都是少有人能夠與之比肩的。應該說，青年茅盾可以當之無愧地被稱為中國婦女解放運動的理論家。其理論主張，大致可以從以下幾個方面作出概括和說明。

婦女運動發生論

婦女解放運動的發生有著深刻的社會文化背景和多方面的原因。研究和指導婦女運動，不能不首先就此進行探討。對此，茅盾聯繫國內外婦女運動的歷史和現狀，通過深入的思考，著重從婦女應有的人的權利、新思潮的影響和社會生活的變化等幾個方面作出了切中肯綮的解說。

其一，婦女運動的發生是改變婦女非人的社會地位所要求的。號稱禮義之邦的中國，由於長期蒙受封建禮教和封建思想的禁錮，婦女淪入社會的最底層：「在舊禮法底下，婦女不許有自由的意志，不許有知識，不許有自由的行動和言論，被『三從』『四德』等等的信條，束縛得絲毫不能動，一言以蔽之：『人的權利』，剝奪淨盡；現在要解放，就是要恢復這人的權利，使婦女也和男人一樣，成個堂堂底人，並肩兒立在社會上，不分個你高我低。」〔註1〕茅盾進而指出，「幾千年提倡吃人禮教的結果，社會的全部倫理體系都是中了毒的；所謂『道德』，都是吃人精神的結晶，所謂『禮義』，都是騙人自騙的虛文。」〔註2〕這是對封建倫理道德的本質性把握，是對婦女失去獨立人格和尊嚴的深刻剖析。正是所謂「夫為妻綱」、「男尊女卑」等千古不變的綱常名教，造成了婦女奴隸般的悲慘處境。而婦女既然成了家庭中的奴隸，成了男子的附屬物，那麼其在政治上、經濟上、文化上應有的權利也就更無從談起了。在這樣的歷史背景下，豈不是如茅盾所說「婦女解放是天經地義的事」〔註3〕嗎？

其二，婦女運動的發生是世界新思潮影響的結果。歐洲文藝復興以來，人文主義思潮洶湧澎湃，自由、平等、博愛的旗幟高揚，個性主義、人道主義成為衝決中世紀專制統治的強大思想武器。在這樣的文化背景下，婦女運動也就應運而生。正如茅盾所指出的，「婦女解放這要求」「是根據人類平等的思想來的。因為凡是人類，都是平等的。」〔註4〕從西方世界看，婦女運動經歷了一個歷史的演進過程：最早是英美上層婦女要求參政權的運動，繼之是美國婦女要求享受高等教育的運動，再後是歐洲大陸北歐幾個國家婦女要求婚制改善的運動，以至到本世紀歐美各階層婦女「包羅教育、經濟生活、

〔註1〕 《茅盾全集》第14卷，人民文學出版社1987年版，第63～64頁。
〔註2〕 《茅盾全集》第14卷，人民文學出版社1987年版，第250頁。
〔註3〕 《茅盾全集》第14卷，人民文學出版社1987年版，第123頁。
〔註4〕 《茅盾全集》第14卷，人民文學出版社1987年版，第63頁。

婚姻家庭、社會服務四大條的婦女運動」。〔註 5〕西方人文主義思潮和婦女運動影響所及，國內的婦女運動自辛亥革命發其端，至五四新文化運動蔚成大潮。茅盾指出，兩相比較，民國元年的婦女運動重在要求婦女參政權，即政治公開，男女平等；而五四時期的婦女運動則重在自由，重在改變婦女的「被征服者的地位」，「解放婦女也成個『人』」。〔註 6〕顯然，這其中烙印著鮮明的「人的發現」和「人的解放」的時代精神，是以「人的解放」爲本位的深層次的婦女解放運動。而馬克思主義婦女運動學說的引進，蘇聯實行婦女解放的巨大感召力，則給婦女解放運動注入了新鮮的血液，使之與勞動婦女的解放乃至社會的解放緊密地聯結在一起了。

其三，婦女運動的發生是「社會生活」發展到一定歷史階段的必然產物。唯物史觀認爲，生產力的發展推動著社會的進步，有什麼樣的經濟基礎，就有什麼樣的社會形態和社會文明，而婦女解放的程度則是衡量社會文明的重要尺度之一。在這方面，茅盾的認識十分清醒，曾多次作過反覆的闡述。他說，「凡是一種改革，一定要跟著時勢走，不能專靠思想方面的提倡」，「這婦人問題也是這樣來的」，母系家庭爲原始社會生活所決定，父權制由封建社會生活所決定，而近代的婦女解放運動則由工業革命所決定。〔註 7〕大工業生產摧垮了家庭手工業，迫使大批的家庭婦女走上社會做工，婦女勞動問題和經濟獨立問題隨之發生，這是婦女物質方面解放的要求；而諸如政治、道德、文化等婦女精神方面解放的要求，也與之俱來。所以，茅盾明確指出：「我們要曉得婦女問題是社會改造問題中的一部。他的發現是和社會的經濟組織有很大的關係。」〔註 8〕「由手工業轉而爲機器工業，中國現在正已開始，手工業的被奪，即在最近的將來，就是婦人從家庭裡被趕出來，是最近的將來所必不可避免的。」〔註 9〕在這樣的社會背景下，婦女解放運動當然也是不可避免了。

總之，婦女運動的發生決非偶然，「確是外合乎世界潮流，內合乎社會狀況的。」〔註 10〕唯其受壓迫受奴役受損害深重，婦女才有強烈反抗和解放的

〔註 5〕 《茅盾全集》第 14 卷，人民文學出版社 1987 年版，第 160 頁。
〔註 6〕 《茅盾全集》第 14 卷，人民文學出版社 1987 年版，第 116 頁。
〔註 7〕 《茅盾全集》第 14 卷，人民文學出版社 1987 年版，第 65～66 頁。
〔註 8〕 《茅盾全集》第 14 卷，人民文學出版社 1987 年版，第 126 頁。
〔註 9〕 《茅盾全集》第 14 卷，人民文學出版社 1987 年版，第 288 頁。
〔註 10〕 《茅盾全集》第 14 卷，人民文學出版社 1987 年版，第 120 頁。

內在要求；唯其有民主主義和社會主義新思潮的激蕩，才會驚醒沉睡中的女性自我意識；唯其所處的社會生活發生了重大變化，生產力的發展促使生產關係和上層建築隨之也發生相應的變化，才會從根本上為婦女解放運動提供堅實的基礎。所以，無論西方還是中國的婦女運動，都是這幾個方面的主客觀原因造成的，是它們交互作用的結果。值得注意的是，茅盾的理性見解中包含著相當深刻的唯物辯證法思想。例如，一方面他十分看重西方新思潮的作用，但另一方面又指出「專從思想方面空論，效果很小」，〔註11〕這不僅因為新思想新道德取代舊思想舊道德需要有一個艱難的過程，而且因為社會生活的變動、時代的變遷才是最重要的，「現實生活既然大大變過面目了，便不得不改變行為的法則去適應。」〔註12〕「經濟生活之影響於婦女思想，猶之天氣寒暖之影響於寒暑表：經濟生活愈近代化的地方，婦女的思想愈左傾，反之，即愈右傾。所謂『風氣』，就是靠經濟生活的變動而『開』的。一二人的提倡，言論的鼓吹，其效力實在很微。反之，經濟生活既已發生了變動，這種『新思潮』之來亦就非人力所能抵抗的了。」〔註13〕在茅盾看來，這正是中國婦女運動在沿海城鎮和內地鄉野出現巨大反差的根本原因。

婦女運動目的論

婦女運動的目的究竟是什麼，是像西方某些女權主義者那樣主張發動對男性的戰爭，還是在議會中爭取女子參政權？是像紀爾曼那樣主張僅僅為實現婦女的經濟獨立，還是像愛倫凱那樣主張追求婦女的婚姻自由和育兒母職？是僅為婦女的自身的解放，還是更為全社會的進步？對此，茅盾通過大量譯介西方婦女運動中的各種派別和學說，通過剖析和評論國內外的種種婦女問題，高屋建瓴地提出了自己的見解。

就婦女自身而言，婦女運動的目的是為使全體婦女成為「解放的婦女」。所謂「解放的婦女」，就是具有「女性的自覺」〔註14〕意識的婦女，不僅經濟上獨立，而且思想上、道德上、文化上實現了全面解放。茅盾提出的「女性的自覺」具有鮮明的現代內涵，是與女性的蒙昧和卑弱針鋒相對的，它要求

〔註11〕《茅盾全集》第 14 卷，人民文學出版社 1987 年版，第 246 頁。
〔註12〕《茅盾全集》第 14 卷，人民文學出版社 1987 年版，第 287 頁。
〔註13〕《茅盾全集》第 14 卷，人民文學出版社 1987 年版，第 177～178 頁。
〔註14〕《茅盾全集》第 14 卷，人民文學出版社 1987 年版，第 232 頁。

女性「從這些『異樣的』『非人的』外殼裡自覺過來，獻出伊『眞人』的我來」。〔註15〕就是說，「婦女解放的眞意義是叫婦女來做個『人』」。〔註16〕顯然，這是從人的解放的高度，從人的異化和復歸的高度看待婦女解放的目的的。婦女有了人的自覺，自覺地把自己當作一個人格獨立、意志自由、具有人的所有權利的人，才能夠自尊、自立、自強，才能夠「不受強者的欺凌，也不屑強者卵翼，這樣，方是現代的女子，是覺悟的女子」。〔註17〕基於這樣的總體性認識，茅盾對於把婦女運動的目的偏狹化簡單化的種種主張，諸如或爲參政權或爲走出家庭或爲社交公開之類，一直持保留態度，儘管它們不失爲某種短期目標，但作爲婦女運動的目的而言卻不免失之膚淺了。至於其他的謬誤之論，茅盾則認爲根本無可取之處。他告誡說：「（一）切莫認婦女運動有階級（男一階級，女又一階級）戰爭的意味……（二）切莫認婦女運動是有反抗男子、敵視男子、凌駕男子的意味……（三）切莫認婦女運動是有呼喚一切婦人出來到社會上，代替男子的地位，而反荒卻家內正事的意思……（四）切莫認婦女運動和家庭的存否問題有關係……。」〔註18〕這樣的見解，對於廓清婦女運動中的迷霧是大有幫助的。

就婦女運動與社會的關係而言，婦女運動的目的是爲了推動社會的進步和發展。社會由男人和女人共同組成，全社會的人都承擔著社會前進的責任。但是，舊中國「男尊女卑」、「女子無才便是德」的倫理教條剝奪了女人對社會的責任，而只是讓她們做賢妻良母而已。所以，茅盾 1919 年即指出：「『良妻賢母』便是從這『女不負責』主義中發生的教條。現在欲讓婦女從良妻賢母裡解放出來；男人要把改良社會促進文化的擔子分給他們；婦女要準備精神學好本事來接這擔子；這才稱是眞解放。」〔註19〕應該說，這是一種十分高遠的眼光，社會的發展離開被稱作「半邊天」的婦女的參與，離開了如此巨大的社會生產力，不能不說是無可估量的殘缺和損失，這實在是對婦女尊嚴和價值的漠視。而把婦女運動的目的定位在這樣高的目標上，無疑會極大地調動婦女們在自我解放中實現自我，爲社會和人類的發展貢獻力量的主動性和積極性，和男人一樣發光發熱。必須指出的是，茅盾的這一理論主張是

〔註15〕《茅盾全集》第 14 卷，人民文學出版社 1987 年版，第 233 頁。
〔註16〕《茅盾全集》第 14 卷，人民文學出版社 1987 年版，第 90 頁。
〔註17〕《茅盾全集》第 15 卷，人民文學出版社 1987 年版，第 40 頁。
〔註18〕《茅盾全集》第 14 卷，人民文學出版社 1987 年版，第 159～160 頁。
〔註19〕《茅盾全集》第 14 卷，人民文學出版社 1987 年版，第 64 頁。

一以貫之的，只要稍作考察，就可以發現此類論述不勝枚舉。爲了說明問題，這裡不妨再援引數例：「我的解放論調，是以男女絕對平衡，同擔改良社會促進社會之責任爲究竟目的。」〔註20〕「婦女所以要解放，全爲的是要全社會進步的緣故。」〔註21〕「婦女運動全部的，也就是最大最後的意義，便是爲謀社會文化進步，所以不得不把踹在地下的女子扶起來，一同合作，向前猛進。」〔註22〕僅此數端，即可知其主張何等一致，何等明確，已不必筆者再作闡發了。

總之，茅盾的婦女運動目的論，是以婦女自身目標和社會目標的統一爲特徵的。一方面，只有做「解放的婦女」才能有婦女的解放，才能促進社會的進步和發展；另一方面，婦女運動只有確立起遠大的社會目標才會有源源不絕的動力，才會不爲僅僅實現某些單一的甚至是浮面的目標而滿足以致停滯不前。既有社會目標，又有自身目標，既有長遠目標，又有近期目標，堅持一步一個腳印地前進，婦女運動就會健康地發展。

婦女運動任務論

1920年1月，茅盾在《讀〈少年中國〉婦女號》中曾感慨談論婦女問題的「易」和「難」：說容易，是因爲中國婦女問題太多，隨便揀個什麼題目攻擊一通都可以博得血性青年的歡迎；說它難，是因爲眞正深入其中，抓住問題的癥結和實質非是一般的談論者所能及。所以，如同茅盾隨後所批評的，當時的婦女運動「都是浮面的，無系統的，無秩序的；進而言之，竟可說是無方法，不徹底，無目的」。〔註23〕有鑑於此，茅盾努力於以嚴謹的研究態度探討婦女問題。在發表婦女運動發生論和目的論的同時，投入更大的精力揭示了「婦女運動究竟解放什麼」的問題，從而形成了卓有見地的婦女運動任務論。

綜觀茅盾的論述，可知當時文化界涉及的婦女解放內涵的方方面面，舉凡男女社交公開、婦女生活獨立、婦女教育、戀愛自由、家庭制度、離婚問題、道德問題等等都在他關注的視野之內。經過一番思考和梳理，茅盾把它們分爲物質方面的解放和精神方面的解放兩大範疇。前者主要是解決婦女的

〔註20〕 《茅盾全集》第14卷，人民文學出版社1987年版，第68頁。
〔註21〕 《茅盾全集》第14卷，人民文學出版社1987年版，第90頁。
〔註22〕 《茅盾全集》第14卷，人民文學出版社1987年版，第159頁。
〔註23〕 《茅盾全集》第14卷，人民文學出版社1987年版，第125頁。

經濟獨立問題，包括婦女從家庭走向社會、婦女勞動以及變革社會經濟生活等；後者則主要是解決婦女的道德思想觀念問題，旨在「提高女子的人格和能力」，解除強加在她們身上的種種桎梏，樹立適應現代生活要求的新道德。兩相比較，茅盾認為完成物質方面解放的任務固然重要，因為經濟條件的變更無疑是婦女解放的基礎，但是完成精神方面的解放更為重要，因為「人類行為除受生活狀況支配外，實在還有一個最大的力——便是道德思想」，「現在社會中男女間的不平等，經濟尚止是一端，其他發源於倫理的不平等，尚是很多……僅僅經濟獨立了而不把不平等的道德關係，徹底掃除，仍不算解放了婦女」。〔註24〕這是一種清醒的、深刻的見解。我們知道，受紀爾曼「男女的關係實在是經濟的關係」的影響，人們通常是把經濟獨立看作婦女解放的首要任務，而茅盾卻認為這是太忽略了道德思想在人類社會特別是男女的關係中的極大勢力，太忽略了道德思想觀念轉變的艱巨性，不無經濟決定論之嫌。所以，茅盾不僅未把婦女的精神解放消融在物質解放之中，而且在 20餘篇文章裡專門致力於道德問題的考察，明確地提出了婦女解放重在精神解放，而精神解放的根本任務在於廢棄舊道德建立新道德的主張。

茅盾在 1920 年 2 月即指出，「新道德的創立，尤為緊要，在中國尤為緊要中的緊要」，「中國婦女的被屈服，完全是因為道德上的失敗，古來偏枯的道德教條已經把婦女束得極緊」，進而要求「研究婦女問題的人快來研究新道德」。〔註25〕此後，茅盾便從「改造倫理，改造兩性關係入手」，在對舊道德的批判中，步步深入地揭示了新道德建設的幾個層面。一是反對「禁愛主義」，主張「戀愛神聖」。中國幾千年的封建禮教一向是扼殺人性、禁錮愛情的，「禁愛主義」綿延已久，男女間爆發的愛情火花往往被視作「偷香竊玉」、「逾閒蕩檢」的「風流韻事」，被認為是不道德的，現在必須把被顛倒的道德評價顛倒過來，不僅肯定戀愛是美好莊嚴的，而且是神聖至上的：「戀愛神聖的意義即謂戀愛是神聖不可侵犯的，為了戀愛的緣故，無論什麼皆當犧牲」，〔註26〕而「女子解放的意義，在中國，就是發見戀愛！」〔註27〕二是反對「非戀愛的結婚」，主張結婚應「信奉戀愛教」。「嫁雞隨雞，嫁狗隨狗」的傳統婚姻模

〔註24〕《茅盾全集》第 14 卷，人民文學出版社 1987 年版，第 136～137 頁。
〔註25〕《茅盾全集》第 14 卷，人民文學出版社 1987 年版，第 121 頁。
〔註26〕《茅盾全集》第 15 卷，人民文學出版社 1987 年版，第 331 頁。
〔註27〕《茅盾全集》第 15 卷，人民文學出版社 1987 年版，第 324 頁。

式，不知戕害了多少女性的青春和生命，其要害在於無視戀愛和愛情這一婚姻的基礎，現在必須反其道而行之，堅持「兩性結合而以戀愛爲基的，那就是合於道德的行爲，反之，就是不合於道德的」，〔註28〕因爲「我們信奉戀愛教，確信結婚生活必須建立在雙方互愛的基礎上，無戀愛而維持結婚生活，是謂獸性的縱欲，是謂喪失雙方的人格！」〔註29〕三是反對舊性道德，主張新性道德。「舊性道德的堅壘，就大體而言，一是片面的貞操觀，二是夫婦形式主義之神聖不可侵犯。」〔註30〕貞操觀念是男子對付女子的鐐銬，是丈夫把妻子視作性財產的自私佔有心的產物，是封建性道德的核心，因而是必須打倒的「魔障」；而本無愛情的或愛情已死亡的婚姻則徒有其表，與其勉強維繫，不如自由離婚，所以現在實行新性道德，就必須高揚愛情的旗幟，「反對片面貞操觀與夫婦形式主義」。四是反對雙重的道德標準，主張建立一致的道德準則。舊道德觀念所以被茅盾認爲「第一該解放」，原因之一在於它對男女實施的是雙重標準，在男女關係問題上，男子犯了不爲不道德，女子犯了便爲大不道德，「這樣的兩性間的道德標準之懸殊，尤以中國爲甚」，現在建立新道德準則，就必須堅持以男女絕對平等爲前提，既不能偏袒男子，當然也不能偏袒女子，倘若以爲婦女解放是「女子效男子的樣，也可以隨便和人發生性欲關係，或也如男子一般，置小丈夫；或也反男子之道而行之，將男子視爲滿足女性肉欲的玩物」〔註31〕的話，那就大錯而特錯了。五是反對兩性「敵對」，主張「兩性互助」。婦女運動把女子從被壓制的生存狀態中解放出來，爲的是與男子團結互助，共同推進社會的發展，「覺悟的女子」如果「覺得男性都是不道德的，都是狼」，「對於男子生了敵對的仇意」，那麼是算不得眞正的覺悟的。〔註32〕

茅盾關於婦女解放內涵特別是道德思想觀念解放的論述，闡明了婦女運動面臨的極其艱巨的任務。如茅盾所說，婦女物質方面的解放固然任重道遠，而精神方面的解放更爲艱難，尤其是其中最重要的道德改革，決不是簡單的鼓吹幾個不舊不新的名詞，如什麼「堅定意志，崇尚樸素，去虛榮心，去依賴心，

〔註28〕《茅盾全集》第 14 卷，人民文學出版社 1987 年版，第 128 頁。
〔註29〕《茅盾全集》第 15 卷，人民文學出版社 1987 年版，第 39 頁。
〔註30〕《茅盾全集》第 15 卷，人民文學出版社 1987 年版，第 258 頁。
〔註31〕《茅盾全集》第 14 卷，人民文學出版社 1987 年版，第 289 頁。
〔註32〕《茅盾全集》第 14 卷，人民文學出版社 1987 年版，第 128 頁。

負責任，互助」等所能奏效的。〔註33〕茅盾的高明之處，於此可見一斑。

婦女運動途徑論

為成就婦女解放的大業，完成婦女運動的任務，必須尋找到通向成功的有效途徑。與五四前後的有識之士一樣，茅盾就此進行過廣泛的探尋，提出過教育途徑、家庭改革的途徑、經濟獨立的途徑、道德改革的途徑、社會改革的途徑等等。隨著婦女運動的深入，茅盾的認識也不斷深化，認為婦女運動固然可以依據解放內涵的不同側面提出這樣或那樣的途徑，但是根本的途徑在於進行「社會改革」。〔註34〕就是說，通過「變更我們的社會生活」，改變不平等的社會機制及其壓制人性的思想道德觀念，就能夠在社會解放中實現婦女物質方面和精神方面的全面解放。

茅盾對婦女解放途徑的這一本質性把握，是建立在對中外婦女運動得失深入審視的基礎之上的。對於西方女子主義運動的流派和主張，他作過相當深入的介紹和分析，儘管肯定並汲取了其中不少有價值的東西，但是考慮到中國的國情不同，他主張不能簡單地照搬或模仿，而應「按照我們自己的社會實況」「去謀解決的方法」。西方婦女運動曾把爭取女子在議會中的地位作為實現婦女解放的重要途徑，以為有了婦女參政權就可以萬事大吉；受此影響，辛亥革命後中國剛發端的婦女運動也為婦女參政權奔走呼號過，但五四時期情況有了很大的變化，代議政體「弄得政治愈壞，民主愈苦」，女子參政可以解決婦女問題的迷信被事實擊得粉碎，所以茅盾明確地否定了婦女運動走女子參政的道路。〔註35〕西方婦女運動雖然有保守派與激進派之分，激進派中又有不同派別，但有一點是共同的，即僅僅是婦女的自我解放運動，而不是全社會全民眾的運動，目標既不一致，途徑也就各不相同，力量自然分散。有鑒於此，茅盾堅持主張「婦女問題原來是社會改造問題之一」，認為只有走社會改革的道路，把婦女運動置於中國人民的解放事業之中，而不是把婦女問題作為一個單獨問題去謀求解決，才是婦女運動唯一正確的道路。社會制度改變了，人民當家做主了，婦女的物質解放和精神解放當然也會隨之

〔註33〕《茅盾全集》第 14 卷，人民文學出版社 1987 年版，第 120 頁。
〔註34〕《茅盾全集》第 14 卷，人民文學出版社 1987 年版，第 118～120 頁。
〔註35〕《茅盾全集》第 14 卷，人民文學出版社 1987 年版，第 246 頁。

逐步實現。所以，茅盾從經濟基礎制約上層建築的馬克思主義觀點出發，力主「最先切要的是改革現在的社會的經濟組織……因為什麼禮教等等，還是社會制度經濟組織的產兒」。〔註 36〕茅盾的婦女運動道路論，與早期共產主義者李大釗的主張相當一致。李大釗在 1919 年就指出：「我以為婦女問題徹底解決的方法，一方面要合婦人全體的力量，去打破那男子專斷的社會制度；一方面還要合世界無產階級婦人的力量，去打破那有產階級（包括男女）專斷的社會制度。」〔註 37〕其鋒芒所向，直指壓制婦女的不平等的社會制度。這樣的認識，體現了當時婦女運動理論的最高水平。

　　值得重視的是，茅盾在確立婦女運動的根本途徑為「社會改革」的同時，還要求婦女運動毫不放鬆地致力於自我解放。1919 年他強調說：「我們先要變更我們的社會生活；卻不是說社會生活沒有變更以前，便可以不談解放。」〔註 38〕在茅盾看來，爭取社會解放固然是婦女解放的根本出路，但不能等社會解放後再著手婦女的自我解放。婦女運動在進行社會解放的同時，應該抓緊進行自身的解放特別是思想道德觀念的解放。因為無論社會解放還是婦女自身的解放都是極其艱難的，只有一刻不停頓地奮鬥，才能取得較好的成效。如果等社會解放後再講婦女的自我解放，那麼婦女解放豈不要無謂地延誤時日？況且，完全不覺悟不解放的婦女參與社會解放，又有多大的力量？而那種以為社會解放後婦女就會自然而然地獲得全面徹底解放的觀點，也是不現實的。舊思想舊觀念不會因為社會生活發生變化而自行消失，社會解放當然可以推動思想道德觀念的更新，但根深柢固的舊思想舊道德仍須不斷深化的婦女運動來清除。既沒有以社會解放取代婦女解放，也沒有把婦女解放消融在社會解放之中，這是茅盾在婦女解放途徑論中的重要貢獻。

　　茅盾關於婦女解放運動的理論見解，散見於大量單篇的婦女評論之中。由於這些見解多是針對某一問題而發，而不是集中在構架嚴密的理論著作之中，所以不可避免地顯得有些零亂，而且有的觀點之間看去並不很一致，例如他多次講到的「根本的改革」的所指即頗不同。然而只要我們對其進行綜合觀照，就可發現其觀點的內在聯繫性和一致性，它們在茅盾的理論框架中大致是各有其所、互不牴牾的。出現上面的問題往往是出於強調某個問題重

〔註 36〕《茅盾全集》第 14 卷，人民文學出版社 1987 年版，第 66 頁。
〔註 37〕李大釗《戰後之婦女問題》，《新青年》第 6 卷 2 號。
〔註 38〕《茅盾全集》第 14 卷，人民文學出版社 1987 年版，第 66 頁。

要性的需要，而單篇文章又難以像理論專著那樣周延論列所致。當然，無可諱言，茅盾的認識也有一個深化的過程，隨著其馬克思主義理論水平的提高，他逐步修正了自己的一些片面的甚至是錯誤的見解，例如以愛情神聖論取代了非戀愛的結婚說，以勞動婦女作為婦女運動的依靠力量取代了以中產階級婦女作為「中堅」說，以社會解放和婦女解放同步共進論取代了以往曾忽視社會解放和婦女物質解放的偏向，等等。到大革命時期，茅盾已成為階級觀念鮮明的成熟的馬克思主義者和政治活動家，雖然不忘婦女解放運動，例如曾給婦女運動講習所講過課，但卻已無暇像五四前後那樣高度關注了。大革命失敗後，茅盾走上了職業文學家的道路，其對於婦女運動的思考則主要凝聚在所創造的藝術形象中了。

（《山東師大學報》1999 年第 4 期）

論「時代女性」的基本特徵

——《蝕》中新女性形象的宏觀考察

　　作爲茅盾早期小說中的一組新女性形象群，「時代女性」不僅爲人們所矚目，而且對其中的一個個人物形象也作了相當深入的研究。然而，相比之下從總體上對「時代女性」所作的研究卻較爲薄弱。「時代女性」既然是一個新女性形象系列，一種新文學史上被公認的特有的文學現象，那麼，就一定有某些內在的相通相似之處，有區別於其他形象系列的共性特徵。有鑑於此，這裡擬把「時代女性」作爲一個整體，對其基本特徵作一番宏觀考察，相信這對於把握「時代女性」的實質和價值，對於探討茅盾創作的得失是不無意義的。

一

　　「時代女性」形象是與大革命時代分不開的。

　　轟轟烈烈的大革命運動的興起、高漲和失敗，爲「時代女性」的出現提供了相應的氣候和土壤，爲她們所特有的文化心理和個性氣質的形成準備了充分的外部條件。被「五四」精神喚醒的一代青年，在黑暗勢力的壓迫下經歷了幾年的精神苦悶和探索，懷著巨大的熱情歡迎並投身於大革命洪流之中。當時，「小資產階級出身的女學生或女性知識分子頗以爲不進革命黨，便枉讀了幾句書。」﹝註 1﹞大革命浪潮來勢之猛，聲勢之大，發展之速，使她們振奮，狂熱，激動不已，似乎革命成功就在朝夕之間，理想實現已是咫尺之內。他們充滿著幻想，在緊張的鬥爭中磨煉，在浪漫的生活中成長，把個人的命運和革命的命運緊緊地聯繫在一起。而大革命的突然失敗，在他們

﹝註 1﹞　《茅盾論創作》，上海文藝出版社 1986 年版，第 8 頁。

是始料未及，措手不及，他們痛心，迷惘，幻滅，如同茅盾在《幾句舊話》裡談及在武漢的親身經歷時所說：「終於那『大矛盾』又『爆發』了！我眼見許多人出乖露醜，我眼見許多『時代女性』發狂頹廢，悲觀消沉。」時代的變幻，時代的情緒，就是這樣和一代青年聲息相通。鮮明的時代性成為置身於大革命風暴中的青年的突出特徵。作為現實生活中的現代青年的寫照，茅盾在小說中的「時代女性」身上表現時代性是自不待言的。「《幻滅》等三篇只是時代的描寫，是自己想能夠如何忠實便如何忠實的時代描寫。」〔註2〕而由於茅盾又是一位以反映時代為己任的作家，特別注重文學的時代性和社會意義，所以作品中的時代性也就非同尋常了。儘管茅盾無意於全面反映大革命運動（那是歷史學家的責任），而只是就人物所處的社會環境寫了其中的某些方面，儘管茅盾無意於描寫叱吒風雲、洞察全局的真正革命者，而只是著重寫了自己所熟悉的小資產階級知識女性，然而在作品中的這些「時代女性」身上所凝聚的時代特徵仍然是十分突出的。

其一，時代氣氛的感受者。《蝕》中彌漫著的時代氣息，大都是通過「時代女性」的切身感受表現出來的。威武雄壯的第二次北伐誓師大會，使參加者章靜女士激動不已，也使讀者領略到大革命的壯闊氛圍。而章靜在先後參加的政宣工作、婦女工作和工會工作中所見到的種種輕浮苟且現象，特別是在男女關係上的放任不羈，恣行肆為，則顯現了大變動時代的另一種氣氛。章靜「常常看見男同事和女職員糾纏，甚至嬲著要親嘴。單身的女子若不和人戀愛，幾乎罪同反革命──至少也是封建思想的餘孽……『要戀愛』成了流行病，人們瘋狂地尋覓肉的享樂，新奇的性欲的刺激。」〔註3〕一方面是緊張熱烈的革命空氣，另一方面卻是疲倦煩悶的畸形心態，時代空氣就是這樣的矛盾。如果不是《幻滅》中這樣描寫，不是由章靜的視角傳達出來，那麼大革命中這後一方面的社會風向是很難從歷史教科書裡找到的。然而這卻是真實的描寫，是歷史的真實。社會大革命解除了舊傳統舊道德的束縛，卻還來不及建設新的道德規範，這就容易出現道德滑坡、淪喪甚至道德的虛無主義，出現尋求官能刺激的享樂主義傾向，這樣的頹靡風氣在俄國的社會革命中曾經更嚴重地存在過。無獨有偶。郭沫若的小說《騎士》對大革命中武漢

〔註2〕　《茅盾論創作》，上海文藝出版社1986年版，第32頁。
〔註3〕　《茅盾全集》第1卷，人民文學出版社1984年版，第71頁。以下引文凡出自該書的，不再注明。

政府要人在兩性關係上所謂「自暴自棄」的放浪行爲也曾有過實錄式的描寫，可以作爲時代流行病的一個有力佐證。

其二，時代生活的經歷者。「時代女性」不僅感受了時代氣氛，而且參加了大革命運動。她們固然不是時代風浪的弄潮兒，卻也不是置身局外的看客。《動搖》中孫舞陽所經歷的錯綜複雜的新舊勢力的搏鬥，使我們看到了大革命風暴中最令人驚心動魄的一幕：店員風潮，農協抗稅，婦女解放運動，各種工農鬥爭如火如荼，童子團，糾察隊，農軍，各種群眾武裝來來往往，所有這些都從一個方面表明了革命的力量和聲勢；另一方面則是反革命勢力作祟，特別是土豪劣紳的代表人物胡國光蒙混進統一戰線內部，取得領導者的信任，以極左的面目出現在民眾團體中進行破壞和搗亂，使某些過激行爲越發激化，而領導層的軟弱動搖，導致左傾幼稚病以至右傾思想抬頭，及至叛軍湧來，胡國光原形畢露，糾集土豪劣紳公然貼出「歡迎」的標語，與反革命沆瀣一氣，血腥鎮壓革命力量，各民眾團體紛紛出逃，風起雲湧的大革命運動毀於一旦。在這場血與火的鬥爭中，孫舞陽儘管不在革命漩渦的中心，但卻是實實在在的參加者。這個「跟著世界跑」的「時代女性」，在反革命的血腥屠殺前後，居然沉著鎮定地通知別人轉移，爲別人作掩護工作，並臨危不懼地化妝出走，尋找革命隊伍，繼續走革命道路。孫舞陽和時代潮流共進退，經歷了動亂的中國革命史上最嚴峻的一個時期，經受了生與死的考驗，她的際遇和命運，她對革命的追求和嚮往，也就必然帶有廣泛的時代內容和普遍的社會意義。

其三，時代情緒的體驗者。茅盾在談及《蝕》三部曲的創作意圖時說，他「要寫現代青年在革命壯潮中所經過的三個時期：（1）革命前夕的亢昂興奮和革命既到面前時的幻滅；（2）革命鬥爭劇烈時的動搖；（3）幻滅動搖後不甘寂寞尚思作最後之追求。」〔註4〕不難看出，茅盾創作的著眼點在於時代青年的普遍心態和情緒，而他們的思想情緒又是與大革命的幾個階段密切關聯的。儘管茅盾的創作實踐與創作意圖之間存在著較大的距離，但是青年的時代情緒卻是淋漓盡致地表現出來了。章靜的幻滅和追求，孫舞陽的熱烈和堅定，自然都很有代表性，然而最突出的是《追求》中的章秋柳。大革命失敗後的低氣壓，成爲流行病的時代苦悶，使她在陰霾的包圍中不能自拔，她迷惘、悲觀、頹廢、苦悶到了頂點。爲了擺脫令人窒息的苦悶，她和她的同

〔註4〕 《茅盾論創作》，上海文藝出版社 1986 年版，第 30 頁。

伴在奮力掙扎，結果卻是失敗，黑暗的社會對不願混日子又不願與統治者同流合污的有良知的青年是無情的，正如作品中的時代青年張曼青所說：「這夥人確是焦灼地要向上，但又覺得他們的浪漫的習性或者終究要拉他們到頹廢墮落；如果政治清明些，社會健全些，自然他們會納入正軌。」章秋柳們身上的濃鬱的苦悶，是感應著時代的神經，並爲社會環境所制約的。

關於時代性的涵義，茅盾有過明確的論述，他指出：「所謂時代性，我以爲，在表現了時代空氣而外，還應該有兩個要義：一是時代給與人們以怎樣的影響，二是人們的集團的活力又怎樣地將時代推進了新方向。」〔註 5〕依此衡量，以上所說「時代女性」在感受時代空氣，在經歷時代生活、體驗時代情緒等「反映時代」方面的時代性是突出的，但在推動時代車輪方面的時代性卻看不出來。其實，這並不足怪。「時代女性」作爲小資產階級知識分子的一部分，有反帝反封建的強烈要求，她們政治敏感，接受新思想快，擁護並參加革命運動是十分自然的，然而她們畢竟不是無產階級知識分子，她們帶有自身的局限性，在參加革命的動機、對革命的認識以及自身的素質等方面，她們與真正的革命者之間還有一段長長的距離，她們不是革命的中堅，不是能夠獨自推動革命前進的力量，《蝕》就此所作的描寫是真實的，令人信服的。儘管如此，深烙著時代印記、感應著時代脈搏的「時代女性」仍不失爲一類成功的有典型意義的形象。在她們身上，時代性不止是作爲人物活動的背景，而且是人物精神特徵的一個重要方面。可以說，沒有大革命的風雲變幻，也就沒有「時代女性」的升沉進退，也就沒有她們的鮮明特徵。也正是在時代性上，茅盾以自己的創作實踐了多年以前的理論主張，並與大革命之前的那些僅僅表現個人婚姻問題或生計問題的作品區分開來。「時代女性」的時代性，無疑是反映了時代的某些本質方面的。

二

「時代女性」形象的獨特之處，還在於她們在道德觀念上的現代開放性。

如所周知，茅盾曾把《蝕》中的女性形象分作兩種類型，「靜女士，方太太，屬於同型；慧女士，孫舞陽，章秋柳，屬於又一的同型。」〔註 6〕兩

〔註 5〕　《茅盾論創作》，上海文藝出版社 1986 年版，第 236 頁。
〔註 6〕　《茅盾論創作》，上海文藝出版社 1986 年版，第 31 頁。

種類型的不同，主要在於個性不同。大致說來，前者恬靜，脆弱，耽於幻想，思想觀念較爲保守；後者剛強，浪漫，務實，思想開放。當然，這只是相對而言，比較而言。實際上，她們都是經過五四精神薰陶，經過大革命風暴洗禮的，具有更多的共同點，諸如強烈的個性主義意識，追求光明、嚮往革命的不懈進取精神，掙脫傳統道德觀念束縛的決絕態度等等，即便是靜女士型的人物，較之社會上的一般女性而言，也具有更多的現代開放性。從這樣的意義上，可以說「時代女性」也是現代女性。「時代女性」的這一顯著特徵，當然是從她們的社會關係中表現出來的。綜觀《蝕》中爲她們設置的主要關係，不是在大革命鬥爭中的矛盾，就是在兩性關係上的糾葛。如果說前者爲展現「時代女性」的時代性架設了廣闊的舞臺，那麼後者就爲表現她們的現代性提供了最佳的視角了。

兩性關係歷來是人的社會關係中最敏感也最有歷史內涵的一種關係。文學作品中兩性關係的描寫，一直爲作家所關注。五四時期，隨著婦女解放的呼聲日益高漲，描寫知識青年戀愛、婚姻、家庭題材的小說風靡一時。這些小說大都以反對封建禮教的禁錮，倡導戀愛自由、婚姻自主、女性人格獨立爲旨歸，並出現了具有個性主義色彩的新女性形象。魯迅《傷逝》中的子君，盧隱《海濱故人》裡的露沙，涂女士小說中的女主人公，楊振聲《玉君》裡的玉君，就是這樣的人物。她們在封建家長專制與戀愛自由的衝突中，在舊禮教的壓迫與婚姻自主的衝突中，在「靈與肉」的衝突中，勇敢地衝出了舊道德舊觀念的牢籠，衝出了「大家庭」，走上了社會，走上了婦女解放的道路。儘管她們並不知道這條道路究竟應該怎樣走，但是所跨出的這一步卻至關重要，它表明，被長期壓抑的女性自我意識終於開始覺醒了。及至大革命時期，這些新女性跟隨著時代沉浮，發展成爲「時代女性」，她們在道德觀念上必然會發生若干新的變化。「時代女性」的這些變化，也就不能不在兩性關係上突出地表現出來。

首先是「享受青春快樂」的「現在主義」。所謂「現在主義」，就是一種既不「依戀過去」，也不「空想將來」，而「只抓住了現在」的人生態度。這是一種執著於現實的務實態度，相對於感傷主義和空想主義而言，在對待工作對待事業上自有其可取之處，然而在兩性關係上卻又另當別論了。在這方面，最有代表性的「時代女性」是章秋柳。這個在大革命落潮後的時代苦悶病中極力掙扎和追求的女性，「舊道德觀念很薄弱，貞操的思想尤其沒有」，經受了政治上的沉重打擊之後，在失意和迷惘中走上了感情生活的「現在主義」。她說：「我

永遠不想將來，我只問目前應該怎樣？必須怎樣？我是不躊躇的，現在想怎麼做，就做了再說。」基於這樣的人生信條，她公然宣稱：「人生但求快意而已。我是決心要過任心享樂刺激的生活！我是像有魔鬼趕著似的，盡力追求刹那間的狂歡。」如此大膽的坦直的自白，出自「時代女性」之口，實在是驚世駭俗的。這個被同伴稱為「戀愛專家」的浪漫女性，不僅經常出入於燈紅酒綠的舞場或影戲院、酒樓，以尋求熱烈痛快的刺激，感受一點生存的意味，而且幾無顧忌地周旋於一群青年男子之間，以自己的美麗和潑辣顛倒眾生，在情愛的歡樂中張揚自我，藉以宣洩和排解胸中的鬱悶。在她眼裡，戀愛早已不是什麼「神秘的聖殿」，在她身上，沒有傳統女性的羞怯和斯文，在她看來，「我們正在青春，需要各種的刺激，……刺激對於我們是神聖的，道德的，合理的！」「享受青春快樂」，成為章秋柳所信奉的「現在主義」的重要內容。

　　然而章秋柳並非道德淪喪的墮落女性。儘管她言辭激切，思想開放，追求熱烈痛快的生活，但實際上在兩性關係中卻並未走得太遠。她的周圍誠然不乏求愛者，可是幾乎沒有合乎她的理想的，對於他們的輪番進攻，只是在無傷大雅的前提下敷衍塞責而已，很像是一場遊戲，似乎並未為了尋求刹那的刺激而隨意委身於人。即便是對以前的戀人張曼青有所失態，在青春的騷動中試圖重溫新奇刺激的歡樂，卻也並未發展成性的關係。而張曼青終於離她而去，她也是坦然處之的。在性道德上，她有自己的準則，輕易不放縱性行為，不放蕩自賤，這一方面由於她有強烈的人格尊嚴，並且心性甚高，不把平庸的男性放在眼裡，另一方面是因為她有著理智的規約。在灰色的生活中，她並未忘記對革命的追求和嚮往，她知道那是一條「引你到光明，但是艱苦，有許多荊棘，許多陷坑」的路。她有「向善的焦灼」，「冒險奮鬥的趣味是她所神往的」，但由於個人本位主義，她「沒有向善的勇氣」。同時，她也知道擺在自己面前的還有一條「引你到墮落，可是舒服，有物質的享受，有肉感的狂歡」的路，感情上她對此難以割捨，但理智卻告誡她「不應該頹廢」，她「沒有墮落的膽量」。兩條道路的選擇，在她內心深處構成「神與魔的衝突」。而正是這種衝突，造成了她在兩性關係上特有的姿態。

　　其次是道德淪落的犧牲精神。大革命失敗後流落到上海的「時代女性」，很有幾個「為了一個正大的目的，為了自己的獨立自由」，不惜犧牲自己的貞操和感情的。趙赤珠「忠於主義」，但當局「是不准革命的，因此就斷了生路」，不得已淪落街頭。她說「主張是無論如何不變的」，而為此「就是做一二次賣

淫婦也不算什麼一回事」。王詩陶在愛人犧牲後困窘潦倒，為了腹中「將來要接我們的火把」的孩子，也不得不懷著痛苦的複雜的心情步了趙赤珠的後塵。她們為了信仰，為了生存所演出的悲劇角色，無疑是對黑暗社會的控訴，其犧牲精神固然有可敬之處，但道德的淪落卻是讓人無法苟同的。相形之下，章秋柳卻又有所不同。對於上述二人的行徑，儘管從理性上她表示讚許，甚至認為是「合理的，道德的」，然而感情上卻感到悲憫，窒息，憤憤然，她無法接受這嚴酷的現實。但是，為了挽救作為同志的史循的生命，為了把這個懷疑派厭世派改造過來，她心甘情願地奉獻了自己的一切。在她看來，這是有意義而有興味的事，「一件完全是好奇衝動的事」。她並不愛他，可是還是幾經躊躇，終於投入了他的懷抱，終於激發了他的生活熱情和生命活力，使他「復活」了，成為一個煥然一新的人。雖然史循在宣佈與章秋柳結婚之日舊病突發而亡，但章秋柳的獻身精神不能不說是難能可貴的。那麼，從倫理道德的角度著眼，又應該如何評價呢？章秋柳做出如此驚人的舉動，其實主要不是出於情感的衝動和新奇的刺激，而是一種頗為高尚的責任感，當她得知史循的悲觀厭世乃至自殺是因為他所愛的一個像她一樣的女子離他而去時，她決心舍己救人了：「我理應有完全的自主權，對於我的身體，我應該有要如何便如何的自由。」強烈的女性自主意識，沖決了傳統道德的所有堤壩，使她做出了勇敢的也是難能可貴的選擇。應該指出，她在這裡所說的「自由」，是特指對史循以身相許的自由，並非像有的論者所說的那樣是可以隨意委身於任何人的自由，因而也就說不上什麼「道德虛無主義」。當然，為了拯救他人，章秋柳付出了犧牲自我的代價，其中也不無某種道德的代價，但是較之救治一個人的生命來說，無疑是值得的，不足苛責的。

再次是對男性偏執的報復主義。慧女士自從第一次被騙失身而又被棄後，即存了對男性報復的主意。在她看來，「男子都是壞人！他們接近我們，都不是存了好心！用真心去對待男子，猶如把明珠丟在糞窟裡。」所以，她對於圍在自己身邊轉的男性，只是玩弄，從沒想到愛。「道德，那是騙鄉下姑娘的圈套，她已經跳出這圈套了。」她對於男性，「只是憤怒——報復未盡快意的憤怒。」男性玩弄女性，這是司空見慣的，被玩弄的女性往往只有悲傷、後悔、氣憤而已，極少有像慧女士這樣「用他們對待我的法子回敬他們」的，儘管她「不但結過幾次婚，並且有過不少短期愛人」，卻不過是逢場作戲，「玩玩而已」，並不認真看待。慧女士對男性的憎恨、玩弄、報復，

即便是可以理解的，卻也是十分偏執的，不能不是一種心理變態。玩弄女性的男性固然應該受到懲罰，但殃及所有的男性卻無道理了。而慧女士在兩性關係上的為所欲為，放任無忌，如她所說「我高興的時候，就和他們鬼混一下；不高興的時候，我簡直不理」，則更不能令人苟同。這種完全無視道德規範的態度，是極端的自我中心主義，倘若失去自尊心的支撐，勢必滑進墮落的深淵。與慧女士玩世不恭的人生態度和道德虛無主義不同，章秋柳儘管聲言「女子最快意的事，莫過於引誘一個驕傲的男子匍匐在你腳下，然後下死勁把他踢開去」，要「玩弄那些自以為天下女子皆可供他玩弄的蠢男子」；儘管因為「偶然喜歡這麼做——譬如伸手給叭兒狗讓它舐著」而與求愛者有諸如接吻之類的親熱，但她實際上並未對男性實行報復主義，也並未隨意失身於人，在性道德上她有自己的疆界。相形之下，慧女士對傳統道德觀念的背離未免矯枉過正，走得太遠了。

綜上所述，「時代女性」在兩性關係上的姿態是獨特的，大膽的，與一般女性迥然不同。在傳統道德根深蒂固的社會裡，她們「享受青春快樂」的「現在主義」，為了某種正大的目的不惜以道德為代價的犧牲精神，以及對男性偏執的報復主義，無疑是與世俗格格不入的。然而，如果我們以現代意識予以審視的話，卻也大致無可厚非。不要說她們不是淺薄的墮落的女性，就是頹廢之說也未必盡然。她們在人生道路上固然有挫跌，有失望，有幻滅，但是並未停止過追求，並未自輕自賤，「向善的焦灼」是她們的共同點。在理智與感情、「神與魔」的衝突中，她們既未完全擺脫理性的制約，也未完全聽任感情的氾濫。她們的宣言是驚世駭俗的，但行動上卻總有一定的「度」。那種單憑宣言不顧及行動而對她們所進行的道德評判，很容易失之偏頗。她們就是這樣矛盾的女性。儘管如此，她們在兩性關係上的現代開放性仍然是十分突出的。「時代女性」的這一基本特徵，自然有著充實的生活依據。如前所說，大革命時代濃鬱的戀愛氣氛是與熱烈的革命氣氛並存的，茅盾曾明確地在信中對人談及：「孫舞陽等三個女性當時社會上不但確有其人，而且還有比我寫得更『解放』——其中之一，現在還活著。」〔註7〕這裡說的「解放」，據收信人稱顯然是指在兩性關係上的開放性了。

〔註7〕 沈楚：《茅盾談自己「不值得談」的作品》，《文匯讀書週報》1994 年 7 月 30
日。

三

強烈的女性獨立意識，是「時代女性」的又一基本特徵。

人的獨立如同思想的自由一樣，是人性解放的根本標誌，是作為健全的現代人的基本要求。《蝕》中的「時代女性」形象，無論是個性柔弱的類型還是剛強的類型，都有很強的獨立性。她們在政治上可以自主地選擇革命，並在大革命失敗後仍然有所追求；在經濟上可以相對的獨立，即便是有人受家庭的接濟，也沒有在人格上受到挾持；在思想上可以有很大的自由度，沒有人強迫她們一定信仰什麼，反對什麼，她們可以自行抉擇；在愛情上可以不受傳統觀念的束縛，完全自己作主……她們所面對的，是不容於她們獨立的黑暗的社會，是根深蒂固的傳統行為規範和世俗偏見，而也正是在這樣的人文環境下，她們獨立不羈、我行我素的姿態也就格外惹眼，別具光彩。其中最有代表性的，當然是首推慧女士和章秋柳了。

慧女士的獨立意識是超乎尋常的。在章靜眼裡，「慧這人很剛強，有決斷；她是一個男性的女子」，她「時常想學慧的老練精幹」，在苦悶彷徨的時候，她「一定要去找她的『慧姊妹』，因為慧的剛毅有決斷，而且通達世情的話語，使她豁然超悟，生了勇氣」。事實上，24 歲的慧確實比單純的靜成熟得多，世故得多。由於純潔的初戀蒙受欺騙，使她失去了對男人的信任，走上了極端的報復主義，這看來未免荒謬，實則卻透露了一個女性強烈的個性，特別是其中自尊、自立、自強的精神，不能不在男性中心的社會裡令人另眼相看。慧以狷傲的姿態周旋於追逐左右的男士之中，玩弄於談笑之間，這對於報復那些以玩弄女性為能事的追逐者而言，也不能不讓人感到痛快。而慧為了擺脫對兄嫂的依附性毅然搬出來住，以及投身於武漢大革命陣營的舉動等事實，也都表明她的獨立性是突出的，貫穿於生活的各個方面的。

章秋柳的獨立意識也有自己的鮮明特點。她有極強烈的個性，凡事無所顧忌，敢做敢為，「現在想怎麼做，就做了再說」，決不躊躇，也不悔恨過去；她「永遠自信」，「素來不喜歡跟人」，既有女性的柔情，更有雄強的男性氣質；她的口號是「不要平凡」，追求的是「痛快熱烈」的生活。唯其如此，她對於凡事「不說不幹，也不說幹」的敷衍塞責態度十分反感，對於男性「妹妹然」的小丈夫氣嗤之以鼻，對於猶疑悵惘的求愛者坦然割捨。在她的闊大不羈的同伴曹志方看來，她「是個有膽量，有決斷，毫沒顧忌，強壯，爽快的女子」。然而，另一方面，她又是脆弱的，時常處在彷徨、苦悶之中，既豪爽又浮浪，

既熱烈又冷豔，既追求光明又缺乏勇氣，既富於同情心又不忘「享受青春快樂」。章秋柳的雄強和脆弱，在很大程度上體現出女性獨立意識的尺度。在混亂黑暗的時代，要求女性徹底獨立是不現實的。處在「無事可作」的境地，身受魑魅魍魎的壓迫，即便是像章秋柳這樣的女性，其獨立性也是有限的。一個人的獨立意識並不只是取決於他的個性，無論如何是離不開他的生存環境的。

慧女士和章秋柳的女性獨立意識，典型地反映了「時代女性」不依附他人、自立於社會的共同心態。儘管「時代女性」實現真正的獨立還有一段長長的路，但是她們已經走在了她們那個時代的前頭，她們的女性獨立意識成爲深烙在自己身上的顯著標誌。

茅盾對自己的處女作《蝕》的思想情緒和藝術結構等做過嚴格的自我批評，而對於其中的人物特別是「時代女性」人物的塑造卻是一直肯定的。他說：「人物的個性是我最用心描寫的；其中幾個特異的女子自然很惹人注意。……如果讀者並不覺得她們可愛可同情，那便是作者描寫的失敗。」〔註 8〕字裡行間，透露出作家的喜愛之情。那麼，「時代女性」的「特異」之處是什麼呢？以上，我們從人物的時代性、道德觀念上的現代開放性和行爲準則上的女性獨立性等三個方面的基本特徵作出了回答。在我們看來，這是構成「時代女性」特異性的根本內容。儘管在她們身上還可以找到諸如理想主義、個人本位主義等精神特徵，但作爲本質的共同的特徵，大概主要是以上三個方面。這三個方面是渾然統一的，捨棄了其中的一個方面，「時代女性」的形象也將是不完整的，這是可以斷言的。至於「時代女性」的美學價值、文化意蘊和作家創作的心理機制等問題，這裡限於篇幅，只好另文論及了。

（《山東師大學報》1994 年第 6 期）

〔註 8〕 《茅盾論創作》，上海文藝出版社 1986 年版，第 31 頁。

現代女性自我意識的張揚和迷惘

——《蝕》中時代女性的文化內涵

茅盾早期小說中的時代女性形象系列，以其內蘊的豐富性和特異性被公認為新文學史上最有光彩的一組女性形象之一。從文化視角考察時代女性的歷史內涵，也許較之單從政治視角進行觀照會有更多的發現，更能接近對象自身。這裡筆者就此作些探討，以就教於方家。

一

活躍於大革命前後的時代女性，並非是一夜之間突然冒出來的。她們是經受過「五四」人文精神的洗禮，從「五四」時代走過來的新女性。在她們身上，深烙著鮮明的女性自我意識，具有強烈的個性主義色彩。

所謂女性自我意識，簡單地說就是女性對自身作為「完整的個體的人」的意識。女性自我意識的覺醒，是社會發展到一定歷史階段的產物，是社會進步和現代文明的標誌。法國著名的女權主義者西蒙·波伏瓦在她的《第二性——女人》中指出：「女人不是天生的，而是後來形成的。」在中國，由於幾千年的封建統治和封建禮教的禁錮，女性長期處在被奴役被損害的地位，喪失了自我，被異化成非人。只是到了「五四」時期，在東西方文化的激烈碰撞中，女性的自我意識才在時代春雷的震撼下開始覺醒。一批以女作家為主體的得風氣之先的作家，率先在自己的作品中對此作出了反映。這些作品高揚個性解放的旗幟，呼喚女性的「人的覺醒」，著重通過戀愛、婚姻和家庭生活的描寫，表現女性遭受壓抑的沉重和女性角色的艱難，在尋找失落的自我中喊出了女性反抗舊道德舊文化和追求個性自由、人格獨立的共同聲音。冰心的淑女型女性、凌叔華的變態型女性、馮沅君的殉愛型女性、盧隱的抗

爭型女性，特別是魯迅的子君型女性，從不同側面展現了我國女性自我意識的最初覺醒，昭示了個性主義在婦女解放道路上的重要作用，爲新女性的生存狀態和人生探索譜寫了最初的篇章。

茅盾早期小說中的時代女性是「五四」新女性的精神姊妹，是「五四」新女性的繼承和發展。如果說，被個性主義喚醒的「五四」新女性主要是在個人狹小的圈子裡尋求個性解放，把女性的覺醒和人的覺醒當作主要價值取向的話，那麼，時代女性則是進而走上了廣闊的社會，在大時代的洪流中追尋女性的命運和出路，以張揚現代女性的自我意識特別是價值意識爲指歸的。盧隱在《今後婦女的出路》中坦直地說：「我對於今後婦女的出路，就是打破家庭的藩籬到社會上去，逃出傀儡家庭，去過人類應過的生活，不僅僅做個女人，還要做人，這就是我唯一的口號了。」實際上，這也是盧隱筆下新女性的人生追求和價值觀念。「不僅僅做個女人，還要做人」的耿耿心曲，如同離家出走的娜拉聲言「我首先是一個人」一樣，其實質在於追求女性的自由、平等、獨立、自主等做人的基本權利，肯定女性的人的覺醒和個性發展的合理性。不用說，這在「五四」乃至此後的一段長時間裡，都是一個長遠的目標和艱難的實踐過程，其意義無疑是不容低估的。然而，「五四」新女性的覺醒和追求畢竟局限在個人的小天地裡，「娜拉走後怎樣」的問題並沒有解決。轟轟烈烈的大革命運動的興起，給「五四」落潮後處在困惑狀態的新女性以巨大的刺激，爲她們表現自我和實現自我的價值提供了廣闊的社會舞臺。正是在這樣的大舞臺上，茅盾《蝕》中的時代女性作了相當充分的表演，在社會政治活動中淋漓盡致地展示了新女性的風采。

如所周知，時代女性儘管是大革命的參與者，但並非革命的弄潮兒，在茅盾看來也不是眞正的革命者。作爲在「五四」精神感召下覺醒的新女性，她們是帶著強烈的個人本位主義投身於時代的洪流之中的。正如茅盾在《幾句舊話》裡所說，那時「小資產階級出身的女學生或女性知識分子頗以爲不進革命黨便枉讀幾句書。並且她們對於革命又抱著異常濃烈的幻想。是這幻想使她走進了革命，雖則不過在邊緣上張望。也有在生活的另一方面碰了釘子，於是憤憤然要革命了，她對於革命就在這幻想之外再加了一些懷疑的心情。」《蝕》中的章靜、周定慧女士就是如此。不用說，抱著這樣的動機參加大革命是一定會碰壁的。不過，在當時的歷史條件下她們恐怕也只能這樣。對於眞正的革命的女性來說，這也許是不足取的，但對於時代女性卻是正常

的、可以理解的，甚至不無意義的。作為時代女性，趕時代潮流，幻想通過大革命改變自身處境，實現自我價值，實在是很自然的人生選擇。實際上，即便是真正的革命者，也未必一參加革命就有為國為民的純正動機，他們的思想境界通常是在革命隊伍中磨煉提高的。倘若不是不滿於社會現實，不是為了改變自身的處境和現存的社會關係，人們也就無須參加革命，而革命也就無從發生了。時代女性的這一人生選擇，表明她們已把自己的命運和大革命聯繫在一起，走上社會的「娜拉」，終於向前邁出具有重要意義的一步了。

　　然而，投身於大革命洪流中的時代女性，一旦置身於深刻的矛盾衝突漩渦，也就無可避免地會出現或輕或重的精神危機，產生彷徨、迷惘甚至幻滅的思想情緒。這一方面是因為革命的嚴酷性、複雜性，另一方面是因為其自身個性主義的局限性所造成的，如同魯迅在《對於左翼作家聯盟的意見》中所說，「革命是痛苦，其中也必然混有污穢和血，決不是如詩人所想像的那般有趣，那般完美；革命尤其是現實的事，需要各種卑賤的，麻煩的工作，決不如詩人所想像的那般浪漫」，「所以對於革命抱著浪漫蒂克的幻想的人，一和革命接近，一到革命進行，便容易失望。」章靜對於大革命的幻滅和追求，在時代女性中就很有代表性。這個被「五四」精神喚醒的新女性，性情柔弱、沉靜、耽於幻想，還在中學時代就參加過反對頑固校長的鬥爭，進入大學後經受了初戀被騙的打擊後心灰意冷，是大革命的勝利捷報和同學的鼓勵重新燃起了她的革命熱情，為了追求「光明熱烈的新生活」，「做一點於人有益，於己心安的事」，她投進了武漢這座大革命的洪爐。然而由於武漢正值大漩渦、大矛盾之時，光明與黑暗交織，真革命與假革命、反革命混雜，更由於章靜對革命帶有很大的幻想性、主觀性，多愁善感、意志薄弱，看到的陰暗面多，光明面少，所以她無論進政訓班、婦女會還是省工會，都難以適應新的環境，都在精神壓抑中一次次失望和幻滅。後來在傷兵醫院的看護工作中，她結識並愛上了一位作戰勇敢不怕犧牲的連長，當革命和愛情發生衝突時，她經過一番痛苦的思想鬥爭，終於決然支持愛人重返前線，從而把愛情的幸福寄託在革命的勝利上，透出了時代女性在人生道路上繼續前進的亮色。美國作家露絲·本尼迪克特在《文化模式》中說：「衝突是生活的實質。沒有它，個人生命便沒有意義，而且所能獲得的也僅是甚為膚淺的生存價值。」正是在個人同社會、個性主義同大革命的矛盾和衝突中，在跌宕起伏的情緒體驗中，章靜艱難地走向成熟，人生價值得以初步實現。在追求中幻滅、在幻滅

中追求成爲她生命歷程的主旋律。

如果說章靜的幻滅感主要緣自個性主義與大革命不相適應的一面，以表現女性自我意識困惑迷惘的話，那麼，周定慧、孫舞陽在大革命中的表現則從相反的方向上顯示了自身的價值和意義。與章靜不同，慧女士參與大革命儘管也無怎樣高尚的動機，但在革命運動中決無那麼多的傷感和煩惱。她在武漢的一個什麼政治部門工作，儘管不像章靜那樣投入，也並不怎樣如意，卻依然是那樣放任不羈，我行我素，大革命並沒有使她感到壓抑，她的對男性的報復意識也並沒有因大革命而有所改變，她是依然故我的。而「跟著世界跑」的孫舞陽則更進了一層。作爲處在縣城革命漩渦之中的婦女協會幹部，她一方面在個人生活上表現得違世抗俗，十分浪漫，另一方面又在革命工作中盡職盡責，臨危不懼。在對待南鄉農民運動中出現的「多者分其妻」問題上，孫舞陽認爲解放婢妾、尼姑是革命行動，稱之爲「婦女覺醒的春雷」、「婢妾解放的先驅」，這在政治上固然是左傾幼稚病的表現，但就女性意識而言，未嘗不是出於對壓制婦女的勢力的憤懣和對婦女可悲命運的同情。在革命橫遭扼殺的時刻，她首先想到的是革命同志的安危，並勇敢地通知和掩護他們脫離險境，然後才從容鎮定地化妝出走，尋找革命隊伍。由此看來，孫舞陽不是「沉醉於戀愛而忘記革命的女黨人」，不是「淺薄的浪漫的女子」，而是具有革命者品格的時代女性。在她身上，自立、自強、自尊的女性自我意識和爲社會、爲民眾的解放而鬥爭的革命意識是融和在一起的，個性主義和社會政治運動之間有著並不背反的一面，而正是在這樣的背景下，她的自我價值才得以確立和實現。孫舞陽追求革命，投身革命，雖不能說像是如魚得水，輕鬆自如，但大革命的發展並未給她造成怎樣的壓抑和痛苦，而是給她提供了張揚個性、發揮聰明才智的機會卻是顯而易見的。

大革命失敗所帶來的社會陣痛，在時代女性身上所造成的精神創傷是深重的。章秋柳即是其中的典型代表。這個被時代低氣壓壓得幾乎透不過氣來的新女性，在「幻滅的悲哀」中並沒有停止對光明的追求，她發起組社，辦刊物，進行社會活動，儘管無一成功，但卻表現了對黑暗社會現實不妥協的抗爭精神和「向善的焦灼」的心態。如果不是出於對大革命的關注和執著，不是把個人的命運和大革命的命運緊密地聯結在一起，她是不會如此憤世嫉俗、創深痛巨的。在新的人生選擇面前，她沒有與黑暗社會同流合污，而是走上了一條違世抗俗、特立獨行的道路。章秋柳的選擇，從另一個角度著眼不能不說是出於女

性自我意識的掙扎和支撐。唯其不甘於沉淪和墮落，不甘於失卻女性的獨立人格和尊嚴，維護女性同男性一樣的基本權利，她才處逆境而不心灰意冷、一蹶不振，雖落荒又想有所作爲、奮力前行。在黑暗的社會現實面前，她的認識是清醒的，她聲言：「我們時時處處看見可羞可鄙的人，時時處處聽得可歌可泣的事，我們的熱血是時時刻刻在沸騰，然而我們無事可作；我們不配做大人老爺，我們又不會做土匪強盜；在這大變動時代，我們等於零……我們含著眼淚，浪漫、頹廢。但是我們何嘗甘心這樣浪費了我們的一生！我們還是要向前進。」章秋柳的苦悶既是時代造成的，是當時流行的一種時代病，也是個人的，是自我價值不得實現的結果。就是說，是追求社會解放和個人解放理想幻滅後的雙重苦悶。這種苦悶誠然有自暴自棄的消極成分，但未嘗沒有痛定思痛向上進取的積極因素和感時傷世的憂患意識。科恩在《自我論》中指出：「絕望、憂鬱、苦悶和寂寞等心理狀態的出現是個性和反思發展的重要標誌。」時代女性的苦悶心態，正是女性自我意識迷惘的表現。沒有女性的自覺，沒有人的自覺，時代女性的苦悶是無從談起的。

總之，時代女性是以獨立的姿態走上社會，投身於大革命全過程的。她們在革命的幾個時期中所表現的幻滅、動搖和追求的思想情緒，具有不容忽視的文化內涵，其中最值得注意的，莫過於女性自我意識的張揚了。在這場社會大變革中，她們熱情奔走，自立、自強，像男性一樣發光發熱，而不再是天生的弱者。她們的彷徨和迷惘，固然可以被指斥爲小資產階級的局限性，但不能不說也是某種程度上心繫革命和女性自覺的證明。一個對大革命成敗漠不關心、對自身存在價值無所覺悟的女性，肯定是不會如此苦悶的。她們之所以被茅盾稱之爲時代女性，大概就因爲能夠投身於大革命的時代洪流，寄女性解放於社會解放之中，把自我價值的實現和社會的變革聯結在一起的緣故，而不是置身局外的看客，遠離大革命的娜拉。可以說，時代女性正是大時代的產兒。起初抱著不切實際的幻想參加大革命也罷，在革命進程中彷徨迷惘也罷，最終被時代潮汐拋擲擱淺也罷，時代女性畢竟參與了大革命運動，並且經受了時代洪流的洗禮和薰陶，在一定意義上實現了女性的自我價值。在這裡，參與是十分重要的，走上社會變革的大舞臺爲女性自我意識的發展提供了契機。黑格爾《精神現象學》認爲：「自我意識的態度是一種實踐性的態度」，「只有當人從自己的需要出發，使外在事物成爲自己需要的對象，成爲滿足自己需要的手段，才能超出對事物採取靜態直觀的關係，使自己取

得獨立性。」時代女性在社會實踐中的獨立性是鮮明的，她們並未泯滅自我，把自我意識消融到群體意識之中，而是突出地表現了自我肯定、自我實現的主體性，她們的自恃、自負、自傲，她們的自我確立精神，她們在社會舞臺上扮演的並不遜色於男性的女性角色，她們對自身命運和出路的執著追求，都是「五四」新女性所不及的。可見，女性參加社會變革，並非一定要消解自我意識，她們誠然應該努力使自己適應社會鬥爭需要，但決不意味著必須以犧牲女性自我意識為代價，那種認為自我意識和群體意識之間只能是完全對立，只有壓抑自我、泯滅自我才是正確的人生選擇的觀點是失之偏頗的。

二

如果說參加大革命為時代女性實現自我價值和自我解放，張揚女性自我意識提供了社會舞臺的話，那麼，婚戀關係和異性糾葛則為時代女性展示自己獨特的文化心理和鮮明的女性意識提供了人生舞臺。在這個人生舞臺上，時代女性的表現是特立獨行、驚世駭俗的。

憎恨男性的報復主義者。幾千年來，女性總是處在被損害的地位，女性遭受男性的欺侮和玩弄是司空見慣的，這是男性中心社會裡的普遍現象。在這樣的社會裡，反其道而行之的女性，無疑會令人刮目相看。周定慧就是這樣的時代女性。這個美貌而又狷傲的女性，曾懷著純真的愛情和美好的憧憬，把少女的初戀和貞操奉獻給了自己最初的戀人，但是萬沒想到，對方竟是獵豔的騙子，不僅玩弄了她，而且拋棄了她。這沉重的打擊，從此擊毀了她的愛情理想和人生信念。在她看來，「世界上沒有好人，人類都是自私的，想欺騙別人，想利用別人……男子都是壞人！」於是，她不再以真心對待男性，不再接受道德觀念的約束，而是採取以其人之道反治其人之身的辦法，以玩世不恭的態度實行起對所有男性的報復主義。儘管她幾次結婚又幾次離異，儘管她有過不少的「短期愛人」，但實質上「她對於男性，只是玩弄，從沒想到愛」。這種玩弄，固然是逢場作戲，固然有出於滿足所謂一時「本能的衝動」的因素，但更重要的是出於對女性自身尊嚴和權利的維護，對傳統倫理道德觀念的反叛，對男性中心社會的挑戰。從這樣的意義上說，未嘗不是女性自我意識一種變態的宣洩和張揚。正是在這樣的異性糾葛中，周定慧以非凡的膽識和怪誕的行徑凸現了自己的個性，從而鮮明地區別於以往的新女性形象。當然，她對所有男性所取的極端的態度，她的道德虛無主義，她的自我

中心主義，顯然是失之偏激的。然而考慮到她所玩弄的男性通常是心懷叵測的浮浪之輩，她的心靈深處所受的深重的創傷，以及她所處的險惡的生存環境，人們對其也就不無同情，無意苛責了。

我行我素的性開放主義者。從省裡派到縣婦女協會工作的孫舞陽，以其出眾的美豔和出格的舉止為人們所矚目。這個自詡為「破天荒」的時代女性，在與異性的糾葛中確實表現得不同凡響。本來，她和縣黨部的候補委員朱生民打得火熱，不僅情意綿綿，而且有了性關係。然而，其實她並不愛他。當周圍的追求者提出責難時，她竟坦然聲稱：「我也知道他是個糊塗蟲。不過因為他像一個女子，我有時喜歡他。你妒忌麼？我偏和他親熱些。」朱生民被稱為「全城第一美男子」，這是孫舞陽喜歡他的全部原因。說到底，朱生民不過是孫舞陽的一個性夥伴而已。所以，她對他有時親熱，有時則冷冷地不理，被別人看來不免「有些兒古怪」。她的嫵媚動人，追求刺激，「使許多男子瘋狂似的跟著跑」，以致縣黨部商民部長方羅蘭這個有婦之夫也被誘惑得神不守舍，神魂顛倒，使原本美滿的家庭頻臨破裂的邊緣。在性態度上，她實在是失之隨便、過於輕浮的，難怪會被正統的女同事視為「放蕩、妖豔，玩著多角戀愛」的角色，被社會的流言說成是「見一個，愛一個，愈多愈好」的人物。對此，她曾直言不諱道：「我有的是不少黏住我和我糾纏的人，我也不怕和他們糾纏；我也是血肉做的人，我也有本能的衝動，有時我也不免——但是這些性欲的衝動，拘束不了我。所以，沒有被我愛過，只是被我玩過」。在她的觀念裡，滿足時或有的「本能的衝動」不過是玩玩而已，這和愛情是兩碼事，她認為「兩人相差太遠就不會發生愛情；那只是性欲的衝動」，她和朱生民之間就是如此。然而對方羅蘭，似乎又當別論。儘管方羅蘭矢口否認，方太太的疑心其實並沒有錯，孫舞陽對他的親昵舉止表明她是愛他的，只是因為不願給對方特別是對方的妻子造成痛苦，她才明確地告知對方：「我不能愛你！」能夠灑脫地做出這樣明智的決定，對作為第三者的女性來說並非易事。被孫舞陽寫在紙上的一首「不戀愛為難，／戀愛亦復難；戀愛中最難，／是為能失戀」的詩，可以透露出當事者的心情。在她這裡，不是什麼「失戀」，而是決斷地割捨她與方羅蘭之間的愛情。可見，孫舞陽對待愛情的態度還是嚴肅、莊重的，這和她的性態度形成強烈的反差。儘管她和方羅蘭愛戀甚深，他們之間卻並未輕率地發生過性關係。從這樣的意義上說，方羅蘭認為「她有一顆細膩溫柔的心，有一個潔白高超的靈魂」，實在並非過譽之辭。在靈與肉、情與理的衝突中，孫舞陽就是這樣一個負載著矛盾、

令人難以索解的時代女性。

甘於自我犧牲的奉獻主義者。在大革命失敗後的低氣壓下拼力掙扎的時代女性，一方面想在事業上有所進取，另一方面則陷入浪漫甚至頹廢的兩性糾葛之中。在她們中間，鬧幾角戀愛者有之，「享受青春快樂」者有之，為了生存和信仰而不得已淪落街頭者有之。自稱「像有魔鬼趕著似的，盡力追求剎那間的狂歡」的章秋柳，在目睹了懷疑主義者史循未遂的自殺後，心靈受到強烈的震撼，經過一番深刻的反省，「向善的焦灼」終於戰勝了「頹廢的衝動」，決意告別既往，從此「切實地做人」。她的一大舉措，就是以主動犧牲自己的情感為代價，用情愛的力量換取史循的新生。史循的悲觀厭世，固然是出於對世事的失望，更重要的是因為病魔的折磨和失戀的打擊。章秋柳以身相許，不啻是一副對症良藥。果然，史循煥發了生命力，嶄然一新地出現在人們面前。章秋柳不惜代價挽救史循的行為，就倫理觀念上說也許不足為法，但不能不說是人道主義的勝利，是離經叛道的舉動。在這之前，她是「不很願意刻苦地為別人的幸福而犧牲」的，「有時且近於利己主義，個人本位主義」。前後比較，判若兩人。甘願為一個並不愛的人而犧牲自我，表明章秋柳實現了自我的超越，已成為一個人道主義者和奉獻主義者。

馬克思在《1844年經濟學——哲學手稿》中談及男女性愛關係時指出：「根據這種關係就可以判斷人的整個文明程度……這種關係可以表現出人的自然行為在何種程度上成了人的行為。」性愛關係如此，戀愛婚姻乃至異性糾葛也是如此。在這樣的關係中女性的表現，能夠反映出女性自覺乃至人的自覺的程度，反映出其中的文化內涵。《蝕》中時代女性的種種類型，無論是對男性的報復主義者、性開放主義者還是奉獻主義者，都以其鮮明的特異性顯示了現代女性自我意識的內蘊。要而言之，大致有這樣幾點。其一，在與異性交往中的獨立自主性。與傳統女性的羞澀、怯弱、受動心態不同，時代女性在和男性交往時，決無依附性，她們在所處的小環境中通常總是處在中心位置和主動地位，以強者的姿態出現的，而幾乎所有的男性則都成為她們的臣民和附庸。其二，強烈的性自由意識。時代女性報復男性或獻身男性，都是建立在可以自由支配自己的身體而不受任何道德觀念約束的基礎之上的，她們對自己的魅力充滿自信，相信青春不再，奉行「享受青春快樂」的「現在主義」，決不壓抑自己「本能的衝動」，也決不墮落於性商品化的深淵之中。其三，對理想的愛情不抱幻想的心態。時代女性中的佼佼者，無一

有美好的愛情和幸福的家庭，她們領略了男性社會的不平等和男性的欺詐後，少女時代的美麗夢想便被擊碎了，從此不再癡心於愛情的夢幻，而以性愛取代了愛情。凡此種種，集中到一點，就是與男性中心社會對抗的女性中心意識。可以說，這就是時代女性在兩性關係中自我意識的精神實質了。

那麼，應該怎樣看待時代女性在兩性關係中的這種自我意識呢？我們認為，就人格獨立和人身自主而言，這無疑是女性解放的重要標誌，應該給予充分的肯定。就是性自由和性滿足的行為，在女性備受壓抑的時代也具有反抗傳統倫理道德壓抑和改變被扭曲的人性的意義。黑格爾認為，「自我意識首先是欲望」。而欲望的滿足可以使人獲得自我確信，獲得自強自立的力量。時代女性在自然存在意義上的解放，說明她們的自然行為已經成為了人的行為，超越自然人而成為社會人了。也正是在這樣的基礎上，才有了時代女性的精神解放和全面解放。然而另一方面，對於作為自我意識組成部分的性意識及性行為，時代女性完全無視道德規範的態度是不足取的，而女性中心意識尤其要不得。由男性和女性共同組成的這個世界，在彼此交往中不僅必須講文明，守道德，而且必須平等相待，友好相處。如果反叛舊道德而滑向道德虛無主義，反對男性話語而以女性話語取而代之，那不是矯枉過正，又會出現新的錯位嗎？如同男性中心意識是男權社會的產物，不能為現代女性所接受一樣，女性中心意識也只能是女權主義的幻想，即使在一定範圍內的女性身上出現，也只能是有限的、短暫的，不會為現代男性所接受。應該指出，時代女性的這種自我意識，顯然是帶有某種病態的。這種病態，不能不是時代扭曲所造成的人性扭曲的表現。在這裡，時代女性的自我意識在張揚中又發生迷惘了。

時代女性以獨特的姿態出現在社會舞臺和人生舞臺上，構成了新文學史上的一道風景。她們在時代洪流和異性糾葛中所表現的自我意識，代表了 20 年代末期中國新女性所能達到的高度，也明顯地打上了時代局限性的烙印。由於歷史的原因，在新文學人物畫廊中，這樣的形象實屬鳳毛麟角，除了像丁玲筆下的莎菲女士等個別女性形象可與之媲美外，恐怕再也找不到其他女性形象了。只是到了 80 年代，她們的精神姊妹才又成批地湧現出來。在這樣的文學背景下，時代女性自我意識的意義是顯而易見的，限於題旨這裡不贅述了。

（《山東師大學報》1995 年第 6 期）

內在的契合

——茅盾早期的婚戀觀與時代女性的現代開放性

　　茅盾早期小說中時代女性的最引人矚目之處，在於她們在戀愛婚姻和異性糾葛中所表現出來的驚世駭俗的現代開放性。這種現代開放性，是時代女性的本質特徵之一，也是時代女性被公認為成功的系列形象的內在原因之一。時代女性現代開放性的成功創造，因然是出於作家對生活中新女性的深切瞭解和把握，然而也是與茅盾早期開放的婚戀觀分不開的。作為對婦女解放特別是婦女的思想道德觀念解放作過深入思考的婦女問題評論者，作為在東西方文化碰撞中堅持取精用宏從而走在時代潮流前頭的青年知識分子，茅盾早期對戀愛婚姻問題從理論上進行了多年的探討，建構了具有現代意識的婚戀觀。只要把這一婚戀觀的主體框架作些解構，就會發現它與時代女性在兩性關係上的現代開放性十分一致，在許多方面達到了內在的契合。可以說，如果沒有茅盾早期開放的婚戀觀，也就沒有時代女性的現代開放性，也就沒有時代女性。

一

　　愛情在茅盾早期婚戀觀中佔有非同尋常的位置。在茅盾心目中，愛情「一定是靈肉一致的」，[註1] 不僅被賦予無比美好的神聖色彩，而且是聯結合乎道德的婚姻關係的唯一紐帶。

　　對愛情內涵的透徹把握。愛情是人類生活中的一種特別的感情，是男女兩性間存在的一種內涵豐富的特殊關係。古往今來，不知有多少人對愛情實質這個被稱作「永恆之謎」的問題作過探究，形成了不同的愛情觀。適應五

〔註1〕　《茅盾全集》第 14 卷，人民文學出版社 1987 年版，第 254 頁。

四時期人的發現和個性解放的要求，茅盾早期懷著青年人的巨大熱情和美好憧憬，在持續幾年的婦女評論中，對「愛情是什麼」的問題進行了孜孜不倦的探討，所作的解說和答案達七八處之多。考察這些解說和答案，儘管有著由簡到繁、由淺入深的不同表述，但其內在精神卻是一致的，這就是：（1）戀愛是兩性間靈魂的合一。所謂靈魂，是指感情，也指精神和人格。這種感情不是一般的感情，而是「人類感情中之勢最強烈，質最醇潔，來源最深邃」〔註2〕的感情。不僅如此，戀愛還是「兩心交融的情意通過理智的爐鍋後所成的新物；它在情意的交融上又加了一層人格的瞭解，——說得神秘些，是從人格的互證到靈魂的合一」。〔註3〕在青年茅盾看來，真正的愛情不是理智的產物，不能攙涉任何政治的、經濟的等方面的功利性因素，那只能藝瀆了愛情的純潔性，而只要兩性心靈相通，就是具備了戀愛的真諦。（2）愛情和性愛是不可分的。柏拉圖只講精神戀愛，否定性愛；中國封建倫理道德不講愛情，只認可生兒育女、傳宗接代的責任。對此，茅盾早期的戀愛觀予以堅決的摒棄，明確主張愛情應該是靈肉一致的：「男女戀愛的關係，究竟僅是肉體的物質的呢，還是靈魂的精神的？我們固然不便跟了那些空想的神秘詩人那樣的說法，決定男女的戀愛完全是屬於靈的精神的東西，和肉體一毫無涉；但我們卻也覺得男女的戀愛，真正的戀愛，至少應有精神的結合。我們固然也否認那主張精神戀愛，以為肉體接觸完全是獸性的可醜的，這些不近人情的偏論，但我們卻也承認男女間戀愛的關係確是由肉體的而進化到靈魂的。」〔註4〕顯然，青年茅盾是把性愛作為愛情的組成部分看待的，而反對靈與肉、情與性分離的愛情觀念。（3）愛情必須出於兩廂情願。他說：「戀愛是雙方面的交感，不是一方面的單相思……不是一方面主動的『挑』而他方面被動的『感』」。〔註5〕茅盾還就此作了闡發，指出既然愛情是男女雙方的全面結合，是雙方完全自覺自願的行為，那麼，就應該起於雙方人格之互相瞭解，成於雙方靈魂之滲合而無間隙，所以那種天天忙著向未識面的異性寫情書的人，那種見一個愛一個的人，那種強迫對方接受自己愛情的人，都是不懂得愛情的真諦的，他們的行徑，只不過是「剃頭挑子———一頭熱」罷了，即使勉強

〔註2〕 《茅盾全集》第15卷，人民文學出版社1987年版，第261頁。
〔註3〕 《茅盾全集》第15卷，人民文學出版社1987年版，第66頁。
〔註4〕 《茅盾全集》第14卷，人民文學出版社1987年版，第253頁。
〔註5〕 《茅盾全集》第15卷，人民文學出版社1987年版，第65頁。

締結婚姻，也未必有愛情幸福可言。不難看出，青年茅盾靈肉一致的愛情觀念，是基於人的解放的要求而又合乎人性的現代觀念，與恩格斯的愛情觀念一脈相承，因而是切中肯綮的。

愛情神聖和戀愛自由。1925 年 1 月，茅盾在《新性道德的唯物史觀》一文中說：「戀愛神聖的意義即謂戀愛是神聖不可侵犯的，爲了戀愛的緣故，無論什麼皆當犧牲：只有爲了戀愛而犧牲別的，不能爲了別的而犧牲戀愛。從這意義上，戀愛神聖也就是『戀愛自由』的意思：戀愛應該極端自由，不受任何外界的牽制。」〔註 6〕由此出發，青年茅盾強調愛情「是一種限於兩性間的最高貴的感情」，「是人類精神生活之最高的表現」，從而賦予愛情以至高無上的地位。由此出發，青年茅盾對於婦女解放運動中出現的大膽追求愛情的現代女性予以充分肯定，對她們爲了愛情什麼也不顧的精神表示敬意，因爲「戀愛是不受什麼禮教信條、社會習慣的束縛的」。由此出發，青年茅盾對傳統的戀愛觀作了深刻的批判。在《青年與戀愛》等文中，他指出中國人在聖經賢傳的規範下，幾千年來對於戀愛只有兩種態度：一種是「禁愛主義」，把戀愛當作極不道德的行爲，「戀愛」兩字在中國是犯禁的。中國是「禮義之邦」，自古以來，「男女之防」最嚴，按照「古禮」，7 歲的男女就不能同席，女子及笄便不能見外人，婚姻只能由父母作主，嫁雞隨雞，嫁狗隨狗，並不問是否有愛情。另一種是把戀愛看作遊戲消遣的風流韻事，這是「禁愛主義」的中國文化所造成的畸形的「戀愛觀」，是一種變態心理。封建倫理道德觀念雖然有莫大的力量，但終究不能一概扼殺人性的要求，一旦「天假良緣」，青年男女不免會發生「偷閒蕩檢」的行爲，於是文人雅士便以「偷香竊玉」、「風流韻事」稱之，用以嘲人和自嘲，本應是光明正大的戀愛被輕薄地視作低下之舉了。對於這兩種中國式的異樣的「戀愛觀」，青年茅盾在一針見血地指出其實質在於禁錮、戕害人性的基礎上，反其道而行之，不僅高揚起愛情神聖和戀愛自由的旗幟，並且把戀愛提到婦女解放的高度，理直氣壯地宣稱：「女子解放的意義，在中國，就是發見戀愛！」〔註 7〕

婚姻以愛情爲基礎和紐帶。把婚姻和愛情聯繫在一起，把是否有愛情看作建立婚姻關係乃至解除婚姻關係的唯一道德標準，是青年茅盾經過一番理論和實踐的探討後形成的現代婚姻觀。茅盾認爲：「兩性結合而以戀愛爲基

〔註 6〕 《茅盾全集》第 15 卷，人民文學出版社 1987 年版，第 262 頁。
〔註 7〕 《茅盾全集》第 14 卷，人民文學出版社 1987 年版，第 324 頁。

的，那就是合於道德的行爲，反之，就是不合於道德的。」〔註8〕愛情是婚姻的基礎，只有建立在愛情基礎上的婚姻關係，才是值得肯定的，愛情是衡量婚姻道德與否的試金石。這一嶄新的婚姻道德觀念，當然是對傳統觀念的徹底否定。如茅盾所說，幾千年來中國人是不准講戀愛的，不要說未婚男女，就是夫婦間也不准講戀愛；古書上講夫婦關係，只有「夫唱婦隨」、「夫爲婦綱」、「相敬如賓」等話頭，但從不曾提到一個「愛」字，不說夫婦間應當有愛情。中國男子娶妻的目的，一是要妻子來「主中饋」，即在家庭中主持飲食供祭等事務，二是爲的生兒子，因爲「不孝有三，無後爲大」。至於什麼婚姻要有愛情之說，在中國禮教先生看來，簡直是邪說，他們名之曰「淫」！是狂飆突起的五四新文化運動，喚起了人的覺醒，使他們起而砸碎封建倫理道德的桎梏，大膽地追求由愛情而婚姻的家庭幸福了。另一方面，由於愛情並非恆久不變的，出於種種原因，夫婦間曾經有過的愛情或者消失，或者轉移，那麼夫婦間的婚姻關係也就應該解除，這就是茅盾早期所主張的離婚自由觀。他說：「我們信奉戀愛教，確信結婚生活必須建立在雙方互愛的基礎上，無戀愛而維持結婚生活，是謂獸性的縱欲；是謂喪失雙方的人格！」〔註9〕沒有愛情的婚姻是不幸的、悲劇的，以婚姻的關係硬要不相愛的男女生活在一起，不僅無幸福可言，而且是不道德的。夫妻終身相愛，白頭偕老，誠然是美滿的婚姻，是爲世人所稱道的一椿美事，然而可慮的是並非所有的夫婦都能終生保持愛情不變，即如西方男女結婚時對神靈信誓旦旦，基督教要求夫婦終生相伴，也不能保證他們的愛情不發生變遷；所以，離婚自由也就勢在必行。對於失去愛情的夫婦來說，離婚並非不體面的、痛苦的事情，而是一種解脫，是新生活的開始，是對他們人格的尊重，因而是合乎道德的，無可非議的。實際上，離婚自由正是愛情神聖觀念在婚姻關係上的切實體現和必然要求，正如青年茅盾所指出的：「因爲要保持戀愛神聖，同時便不能不採取離婚自由；而在此兩性關係正在變化過渡的時代，採取離婚自由便所以實現戀愛神聖。」〔註10〕這是一語中的的。

總之，靈肉一致的愛情觀念、愛情神聖的觀念和以愛情爲核心的婚姻道德觀念，共同構成了茅盾早期婚戀觀的主體內涵。這是一種建立在人的自覺的基礎上的現代觀念，是以個性主義倫理道德否定儒家倫理道德的現代意

〔註8〕 《茅盾全集》第14卷，人民文學出版社1987年版，第331頁。
〔註9〕 《茅盾全集》第15卷，人民文學出版社1987年版，第39頁。
〔註10〕 《茅盾全集》第15卷，人民文學出版社1987年版，第263頁。

識。青年茅盾的這一婚戀觀，與五四新文化運動的先驅者和倡導者的婚戀觀是完全一致的。如所周知，魯迅對扼殺人性的封建道德深惡痛絕，斥之爲「畸形道德」、「吃人」道德，對於敢於向舊道德挑戰的「人之子」，他總是給予熱情地肯定和讚揚。在《隨感錄‧四十》中，他說：「魔鬼手上，終有漏光的處所，掩不住光明：人之子醒了，他知道了人類間應有愛情！」愛情意識的覺醒，被看作是人的覺醒的重要標誌。葉聖陶主張：「男女結合最正當的條件，就是『戀愛』，兩相戀愛，便結合起來。……所以男女對待的態度，應只問戀愛不戀愛。那時兩方都是主動的，自由的，兩方果是戀愛深時，彼此互對，覺有一種美感，以爲是精神所託，靈魂所寄的」。〔註11〕這裡說的戀愛，與當時茅盾等人一樣，就是指愛情。葉聖陶這位並不激進的新文化運動的倡導者，婚姻觀念也是十分開放的，他把愛情看作婚姻最高的也是唯一的條件。這種現代的開放的婚戀觀，在五四新文化運動中是有代表性的。青年茅盾較之其他幾位新文化先驅者和倡導者而言，儘管其現代婚戀觀確立稍晚，但一經確立，其在理論上的執著和堅定，以及其連同婦女解放問題所作的思考之深入，則是鮮爲人及的。

應該指出，青年茅盾一開始時的婚戀觀念卻並非如此。或者說，他在確立現代婚戀觀之前經歷過一番曲折。1919 年 10 月，在《「一個問題」的商榷》中，茅盾提出「不信有純粹的戀愛」、「結婚不當以戀愛爲要素」和對父母包辦的舊式婚姻「不主張全解約」的觀點。此論一出，即引來非難和爭議，11 月茅盾又撰文作答，申述和堅持了自己的觀點。這一觀點到 1920 年即開始發生根本性轉變。就是說，在 1920 年之前，青年茅盾的婚戀觀儘管包含有新的素質，但本質上還是傳統的。這不免讓人詫異。須知當時正是個性主義思潮日益高漲，包括傳統婚戀觀在內的舊的思想道德觀念受到空前撻伐的時候，而青年茅盾也已經是一個現代意識很強的個性主義者、民主主義者，理應走在時代的前頭。筆者認爲，這應該主要從茅盾個人的婚姻生活及其態度上找原因。我們知道，茅盾和孔德沚的姻緣，完全是一樁經媒妁之言，由家長包辦的娃娃親，除了起始雙方家庭門當戶對之外，男女雙方各方面反差甚大。1918 年初成婚之前，不僅無愛情可言，而且彼此相知甚少。娶這樣一位女子爲妻，不會是茅盾理想中的伴侶，然而，婚前當面有難色的母親就婚事問題徵求他的意見時，他竟順從地接受了。茅盾在晚年的回憶錄中，只是這樣輕

〔註11〕葉聖陶：《女子人格問題》，《新青年》第 1 卷 2 號。

描淡寫地講道:「我那時全部貫注在我的『事業』上,老婆識字問題,覺得無所謂,而且,嫁過來以後,孔家就不能再管她了,母親可以自己教她識字讀書,也可以進學校。」〔註12〕這裡只是說的識字問題。識字問題「無所謂」,別的問題呢?茅盾沒有說。其深層心理,除「小犧牲」一點自我以曲盡孝道之外,大概還可從上述「非戀愛的結婚」主張中尋覓出來。在他看來,承認父母包辦的婚姻,是基於對女性負責、為女性著想的人道主義精神:「我們解了父母定的婚約了,在男子固然可以另想法;但是女子如何?我不要伊,別人要伊麼?……所以我們要進一層想,該女子不社交無知識,是個可憐蟲,我娶了他來,便可以引伊到社會上,使伊有知識,解放了伊,做個『人』!這豈不是比單單解約,獨善其身好得多麼!」從這樣的視角著眼,認可舊式婚姻不無道理,也許正因為青年茅盾「以利他主義看得很重」,才使他躬身實踐了上述主張;或者說,上述主張是他婚姻生活的寫照,是一種夫子自道式的表白,與其說用以律人,毋寧說用以律己更為確當。

　　作為一種從人道主義出發而不是從愛情出發的婚姻觀念,一種不失高尚品格的人生追求,青年茅盾通過自己的婚姻實踐究竟實現了多少,是否在「先結婚後戀愛」中實現了美滿的婚姻,茅盾本人從未談及,筆者在這裡也無意展開評說,然而有這樣幾點倒是顯而易見的。一是孔德沚終於被改造成了有一定文化知識,有獨立人格並且走上社會崗位,為婦女解放運動而工作的一個「人」,一個從舊家庭走出來的「解放的婦女」。二是茅盾夫婦相伴終生,白頭偕老,但茅盾20年代末亡命日本期間有過為期兩年婚外戀情和同居生活,表明他們之間的婚姻基礎並不牢固。三是1920年後青年茅盾的婚戀觀發生了質變:愛情神聖取代了「非戀愛的結婚」;「離婚自由」取代了反對解除婚約;個性主義取代了「利他主義」;道德論取代了不道德論。從此,青年茅盾從理論上建構的這一現代婚戀觀日臻完善,一以貫之。茅盾早期現代婚戀觀的確立,從根本上說是接受西方人文主義思潮和馬克思主義的結果。例如,西方婦女運動理論家愛倫凱的某些婚戀觀點,馬克思主義關於愛情的論述,都給青年茅盾以重大的影響。馬克思主義認為,愛情可以「使一個人成為真正意義上的人」,而且「只有以愛情為基礎的婚姻才是合乎道德的,那麼只有繼續保持愛情的婚姻才合乎道德。」〔註13〕顯然,茅盾早期的現代婚戀觀與

〔註12〕茅盾:《我走過的路》(上),人民文學出版社1981年版,第139頁。
〔註13〕《馬克思恩格斯選集》第4卷第79頁。

此是完全一致的。另一方面，這一現代婚戀觀的確立也不會與茅盾本人婚後的情感體驗無關。儘管「先結婚後戀愛」的成功婚姻確實存在，但是包辦婚姻與有愛情的婚姻之間畢竟距離太大，能夠真正實現美滿婚姻的並不多。茅盾可以把妻子培養成一個「人」，但未必能夠培養出一個理想的愛人。因爲正如茅盾在反覆闡述現代婚戀觀念時所指出的，愛情主要是情感的產物，是雙方情感的契合和靈魂的交融，因而通常不是一方對另一方的苦心造就所能實現的。也許是由於這樣深層的情感體驗，出於造就一個理想愛人艱巨性的考慮，青年茅盾才毅然摒棄了「利他主義」的婚戀觀，改弦易轍，從理論上高揚起現代婚戀觀的旗幟了。但與起始身體力行「利他主義」的婚戀觀不同，茅盾此時卻並未把現代婚戀觀的某些要求付諸實踐。可以認爲他正在繼續進行對妻子的培養改造工作，並獲得了一定程度的成功，也可以認爲他正在無可奈何地吞咽自己一廂情願接受過來的苦果，也可能另有原因……總之，他的行爲模式和他所大力倡導的現代婚戀觀念背離了。

二

茅盾早期小說中時代女性的現代開放性，表現在兩性關係上是十分突出的。作爲被五四春雷喚醒的新女性，她們有著大膽反叛傳統倫理道德的精神，執著追求個性解放和人格獨立，不但在婚戀生活上渴望獲得真正的愛情和建立在愛情基礎上的美滿婚姻，而且在異性糾葛中違世抗俗，獨立不羈，無所顧忌地享受青春的快樂，表現了某種鮮明的女子中心主義傾向。

理想愛情的追求與愛情理想的幻滅。靜女士的愛情觀念十分莊嚴和聖潔，對愛情充滿美好的憧憬和幻想，然而由於涉世不深，「由於本能的驅使和好奇心的催迫」，她的初戀失敗了，當她發現戀人竟是一個「無恥的賣身的暗探」和一個獵豔的騙子時，便像逃避惡魔一般躲開了。相比之下，後來她與北伐軍連長強惟力的愛情則成熟多了。這是建立在對對方人格的瞭解和敬重的基礎上的愛情，是雙方靈魂的交融，「是自然主義的愛」，因而稱得上是理想的愛情。遺憾的是，他們的這種愛情太短暫了，隨著強連長奔赴前線，留給靜女士的只有無盡的悵惘。然而，就是這樣差強人意的愛情，在時代女性中也是僅見的。時代女性經歷過一次次愛情的追求和失敗後，不僅淡化了愛情神聖的觀念，而且對理想的愛情也不抱幻想了。被同伴戲稱爲「戀愛專家」的章秋柳，可說是他們中的代表性人物。她的典型語言是：「理想的社會，理

想的人生，甚至理想的戀愛，都是騙人自騙的勾當」。在她看來，戀愛已不是什麼「神秘的聖殿」，真正的愛情是可望而不可及的。這是一種「曾經滄海」而看透人生的心態，一種爲時代女性所共有的價值觀念。可以相信，像靜女士那樣因初戀失敗造成的心靈創傷，她們起初都是有切身體驗的。她們所面對的，主要已不是像五四新女性那樣反對包辦婚姻、爭取戀愛自由權利的問題，而是獲得戀愛自由後追求愛情而不得的窘境。章秋柳何等光彩照人而又熱烈似火，然而在她所生活的環境裡，竟沒有一個男子可以讓她與之抗衡，爲之動心。也許重逢的張曼青可以勉強算作一個，可是在章秋柳的親昵表現面前，他卻猶疑地退卻了。當然，時代女性愛情理想的幻滅，主要來自男權社會對女性人格、尊嚴的種種漠視和侵犯。在許多男性眼裡，女性並不是和他們一樣的「人」，而只是供他們玩弄以尋開心的尤物。時代女性最憤慨最不能容忍的，莫過於此。歷經情變而對男性世界徹底絕望的慧女士對她的同伴說：「像我，在外這兩年，真真是酸甜苦辣都嘗遍了！……靜！我告訴你，男子都是壞人！他們接近我們，都不是存了好心！用真心去對待男子，猶如把明珠丟在糞窖裡。」由此，慧女士採取了對男性的報復主義，雖屬偏執，卻發自肺腑，不能不令人感慨和深思。慧女士的極端態度，使人聯想到茅盾早在 1921 年就指出過的一種偏向，即「覺悟的女子」「一定是對於男性有敵視之意」：「伊們覺得男性都是不道德的，都是狼，而自己呢，都是羊」。〔註14〕兩相對照，如出一轍。它表明，在戀愛問題上，決不是爭取到戀愛的自由就萬事大吉了，女性的徹底解放和完全獨立，還有長長的路。關於這一點，20年代初茅盾在翻譯阿瑟・施尼茨勒的獨幕劇《結婚日的早晨》時的「譯者附記」中就已指出了：「僅僅實現婚姻自由——擺脫父母和媒人的限制——也不能被認爲是婚姻問題的徹底解決。」這是耐人尋味的。

性與愛的分離和性態度的開放。時代女性理想愛情的幻滅，導致了對美滿婚姻的幻滅，也就導致了性愛與情愛的分離。時代女性中很少有人結婚，即使結了婚也幾乎都是不幸的甚至悲劇的婚姻。慧女士的改變她人生態度的悲劇婚姻自不必說，陸梅麗和方羅蘭本來和諧的婚姻關係，卻也在孫舞陽出現後逐漸失去了作爲基礎的愛情支撐，面臨著分離的危機。梅女士追求和韋玉的愛情不可得，爲了父親也爲了使柳遇春「人財兩失」，便學了易卜生筆下的林敦夫人「爲了救人」而敢於犧牲的精神，違心地投進了「柳條牢籠」，後

<hr />

〔註14〕《茅盾全集》第 14 卷，人民文學出版社 1987 年版，第 289 頁。

又逃離而去。時代女性如此狼狽的婚姻現實，當然不能不使她們的婚姻觀念
發生傾斜。於是，在她們身上便有了不講愛情不講婚姻只求刺激的性開放特
徵。時代女性中的佼佼者，無不蔑視傳統道德觀念，不把貞操放在眼裡，她
們可以為一時的快意，在兩性關係中任性恣行，我行我素，奉行享受青春快
樂的「現在主義」。在這方面，最有代表性的是孫舞陽。這個「使許多男子瘋
狂似的跟著跑」的時代女性，性態度十分開放，時或為滿足「本能的衝動」
而和黏住自己的男子「糾纏」，但她坦言聲稱那只是玩玩罷了，決不是愛情，
她沒有愛過什麼人。在她看來，她的開放的性態度是合乎人性的，無可非議，
她要以自己「破天荒」的舉動，顯示和封建道德觀念、世俗偏見徹底決裂的
決心。不過應該指出，儘管孫舞陽的性態度十分開放並招致了種種責難，然
而她並未墮落，成為任憑自然本性驅使的縱欲者。在神與魔、靈與肉的衝突
中，她有自己的行為準則，她是有理性的，她對待方羅蘭的態度就是證明。
時代女性在性與愛的分離中所張揚的性自主、性自由意識，無疑是基於女性
解放特別是人性解放和人格獨立的要求的。章秋柳自稱：「我理應有完全的自
主權，對於我的身體，我應該有要如何便如何的自由。」這種鮮明的女性自
覺意識，作為對封建名教的反叛當然是值得肯定的，但矯枉過正而無視應有
的道德規範的行徑卻是不足取的。對此，茅盾在 20 年代初的婦女評論中曾作
過相當深入的思考：一方面，主張新女性應有「絕對的身體上」的「獨立資
格」，「尊重自己的個性、自己的權利、自己的自由」，應解除「貞操的束縛」、
「風俗習慣上的束縛」和「一應騙人的──尤其是騙女子──傳統思想的束
縛」，認為「應該寬恕那解除了舊鐐銬而不幸受不住苦悶以至想取享樂自醉的
人們」，「他們要求青年對於『生之享樂』的權利；他們要求異性的慰安；他
們要求享樂一切現代文明的美味的果子」是可以理解的，「他們並不是墮落，
也不是像那墮落的人們底肉感的快樂，他們也並不像窯子那樣的沒人格」；另
一方面，對於他們「肉感的『享樂主義』」人生觀，茅盾又認為是誤入「歧路」，
是令人惋惜令人擔憂的，因為她們誤解了婦女「覺悟解放的真諦」，由此「女
子自身將漸忘婦女運動的真意義」。〔註15〕茅盾的見解，深為當時有識之士所
讚賞。《民國日報·婦女評論》1922 年 6 月發表茅盾的《歧路》時，陳望道就
作「附記」道：「我讀完冰先生這篇短論，不覺眉飛色舞，歎為最近難得的正
聲。敢以十分誠意敬求純正覺悟的女青年，請伊們廣為介紹那部分『歧路』

〔註15〕《茅盾全集》第 14 卷，人民文學出版社 1987 年版，第 343～353 頁。

上的女青年們細讀！細領教！」不難看出，時代女性在兩性關係上的態度和偏頗，早在幾年前就在新女性身上有所表現，並爲茅盾所關注和批評了。

征服男性的女性中心主義傾向。時代女性一反千百年來女性被歧視被壓制的傳統，在和男性的交往中，不但有著很大的獨立性，而且表現了鮮明的女性中心意識。在她們所處的生活環境中，慧女士、孫舞陽、章秋柳、梅行素無不處在中心位置，憑著青春美貌，更憑著個性才幹，她們可以顛倒眾生，充任主角，而讓男性們作配角，圍著自己轉。章秋柳「素來不喜歡跟人」，自立，自主，自強，並不把那些「自以爲天下女子皆可供他玩弄的」男子放在眼裡；梅行素最不能容忍的是男性社會歧視女性的世俗偏見，爲了肯定自我的價值，她決意做「不受戀愛支配」、「忘記了自己是『女性』」的現代女性，在征服男性中征服世界，使男性「就我的範圍」，「要使他做我的俘虜！」顯然，時代女性在對待兩性關係上不自覺地陷入了誤區。女性中心主義傾向，是茅盾 20 年代初就注意到的問題。1920 年 8 月在論及《婦女運動的意義和要求》時，他就告誡新女性「切莫認婦女運動是有反抗男子、敵視男子、凌駕男子的意味」，此後曾多次就男女平等、「兩性互助」發表過看法。茅盾的見解，與時代女性的行徑是可以印證的。

總之，時代女性在兩性關係上的現代開放性，集中表現在對愛情、婚姻和男性與眾不同的態度和觀念上，顯示了引人矚目的現代女性自我意識。作爲對傳統觀念的反叛，這種現代女性自我意識自有其長短得失，並且在茅盾早期的婚戀觀中可以或直接或間接地找到它的影子。時代女性與茅盾早期婚戀觀的內在聯繫是顯而易見的。

茅盾早期婚戀觀的內涵十分豐富，本文所作的概括是著重從他的理論主張出發的，而理論主張和現實實踐之間畢竟有著距離，並往往帶有寬泛性和理想化色彩；由於茅盾生性嚴謹自重，很少談及個人的婚戀生活，不像郁達夫那樣直陳心曲，我們很難從他的言談中直接瞭解，這就給探尋其婚戀觀的深層內蘊造成了難度。儘管我們還可以從他的婚戀經歷和作品的情感取向上作進一步尋覓，但限於篇幅這裡只好從略了。不過茅盾早期婚戀觀的主體框架及其與時代女性之間的內在契合，本文所論當不會離實際太遠，這是筆者所可以自信的。

（《山東師大學報》1996 年第 4 期）

錯位：在兩種婚戀觀念的衝突中
——茅盾早期婚戀觀的文化心理透視

在茅盾早期的婚戀觀中，存在著鮮明對立的傳統婚戀觀念和現代婚戀觀念。兩種婚戀觀念的衝突，造成了青年茅盾的婚姻生活和現代婚戀觀念的錯位。這種錯位，在很大程度上是茅盾別無選擇的結果，有著深層的文化心理原因。

一

說來奇怪，在日益高漲的反對包辦婚姻、提倡戀愛自由和婚姻自主的聲浪中，作爲新文化運動的弄潮兒，青年茅盾竟然順從地接受了家庭的安排，於 1918 年 3 月與一位沒有愛情沒有文化甚至也沒有瞭解的異性成婚了。這是一椿各方面都差距很大的婚姻：男方受過高等教育，學識過人，思想開放，志向遠大，溫文爾雅，在現代文化重鎮商務印書館正嶄露頭角；女方呢，封閉守舊，孤陋寡聞，目不識丁，相貌平平……聯結他們姻緣的唯一紐帶，只不過是童稚之年長輩們爲他們所訂的娃娃親，——還在茅盾 5 歲時，即由雙方的祖父做主明媒訂婚。而在茅盾父親，還另有一層藉以償還對方孔家人情債的意思。原來當初媒人爲他提親時，對方也是孔家，即茅盾未婚妻的姑姑，卻因八字不合未成而致使其悒鬱身亡，這使茅盾父親一直負疚於心，父債子還，所以彼時他包辦兒子的婚姻也就格外堅決。然而，那畢竟都是過去的事了。十七八年之後，當母親就終身大事鄭重其事地徵求茅盾的意見的時候，在他面前也還有著重新抉擇的機會。賢明的母親並沒有強迫他接受包辦婚

姻，她知道對方和自己的兒子並不般配，不過同時也為可能發生的如何退親而犯難。母親是最疼愛兒子的，為了兒子的幸福，可以設想如果茅盾執意退親的話，那麼她一定會站在兒子一邊，即使作難也不會勉強兒子接受的。但是，茅盾卻沒有提出退親。在晚年的回憶錄中，茅盾就答應這椿婚姻作了極其簡短的說明：「我那時全神貫注在我的『事業』上，老婆識字問題，覺得無所謂，而且，嫁過來以後，孔家就不能再管她了，母親可以自己教她識字讀書，可以進學校。」〔註1〕由於青年茅盾的通情達理，一個使母親多年來躊躇不安甚至夜不能寐的難題，就這樣輕輕鬆鬆地解決了。這於對方也好，於母親也好，可說是皆大歡喜。於青年茅盾呢，似乎也並未怎樣勉強。是的，茅盾是事業型的人，事業有成是他自小就確立的人生目標，當青年茅盾在商務印書館的事業正如日方升之時，也許是無暇顧及未婚妻識字問題的。然而，仔細想來恐怕也未必盡然。且不說識字問題是否真的「無所謂」，就是真的不介意的話，其他方面的條件諸如對方的品行、思想、性情、相貌等等，也一定是不能不顧及的。面對各方面如此巨大的反差，凡事持重嚴謹、深思熟慮的茅盾，是決不會草率從事的。對於茅盾晚年所作的回顧和說明，我們寧願相信是多年後事情淡化所致。在茅盾接受這椿包辦婚姻的背後，顯然有著深層的文化心理動因。或者說，這是其特定條件下的婚戀觀念使然。那麼，究竟是怎樣的心態和婚戀觀支配著青年茅盾認可這椿婚姻呢？

茅盾儘管著作等身，但除了晚年的回憶錄之外，再也找不到談及個人婚姻的文字。回憶錄中倒有「我的婚姻」一章，如前所說，卻並未涉及自己婚姻選擇的實質性問題，有的只是雙方長輩包辦婚姻的詳細情形和岳父家上下長幼的介紹，是新婚半月後即分離，3年後方搬家到上海的記敘；不要說沒有當事人的婚姻評價，就是新婚燕爾、兩情相悅、恩愛難捨的片言隻語也沒有。青年茅盾像是履行某種義務似的，在沒有多少情感投入的狀態下完成了自己的終身大事。

此外，《秦德君手記——櫻蜃》〔註2〕另有說法。據秦德君說，旅日期間茅盾曾向她談及個人婚姻問題：18歲即提出反對包辦婚姻，但母親不同意，後來因為又有比他小的表姑母王會悟對他表示愛情，母親怕生變故，即催促他完婚了。此說與茅盾回憶錄的說法大相徑庭。其根本之點，在於是母親強

〔註1〕 《我走過的道路》（上），人民文學出版社1981年版，第139頁。
〔註2〕 《野草》第41期。

迫他接受了包辦婚姻的，茅盾雖然反對也無濟於事。兩相比照，秦德君之說雖不無可能，但我們寧可相信茅盾的說法。因爲秦德君所說茅盾母親的態度似乎有悖情理。茅盾母親是開明而又深愛著兒子的，決非專橫守舊之輩，豈能一定逼迫兒子接受並不般配的婚姻？而說青年茅盾持明確反對包辦婚姻的態度，也不足信。果有決然反對的態度，何不如郭沫若逃婚那般一走了之？在別無佐證的情況下，我們倒認爲那可能是茅盾不滿自己的婚姻，爲安撫秦德君所表示的一種姿態而已。

青年茅盾接受包辦婚姻的深層心態和婚戀觀念難道無從查考了麼？不是的。儘管茅盾沒有留下談及個人婚姻選擇的文字，但卻有大量的談論他人戀愛婚姻的文章，在這些文章特別是在他婚後幾年所發表的一系列文章中，明白無誤地傳達了彼時作者的婚戀觀念以及內蘊深隱的婚戀心態，從而使我們看到了一個眞實的不無矛盾的「自我」。最能代表茅盾起初觀點的文章是他於1919 年 10 月 30 日、11 月 1 日爲《時事新報・學燈》所寫的《「一個問題」的商榷》。在文章中，自稱是「最喜歡研究婚姻問題」的青年茅盾旗幟鮮明地提出了這樣的主張：(1)「結婚問題不當以戀愛爲要素」。因爲他「不信有純粹的戀愛，也不信純粹的戀愛有永久性」，而「戀愛這東西，發現得不見得定是素質，因此發現後也不能必其不變。」(2)「父母前定的婚，除因特種情形（如確知該女性情乖戾或伊父母不良或因其他主見上歧異等等）外，皆可以勉強不毀。」不過，這是以「先要打破戀愛的信仰，不以戀愛爲結婚目的」爲前提的，而「中國大多數不出閨門的女子，心地空空洞洞沒有戀愛的影子」。(3)結婚的目的「在產生超人」。(4)「非戀愛的結婚」觀的出發點在於「利他主義」：「我們解了父母定的婚約了，在男子固然可以另想法；但是女子如何？我不要伊，別人要伊麼？伊從前不出來社交，現在一旦就『能』出來，父母也就一旦『許』他出來麼？恐怕有些固執的女子，反要誤會意思，弄出性命交關的事來呢！這豈不是好反成惡麼？所以我們要進一層想，該女子不社交無知識，是個可憐蟲，我娶了他來，便可以引伊到社會上，使伊有知識，解放了伊，做個『人』！這豈不是比單單解約，獨善其身好得多麼？」「世間一切男女，莫非兄弟姊妹，我援手救自己的姊妹，難道也要忖量值得，也爲戀愛麼？我願我們青年人對於妻的觀察是如此：不是我的妻，也不是我父母的媳婦，──是一個『人』！也就是年長者的妹妹，年幼者的姊姊！」

考慮到這是青年茅盾婚後不久所發表的宏論，儘管其中隻字未提及其個人，但人們有理由相信這是作者發自內心深處的自白，是磊落坦誠的「夫子

自道」。特別是其中「該女子不社交無知識，是個可憐蟲……」一番話，簡直不啻是作者婚姻選擇的注腳！可以說，截止 1919 年底之前，青年茅盾是堅持「非戀愛的結婚」——這裡的「戀愛」即指愛情——的主張的，正是在這一婚戀觀念的支配下，青年茅盾實踐了自己的婚姻。不用說，這一婚戀觀念是別樹一幟的。《時事新報·學燈》爲其文《「一個問題」的商榷·其一》加編者按語說：「雁冰先生此論，頗有見地。但是這問題決不是數語所了；我仍望讀者諸君再發表些高見。」〔註3〕在隨後的討論中，則招致了一片非議聲，誠如茅盾在《「一個問題」的商榷·其二》中所說：「（一）是多數主張對於父母前定的婚姻一概廢約；（其中有一兩位是和我相同，主張分別辦理的。）（二）是對於我所提出的『非戀愛結婚』說，有懷疑和誤解。」其實，這應該是意料中事。須知這正是五四新文化運動高潮之中，個性主義思潮蔚成風氣之時，自由戀愛、婚姻自主日益成爲青年人個性解放、人格獨立的重要標誌，而父母之命、媒灼之約的婚姻則被視爲舊道德、舊文化的集中表現，成爲眾矢之的而被群起而攻之。對此，茅盾當然不會不清楚。雖然他從學校接受的主要是舊式教育，經常聽到的是「書不讀秦漢以下，文章以駢體爲正宗」的告誡，甚至長期埋頭於「魏晉小品、齊梁詞賦」之中，以致在 1916 年前對時代潮流變化「沒有一絲一毫的預感」，〔註4〕無可否認儒家文化精神對他有著重大的影響；但是同時他也受到西方文化的薰陶，特別是 1916 年走上社會後，商務印書館涵芬樓所藏的古今中外的書刊使他大開眼界，更由於他通曉英語，可以直接從最新的外國書刊中汲取營養，所以短短幾年時間裡思想觀念大變，1918 年即以發表《一九一八年之學生》爲標誌成爲激進的民主主義者和個性主義者。而國內對他思想影響最大的《新青年》雜誌，也使他獲益匪淺。我們知道，《新青年》自 1917 年 2 月起，即闢「女子問題」專欄，專門討論女性的戀愛、婚姻、家庭問題，鼓吹婦女人格獨立和個性解放，備受青年關注和歡迎，青年茅盾對此當是了然於心的。因之，無論就當時的社會思潮還是就茅盾個人的思想觀念來說，茅盾上述的婚戀主張不能不讓人感到困惑：既然其時青年茅盾並非因循守舊的保守派而是銳意進取的革新派，既然明明知道向蔚成時尚的新的婚戀觀念提出「商榷」會引來詰難，那麼爲什麼茅盾會有如此別具一格的婚戀主張並且執意公諸於世呢？

〔註3〕 《茅盾全集》第 14 卷，人民文學出版社 1987 年版，第 57 頁。
〔註4〕 《我走過的道路》（上），人民文學出版社 1981 年版，第 115 頁。

二

只要對青年茅盾的婚戀主張作些分析，人們的困惑也就迎刃而解了。

如果以爲青年茅盾的婚戀主張完全是陳舊不堪的話，那是有失公允的。作爲新文化運動的積極參與者和倡導者，茅盾當然不會站到新文化的對立面上，與舊文化同流合污。就在他結婚前夕，他不是還在《學生雜誌》上發表文章，主張「革新思想」，「力排有生以來所薰染於腦海中之舊習慣、舊思想，而一一革新之」〔註5〕麼？可以肯定地說，青年茅盾之所以敢於鄭重其事地提出自己的主張，就是因爲他並不認爲那是舊東西，而是別闢蹊徑，在探討一條能夠兩全其美的新路；否則，他是決然不會拿出來的。面對新青年們解除包辦婚約給女方帶來的痛苦和傷害，面對自己的婚姻選擇，青年茅盾不能不進行認眞的思考：解除父母包辦的婚約固然是最徹底最簡單的辦法，然而造成的對女方的傷害卻令人不安，除此之外，是否可找到更妥善的辦法？正是基於這樣的出發點，青年茅盾才有了上述的婚戀主張，並大膽地付諸於個人的婚姻實踐。事實上，茅盾的婚戀主張中確實有著與舊婚戀觀念若干不同之處。

其一，尊重女性人格的「人」的思想。所謂「人」的發現，即「人」的意識的覺醒，把人當作「人」，而不是別的什麼，是五四新文化運動的內在要求和歷史性貢獻。「人」，當然包括女人在內。青年茅盾反覆強調的把舊婚約關係下的女方當作一個「人」，培養成一個「人」，不因她「不社交無知識」而歧視，不因她思想守舊而嫌棄，也正是由此出發的。因爲在他看來，那不是女方的錯，錯在其家庭和社會；男方的責任，應該像對待自己的姊妹一樣幫助她，改造她，提高她，使她成爲一個有獨立人格和一定文化素質的人，一個和別人平等的人，一個可以與男方對話的人。青年茅盾能夠把「立人」的思想引入婚姻關係中，把培養女方成爲一個自立於家庭和社會中的人作爲認可舊式婚姻的目的之一，不能不說是難能可貴的。

其二，同情女性不幸的人道主義。在舊式婚姻關係中，女方往往把男方作爲終生的靠山，而一旦解除婚約，誠如青年茅盾所擔憂的那樣，那些「可憐蟲」的命運可就慘了，這當然是把女方當作「人」看待而又富於同情心的茅盾所不願看到的，所以也就自然有了「以利他主義看得很重」的婚姻觀念。在青年茅盾看來，與其解除婚約，把女方推向不可知的命運中，不如認可舊

〔註5〕 《茅盾全集》第 14 卷，人民文學出版社 1987 年版，第 10 頁。

式婚約，通過培養教育使女方成爲一個「人」更爲可取。他說：「我信解決中國婦女問題，這倒也是一條路」，〔註6〕因爲這有益於個人的發展和社會的進步。同情他人的不幸，把他人的不幸當作自己的不幸，盡力幫助他人擺脫困境，是五四時代所倡導的人道主義精神的集中體現。青年茅盾提出賦予婚姻以人道主義內涵的主張，對女方啓蒙乃至自我意識的覺醒自會有所促進，其出發點不能不說是可敬的。實際上，也確實有不少人走上了接受舊式婚姻、幫助女方成「人」的道路。茅盾是如此，葉聖陶、惲代英等人也是如此。茅盾晚年在談及惲代英當年被認爲是不般配的婚姻時，對惲代英主張的「我們革命者是爲了要使一切的人都有幸福，要是爲了什麼自私的戀愛而使你最親近的人受到痛苦，要是連那爲了你而犧牲自我的人都不能使她幸福，那我們還幹什麼革命」〔註7〕的婚戀觀依然表示讚賞，其出發點也是人道主義思想。

　　如果說上述兩點表明青年茅盾在婚戀觀中注入了新的內容的話，那麼，總的說來它們又是局部的、部分的，不足以從根本上改變其婚戀觀的性質。這是因爲，第一，也是最關鍵的，是青年茅盾否定了眞正的愛情的存在及其在婚姻關係中的決定性作用。愛情誠然會發生變化和轉移，但不能因之斷定「沒有純粹的戀愛」。拒愛情於婚姻大門之外，沒有愛情的婚姻又算什麼呢？人是有感情的，所謂「先結婚後戀愛」的婚戀模式，也是說總得有愛情才是，儘管產生於婚後，但畢竟是不可少的。只有以愛情爲基礎的婚姻才會幸福，才會持久，才是道德的，這是現代婚戀觀念的根本點。把女方當作「人」看待，當作姊妹看待，誠然是現代青年應有的觀念，但姊妹之情是手足之情，不能替代夫妻之情。而從人道主義出發接受舊式婚約，就出發點而言較之那種「獨善其身」者固然是值得肯定的，然而同情畢竟不是愛情，由同情而形成的婚姻倘若終久不能產生愛情的話，那只能給男女雙方造成痛苦，那還不如起始即拒絕接受舊式婚約；起始拒絕給女方造成的傷害可能是一時的，而勉強湊合的婚姻給雙方帶來的損害將是終生的。

　　第二，在於青年茅盾認爲結婚的目的是「產生超人」。這是從蕭伯納那裡套來的觀點，然而也是中國幾千年來代代相傳的「望子成龍」觀念的變種。以家庭爲本位的中國傳統倫理道德從來不講愛情，卻把傳宗接待看得重於一切，所謂「不孝有三，無後爲大」，繁衍後代被當作婚姻的全部目的所在。茅

〔註6〕　《茅盾全集》第14卷，人民文學出版社1987年版，第62頁。
〔註7〕　《我走過的道路》（上），人民文學出版社1981年版，第321頁。

盾所說，並未脫此窠臼。其實，無論產生超人還是凡人，只不過是婚姻的一種結果而已；婚姻的目的，從根本上說應該是生活的美滿和幸福，是夫妻雙方在相濡以沫、攜手共進中實現人的全面發展和人生價值。

可見，青年茅盾早期的婚戀觀中儘管包含有尊重女性人格的「人」的思想，有同情女性不幸的人道主義內涵，然而由於摒愛情於婚姻之外，視生育為婚姻之目的，這就不能不在根本上背離了現代婚戀觀的要求。儘管就出發點而言青年茅盾意在尋求一種新的嘗試，一種別樹一幟的途徑，但總的來說，其婚戀觀只不過是新舊兼有的混合物而已，實質上並未超越傳統婚戀觀的範疇。而正是在這一似新而非新的婚戀觀的制約下，青年茅盾心平氣和、相當順從地接受了舊式婚姻，成為其婚姻觀念的忠實實踐者。可以相信，青年茅盾最初走向自己的婚姻道路時是滿懷信心的，並不懷疑其婚戀觀的進步性和可行性，這種敢於把終身大事作嘗試的精神，無疑是難能可貴的。但是，事情卻並非如所設想的那樣簡單。經過幾年的婚姻實踐，也經過一番深刻的理論陶冶和思考，青年茅盾終於發現自己早期婚戀主張的保守性和不可行性，發現良好的願望與實實在在的婚姻生活畢竟不是一回事，發現試圖調和新質和舊質以另闢蹊徑其實是很難行得通的；於是毅然決然地改弦易轍，於1920 年後徹底摒棄了「利他主義」的婚戀觀，旗幟鮮明地提出了現代婚戀觀。青年茅盾現代婚戀觀的核心，在於強調愛情神聖和戀愛自由，強調婚姻必須以愛情為基礎和紐帶。他說：「戀愛神聖的意義即謂戀愛是神聖不可侵犯的，為了戀愛的緣故，無論什麼皆當犧牲……戀愛應該極端自由，不受任何外界的限制。」〔註8〕又說：「我們信奉戀愛教，確信結婚生活必須建立在雙方互愛的基礎上，無戀愛而維持結婚生活，是謂獸性的縱欲，是謂喪失雙方的人格！」〔註9〕如此斬釘截鐵的宣言，如果不是白紙黑字地出現在當年的報刊上，很難讓人相信會出自曾聲言過「非戀愛結婚」主張的同一人之口。這一婚戀觀念上一百八十度的大轉彎，表明青年茅盾婚戀觀念的飛躍和質變。〔註10〕茅盾確立現代開放的婚戀觀念，是以真誠地否定「利他主義」婚戀觀為前提的，進一步說明了其既往的「利他主義」婚戀觀的性質。

〔註8〕 《茅盾全集》第 15 卷，人民文學出版社 1987 年版，第 262 頁。

〔註9〕 《茅盾全集》第 15 卷，人民文學出版社 1987 年版，第 39 頁。

〔註10〕 參見拙作《內在的契合》，《山東師大學報》1996 年第 4 期。

三

青年茅盾之所以一度提出包含著舊質和新質而其實質卻還是歸於傳統的所謂「利他主義」婚戀觀，並勇敢地付諸個人的婚姻實踐，從而造成婚姻生活和現代婚戀觀念的錯位，除了基於真誠的人道主義思想外，還有著其深層的文化心理原因。

其一，曲盡孝道的家庭倫理道德觀念。茅盾自幼受儒家文化浸淫，孝道思想十分深重。還在小學作文時，即反覆闡揚「不負父母，斯則一生不虛矣」、「夫缺禮，謂之不成人」之類的孝行觀念（實與《孝經》所云「立身行道，揚名於後世，以顯父母」一脈相承）。而由於茅盾 10 歲喪父，是母親把他一手撫養成人，更使他從切身感受中確立了孝道觀念。茅盾一生事母至孝，念念不忘慈母的養育之恩。正如他的兒子所說：「祖母在爸爸的心目中是神聖的、偉大的，是他一生中最敬最愛的人……祖母在世時，他從不違拗祖母的意願，是個出名的孝子；祖母去世後，他常常以崇敬的心情向我們講述祖母的為人。」〔註11〕唯其如此，可以想見當年茅盾抉擇個人婚姻時，不能不把母親的意願和處境放在極為重要的位置。於是，為了不使母親為難，為了了卻母親的心願，也為了償還父親的人情債，青年茅盾不得不「犧牲自己一點『戀愛』的幸福」〔註12〕了。無情人成為眷屬，從而免去了倘若退親可能引發的一場官司，茅盾母親可以欣慰了。而這正是青年茅盾所特別看重的。為了母親，他可以作出任何犧牲，即使內心深處對婚姻大事有所不滿也不表現出來。從這樣的意義上說，青年茅盾在一定程度上是為母親而不是為自己娶妻的。在這一點上，他與魯迅、胡適等人頗有相似之處。魯迅聽從母命與朱安結婚，完全是為「母親娶媳婦」。胡適與江冬秀成婚，如他自己所說：「吾之就此婚事，全為吾母起見，故從不曾挑剔為難……今既婚矣，吾力求遷就，以博吾母歡心。」〔註13〕五四時期如此一些叱吒風雲的人物，竟然在個人婚姻上如此屈從父母之命，實在是耐人尋味的。應該說，孝敬父母是中華民族的傳統美德。孔子《論語·學而》篇云：「孝也者，其為仁之本歟！」仁者愛人，孝即是仁愛思想的集中體現和根本所在。但是，封建禮教把孝的觀念強化到無以復加的程度，使之成為壓制個體獨立人格的桎梏，卻是不可取的。

〔註11〕 韋韜、陳小曼：《茅盾的晚年生活》（二），《新文學史料》1995 年第 2 期。
〔註12〕 《茅盾全集》第 14 卷，人民文學出版社 1987 年版，第 62 頁。
〔註13〕 轉引自沈衛威：《魯迅與胡適：婚戀心態與情結》，《湖州師專學報》1989 年第 2 期。

青年茅盾在婚姻選擇時過分地傾注了孝敬父母的情愫，像魯迅、胡適那樣唯母命是從，盡力為母親分憂解難，而不是把愛情置於決定性的地位，無疑是他接受包辦婚姻的深層心理動因之一。

其二，一廂情願的改良主義思想觀念。與魯迅那種「只好陪著做一世犧牲，完結了四千年的舊賬」〔註 14〕的無可奈何的消極心態不同，青年茅盾認可舊式婚姻時即有著明確的改良意識。這就是婚後試圖通過母親和自己的教育與培養，把妻子改造成一個合乎理想的新女性。既然無論為女方著想還是為母親著想都不能不接受這椿婚姻，那麼，在別無選擇的情況下，也只有走這一條路了。儘管這是一條前途難卜的道路，但青年茅盾起始的自信和樂觀表明，他把夫妻感情問題看得未免過於簡單化了。面對贊同解除舊式婚約、實行家庭革命者的詰難，青年茅盾聲言：「諸君彷彿以破壞的手段改革，我是願以建設的手段改革。」〔註 15〕不是徹底砸碎包辦婚姻的枷鎖，而是在認可舊式婚約的前提下進行修補，這種「改革」顯然是改良而已。而由於婚姻一定是男女雙方的事情，單憑一方一廂情願的努力未必奏效，所以實際上改良主義的思想觀念是很難行得通的。茅盾後來的小說《創造》，即就此作出了形象的說明。然而，正是這樣一種觀念支撐了青年茅盾當時的心理平衡，成為其接受包辦婚姻的又一要素。

其三，個性氣質上的特點使然。受家庭環境和吳越文化的影響，茅盾性格內向溫和，氣質文弱持重，既富有理性又情感細膩豐富。史沫特萊 1930 年初見茅盾時，即有「像個年輕的太太」的印象。如此陰柔的個性氣質，使茅盾較之那些粗獷豪放的男性更能夠理解女性，更能夠體察她們的不幸和痛苦，這是茅盾後來能夠成功地創造出女性系列形象的重要原因，也是其早期從同情女性不幸的人道主義出發接受包辦婚姻的內在契機。洪靈菲在他的自傳性小說《流亡》中這樣描寫面對婚姻抉擇的男主人公沈之菲：「他覺得很對不住她（引者按：即妻纖英）。在這舊社會制度的壓迫下，她終生所唯一希望的便是丈夫。現在他這樣對待她，她將怎樣生活下去呢？他想照理論，他們這種兩方被強迫的結合當然有離婚之必要。但照事實，她和他離婚後，在這種舊社會裡差不多沒有生存的可能。……他為此淒涼，失望，煩悶，悲哀，恐懼。」這樣的兩難心態，這樣的文弱性格，相信在一定程度上是可以移作

〔註 14〕 魯迅：《隨感錄四十》。
〔註 15〕 《茅盾全集》第 14 卷，人民文學出版社 1987 年版，第 61 頁。

彼時青年茅盾的寫照的。茅盾性格中當然還有剛毅堅強的一面，然而溫和柔弱的一面卻在婚姻抉擇中鮮明地凸現出來了。

（《山東社會科學》1997 年第 4 期）

第 2 輯

「表現人生、指導人生」
——論茅盾五四時期新文學觀的特徵

茅盾早期「爲人生」的新文學觀，經歷了一個逐步形成和發展變化的過程。五四時期（這裡是從狹義方面而言，截止 1921 年共產黨成立前的一段時間），基本上是他的這一文學主張提出和確立的時期。1922 年及其以後的二三年中，則不僅是他的文學主張充實和發展的時期，而且是向馬克思主義階級論的文學觀逐步過渡的時期。到 1925 年，茅盾開始初步樹立馬克思主義文學觀。茅盾早期文學思想的演變，是以他五四時期的文學主張爲基礎的。茅盾五四時期的文學主張，在他早期的文學思想中佔有重要的位置。可以說，茅盾投身於文壇的第一步，就踏到了一條寬闊的現實主義道路上，這是一個良好的開端。它對於茅盾早期乃至畢生的文學活動，有著不容忽視的意義。探討茅盾五四時期的文學主張及其特徵，對於茅盾研究是有益處的。

一

茅盾是在五四運動的高潮之中專注於文學事業的。當時，儘管新文化運動統一戰線內部已經開始分化，資產階級改良派向右轉，但是文學革命運動仍是方興未艾，呈現了一派生機勃勃的景象。在創建什麼樣的新文學問題上，人們各抒己見，眾說紛紜，出現了仁者見仁、智者見智的局面。這是一個思想解放的時代，一個新舊交替、除舊布新的時代，「一個學術思想非常活躍的時代」〔註1〕。在這樣的時代中，在《新青年》的影響下，在五四革命精神的

〔註1〕 茅盾：《商務印書館編譯生活之二》，《新文學史料》第 2 輯。

鼓舞下，正在上海商務印書館編譯所工作的青年茅盾，帶著自己富有個性的文學主張，旗幟鮮明地投身到新文學革命派的陣營中來了。這時的茅盾風華正茂，胸懷創建中國新文學之大志；議論縱橫，以文學批評為武器馳騁於文壇。只要你翻閱一下當年的《小說月報》、《學生雜誌》、《東方雜誌》、《時事新報》、《解放與改造》等報刊，茅盾的文章就往往會隨處可見。或編譯，或評論，洋洋灑灑，蔚為可觀。你不能不由衷地佩服作者那旺盛的創作力！更重要的是，只要你細細地品讀一下這些長論短製，就會被其中嚴密的邏輯力量和深刻的見解所感染，讀到一些真知灼見之處，不由得你會拍案叫絕！茅盾在從事文學活動的這最初幾年裡，一開始就和新文學運動的偉大旗手魯迅取同一步調，向著共同的目標，披荊斬棘，奮勇前進。他以半革新的和隨之全部革新的《小說月報》等刊物為主要陣地，在廣泛譯介外國文學的同時，堅決反對文壇上的復古派、折衷派、頹廢派、唯美派，大力倡導「為人生而藝術」的新文學，在新文學理論的建設方面作出了重要的貢獻。

茅盾五四時期的文學主張，集中地表現在他的一些文學論文、評論、通信和翻譯介紹歐洲近代文學作家作品的文章中。在第一篇文學論文《現在文學家的責任是什麼？》〔註2〕中，茅盾第一次明確地提出：「文學是為表現人生而作的。文學家所欲表現的人生，決不是一人一家的人生，乃是一社會一民族的人生。」這是深思熟慮的觀點。青年茅盾一開始就把文學和社會人生緊緊地聯繫在一起，切切實實地把文學放到現實生活的大地上，而沒有把它置於半空。半個月後，茅盾在此基礎上作了進一步的闡發，這就是《新舊文學平議之評議》中的一段話：「我以為新文學就是進化的文學，進化的文學有三件要素：一是普遍的性質；二是有表現人生、指導人生的能力；三是為平民的非為一般特殊階級的人的。唯其是要有普遍性的，所以我們要用語體來做；唯其是注重表現人生、指導人生的，所以我們要注重思想，不重格式；唯其是為平民的，所以要有人道主義的精神，光明活潑的氣象。」這段話實在可以看作是茅盾「為人生」文學觀的綱領，足以概括五四時期茅盾文學思想的基本精神。這以後截至 1921 年茅盾的論文和譯作，儘管涉及內容較廣泛，數量也不少，但總的說來都是圍繞上述文學主張展開的，或闡發，或充實，或修正，比較具體地從各個不同的方面說明了他的文學思想。通過這些文章，茅盾為人生的文學觀確立起來了。

〔註2〕 《茅盾文藝雜論集》，以下引文凡出此書者，均不另注。

要而言之，茅盾五四時期的文學主張是：新文學不僅要表現人生特別是下層民眾的生活，真實地描寫他們的痛苦和不幸，暴露社會現實的黑暗和罪惡，努力反映時代的面貌，而且還要以「理想作個骨子」，要給人生以指導，給予讀者以光明和希望，為人生、為社會服務。正是從這樣的認識出發，在新文學的形式上，茅盾堅決主張白話文，反對文言文；在新文學的創作方法上，茅盾則大力倡導現實主義，儘管這時茅盾廣泛介紹過歐洲的各種文藝思潮，諸如寫實主義、以羅曼・羅蘭為代表的新浪漫主義，以及自然主義〔註3〕，但實質上是要攝取它們的長處，以尋求適合於中國新文學的創作方法，這一創作方法從主要方面說來，是現實主義的，不過其中帶有主張者的若干特點罷了。

茅盾在批判折衷派時所提出的，在同禮拜六派的鬥爭中所形成的為人生的文學觀，是五四文學革命精神的繼承和發展，體現了茅盾的革命民主主義思想。

二

「表現人生」，是茅盾五四時期文學思想的一個重要組成部分，有著十分豐富的內容。我們從當時的歷史環境出發，認真考察茅盾在這個問題上的有關論述，是可以看出一些明顯的特徵來的。

五四時期，陳獨秀在文學革命中就提出要「建設新鮮的、立誠的寫實文學」，〔註4〕李大釗也主張新文學必須是「為社會寫實的文學」，〔註5〕魯迅則堅持和發展著「『為人生』，而且要改良這人生」〔註6〕的文藝觀。青年文學批評家茅盾的文學主張，在總的方向和主要內容上，和文學革命的先驅們是一致的。不同的是，茅盾當時從理論上作了比較系統的探討和研究，闡述得比較具體、明確，表現了自己的特點。就是在文學研究會中，儘管大家都反對遊戲的消遣的舊文學，主張為人生的藝術，然而茅盾和別人也不盡相同，在一些重要問題上，茅盾的見解往往是獨到的，深刻的，有自己的著重點。

首先，強調新文學所表現的是社會的、時代的、平民的「人生」。「人生」

〔註3〕　《文學上的古典主義浪漫主義和寫實主義》，《學生雜誌》第 7 卷第 9 號。
〔註4〕　陳獨秀：《文學革命論》，《新青年》2 卷 6 號。
〔註5〕　李大釗：《什麼是新文學》。
〔註6〕　魯迅：《南腔北調集・我怎麼做起小說來》。

的含義是什麼？茅盾在第一篇文學論文中，就指出文學家要「描寫全社會的病根」，文學家「積極的責任是欲把德謨克拉西充滿在文學界，使文學成爲社會化，掃除貴族文學的面目，放出平民文學的精神。下一個字是爲人類呼籲的，不是供貴族階級賞玩的；是『血』和『淚』寫成的，不是『濃情』和『豔意』做成的，是人類中少不得的文章，不是茶餘酒後消遣的東西！」這段話概述了新文學所表現的人生的主要含義，不過這時茅盾還來不及具體闡述，顯得比較籠統。在這以後的一二年裡，我們從茅盾的一系列論述中就看得比較清楚了。

所謂表現社會的人生，就是文學要真實地表現社會面貌。文學作品誠然是寫一二人、一二家的，不可能包羅萬象，但它又決不止於此，它要通過個別反映一般，從中可以看到社會生活的一角乃至整個社會生活的圖畫。「我覺得表現社會生活的文學是真文學，是於人類有關係的文學，在被迫害的國裡更應該注意這社會背景」。〔註 7〕茅盾還認爲，「現在社會內兵荒屢見，人人感著生活不安的苦痛，真可以說是『亂世』了」，而「在亂世的文學作品而能怨以怒的，正是極合理的事，正證明當時的文學家能夠盡他的職務！」〔註 8〕在這裡，他著重強調人生是「社會生活」，指出文學作品要揭露現實社會的黑暗，這較之他半年前所說的「文學者表現的人生應該是全人類的生活」〔註 9〕要明確得多，同時也富有實際內容。後來茅盾在回憶這段文學生活時曾指出：「『全人類』一詞太含糊，但『人類』一詞在當時習慣上是指全世界的民眾。」〔註 10〕正是從新文學要表現社會生活這一認識出發，茅盾尖銳地抨擊了舊文學，批判了歷來相傳的「文章是替古哲聖賢宣傳大道，文章是替聖君賢相歌功頌德，文章是替善男惡女認明果報不爽」的見解，以及那種「得志的時候固然要借文學來說得意話，失意的時候也要借文學來發牢騷」〔註 11〕的態度，指出「文學誠然不是絕對不許作者抒寫自己的情感，只是這情感決不能僅屬於作者一己的一時的偶然的」。〔註 12〕同樣，對於五四時期出現的一些小說，茅盾也是本著上述認識進行嚴格的批評，對那種未能反映社會生活的小說，「如什麼《訂婚日記》」，他根本不承認是創作，因爲這樣的小說作者

〔註 7〕 《社會背景與創作》。
〔註 8〕 《社會背景與創作》。
〔註 9〕 《文學和人的關係及中國古來對文學者身份的誤認》。
〔註 10〕 《革新〈小說月報〉前後》，《新文學史料》第 3 輯。
〔註 11〕 《文學和人的關係及中國古來對文學者身份的誤認》。
〔註 12〕 《文學和人的關係及中國古來對文學者身份的誤認》。

「是把小說當作私人的禮物，一己的留聲機的」。﹝註 13﹞至於茅盾對禮拜六派的批判，那更是極爲堅決的，因爲我們比較熟悉，這裡就不贅述了。

所謂表現時代的人生，就是要眞實地反映時代背景。茅盾十分重視文學作品的時代色彩，一再強調文學必須表現時代特徵。他說，「眞的文學也只是反映時代的文學」。﹝註 14﹞新文學的重要標誌之一是眞實地反映時代，「適應於某時代的，在某時代便是新」。﹝註 15﹞舊文學是舊時代的產物，時代變了，文學必須隨之發生變化。舊文學「是和人類隔絕的，是和時代隔絕的，不知有人類，不知有時代！」﹝註 16﹞五四運動開闢了我國歷史上的一個新時代，文學創作只要忠實地描寫人生，不逃避現實，就可能有成功的作品。但是當時這樣的作品不多。爲此，茅盾以批評家和文學編輯的身份向創作界提出了許多積極的建議，甚至具體地列出一些能夠反映時代面貌的重大社會問題，提供作家們參考，例如指出「頑固守舊的老人和向新進取的青年，思想上衝突極厲害，應該有易卜生的《少年社會》和屠格涅夫的《父與子》一樣的作品來表現它；遲緩而惰性的國民性應該有岡察洛夫的《奧勃洛摩夫》一般的小說來表現它……」，﹝註 17﹞茅盾的這一主張在當時發揮了一定的指導作用。

所謂描寫平民的人生，主要是指描寫被壓迫民眾的生活。茅盾開始提出自己的文學主張時，就指出必須「掃除貴族文學的面目，放出平民文學的精神」。聯繫他在這之前所編譯的一些文章例如《履人傳》、《縫工傳》等來看，可知所謂平民就是並非「達官顯宦，貴族階級」的普通老百姓。他在《俄國文學雜談上》﹝註 18﹞中說，俄國近代文學家的作品能夠使「壓在最下層的悲聲透上來」，「看了他們的著作如同親聽了污泥裡人說的話一般」，明確指出「俄國近代文學的特色是平民的呼籲」。可見茅盾所說的平民，是包括了壓在社會底層的人們在內的，主要是被壓迫被奴役的民眾，茅盾主張新文學應該著重表現他們的生活與鬥爭。茅盾在自己的文學活動中，不僅始終倡導平民文學，而且特別強調作家應該具有被壓迫者的思想感情，具有人道主義

﹝註 13﹞ 《春季創作漫評》。
﹝註 14﹞ 《社會背景與創作》。
﹝註 15﹞ 《小說新潮欄宣言》。
﹝註 16﹞ 《文學和人的關係及中國古來對文學者身份的誤認》。
﹝註 17﹞ 《社會背景與創作》。
﹝註 18﹞ 《小說月報》第 11 卷 1 號。

精神，認為作家只有站在「污泥裡人」的立場上，真心實意地同情和關心他們的疾苦，反映他們的願望和要求，才能創作出新文學來。為了傳播自己的主張，茅盾主編《小說月報》時曾出版過「被損害民族的文學」專號，並在引言中讚揚了被損害者「寶貴的人性」和美好的「靈魂」。也正是從真實地描寫被壓迫民眾的生活，以及正確地表現時代的要求出發，茅盾對 1921 年春季創作的 24 篇文學作品給予了熱情的評價：「我對於上面的 24 位作家，表示非常的敬意，因為他們著作中的呼聲都是表示對於罪惡的反抗和對於被損害者的同情。」〔註 19〕他還讚揚魯迅的《風波》能夠「把農民生活的全體做創作的背景，把他們的思想強烈地表現出來」，十分中肯地指出「《故鄉》的中心思想是悲哀那人與人中間的不瞭解，隔膜」，同時批評了當時創作界「最大的毛病」是「為創作而創作」，大多數作者對於農民和城市勞動者的生活不熟悉，就是有描寫鄉村生活的作品也往往是「只見『自然美』，不見農家苦」。〔註 20〕對於那些歪曲被壓迫者形象的作品，茅盾作了嚴厲的批評，因為它們「把忠厚善良的老百姓，都描寫成愚騃可厭的蠢物，令人誹笑，不令人起同情。嚴格說來，簡直沒有一部描寫中國式老百姓的小說，配得上稱為真的文學作品」。〔註 21〕總之，在新文學「寫什麼」問題上，茅盾的平民文學主張及其著重點是十分執著和鮮明的。

其次，要求新文學在表現社會現實人生的同時，還要表現理想。茅盾認為，新文學必須反映現實，暴露和批判社會的黑暗面，但是僅止於此卻是不夠的，「文學是描寫人生，猶不能無理想做個骨子」。〔註 22〕茅盾的這一主張主要表現在以下兩個方面。

一是認為現實生活本身確實存在著光明面，強調的是國民性的優點。20年代之初的舊中國，由於帝國主義和封建勢力的重重壓迫，社會的黑暗和人民的痛苦是極為嚴重的，對此茅盾有著充分的認識。可貴的是，他能夠從黑暗中看到光明，從醜惡中看到美好。他說：「世間萬象，人類生活，莫不有善的一面與惡的一面……醜惡的描寫誠然有藝術的價值，但只代表人生的一邊，到底算不得完滿無缺，忠實表現。」〔註 23〕又說：「現社會現人生無論怎

〔註 19〕　《春季創作漫評》。

〔註 20〕　《評四五六月的創作》。

〔註 21〕　《創作的前途》。

〔註 22〕　《文學上的古典主義浪漫主義和寫實主義》，《學生雜誌》第 7 卷第 9 號。

〔註 23〕　《新文學研究者的責任與努力》。

樣缺點多，綜合以觀，到底有眞善美隱伏在罪惡下面。」〔註24〕對於壓在社會底層的普通老百姓，他決不像當時許多人那樣抱鄙視態度，或者恩賜性的憐憫態度，相反，他不僅給予眞摯的同情，而且能夠從他們身上看到美好的東西，這是當時一般人所不及的。在《小說月報》「被損害民族的文學」專號的引言中，茅盾著重指出的就是這一點。他說：「在榨床裡榨過，留下來的人性，方是眞正可寶貴的人性，不帶強者色彩的人性。他們中被損害而向下的靈魂感動我們，因爲我們自己亦悲傷我們同是不合理的傳統思想與制度的犧牲者；他們中被損害而仍舊向上的靈魂更感動我們，因爲由此我們更確信人性的砂礫裡有精金，更確信前途的黑暗背後就是光明。」這段話反映了茅盾當時所達到的思想高度。

　　與此密切相關的是對國民性的認識問題。國民性問題是當時人們十分關心和熱烈議論的一個話題，在這個問題上茅盾的見解也是不同凡響的。在《〈小說月報〉改革宣言》中，他明確指出：「同人等深信一國之文藝爲一國國民性之反映，亦惟能表見國民性之文藝能有眞價值，能在世界的文學中占一席地。」表明了對文藝反映國民性的重視。但是國民性是指什麼呢？「所謂國民性並非指一國的風土民情，乃是指這一國國民共有的美的特性。」「我相信一個民族既有了幾千年的歷史，他的民族性裡一定藏著善美的特點；把他發揮光大起來，是該民族義不容辭的神聖的責任。中華這麼一個民族，其國民性豈遂無一些美點？」〔註25〕在這裡，茅盾所說的國民性不是劣點，同當時一般人不同，他強調的是國民性的美點，並且認定中華民族自有美點在。當然，他也看到了國民性中的劣點。爲了反映這樣的國民性，他多次呼籲創立「國民性的文學」，以鼓舞人們的鬥志。儘管五四時期茅盾對國民性文學沒有作具體闡述，但他在這方面的見解是值得重視的。

　　二是指出新文學必須寄寓理想。1920 年他就指出過「寫實文學的缺點，使人心灰，使人失望」，〔註26〕「他把社會上各種問題一件一件分析開來看，盡量揭穿他的黑幕，這一番發聲振聵的手段，原自不可菲薄；但是徒事批評而不出主觀的見解，便使讀者感著沉悶煩憂的痛苦，終至失望」。〔註27〕茅盾

〔註24〕 《爲新文學研究者進一解》，《改造》第 3 卷 1 號。
〔註25〕 《新文學研究者的責任與努力》。
〔註26〕 《我們現在可以提倡表象主義的文學麼？》，《小說月報》第 11 卷 2 號。
〔註27〕 《文學上的古典主義浪漫主義和寫實主義》，《學生雜誌》第 7 卷第 9 號。

這裡所說的寫實主義其實就是自然主義，由於當時受日本文藝理論的影響，兩者往往混淆不清，茅盾自己就說過「文學上的寫實主義與自然主義實為一物」。〔註28〕茅盾對自然主義的批評是一針見血的。1921年，他更明確地指出，新文學「或隱或顯必然含有對於當時代罪惡反抗的意思和對於未來光明的信仰」，當今創作家最大的職責是，一方面眞實地描寫社會現實，「一方面又隱隱指出未來的希望，把新理想新信仰灌到人們心中」，「使新信仰與新理想重複在他們心中震盪起來」。〔註29〕正是在這一點上，茅盾的文學主張和自然主義以及批判現實主義劃清了界限。十分明顯，茅盾主張的是現實主義文學思想。值得注意的是，茅盾認為這種新理想應該是「隱隱指出」，是從作品中流露出來的，而不是由作者直接站出來講什麼，這一點十分可貴，表明茅盾是重視藝術本身的規律的。當然，這時茅盾所說的新理想還是比較朦朧的，他還來不及具體論述。不過，聯繫他當時的文章特別是聯繫他從事建黨的革命實踐活動來看，可以相信這種新理想是革命民主主義的，具有社會主義的成分，遠比當時半封建半殖民地的舊思想舊觀念進步得多。當時茅盾就曾對魯迅《故鄉》中所說的「他們應該有新的生活，為我們所未經生活過的」理想十分嚮往，明確表示「我很盼望這『新生活』的理想」。〔註30〕這種理想主義是值得肯定的。新文學要展示新理想，給黑暗中的人們以信心和力量，這是當時茅盾文學思想中最有價值的部分之一，表現了年輕的文學理論家的眞知灼見。

總之，現實生活中有光明面，國民性中有美點，作為現實人生反映的新文學就要寫出光明來，這是一個方面；另一方面，新文學的作家還要把希望和理想鎔鑄在作品中，使之在情節中自然而然地表現出來，以鼓舞人們生存和奮鬥的勇氣。這是茅盾關於表現理想問題的主要精神。

最後一點，在怎樣表現人生問題上，茅盾文學思想的特徵在於高度重視文學本身的特點和規律，特別強調文學創作的眞實性、藝術性和獨創性。關於眞實性問題，如前所述無論是表現現實還是表現理想，茅盾都認為是新文學必不可少的基本條件，是新文學同舊文學的一個原則區別。舊文學的表現方法是「但憑想當然，不求實地觀察」，〔註31〕新文學則是忠於生活，努力求

〔註28〕 《通訊》，《小說月報》第13卷6號。
〔註29〕 《創作的前途》。
〔註30〕 《評四五六月的創作》。
〔註31〕 《一年來的感想與明年的計劃》。

眞的。他在後來的一篇文章《什麼是文學》中說:「據我個人的觀察,這幾年來的新文學運動,都是向這個假上攻擊,而努力於求眞的方面,現在差不多已成了一個普遍的記號,這是可喜的事!」茅盾關於文學眞實性的論述所在多有,這裡不再贅述。

茅盾在注重文學作品思想內容的同時,也注意到了藝術性。他說:「『美』『好』是眞實」,「文學是思想一面的東西,這話是不錯的。然而文學的構成,卻全靠藝術。」〔註32〕既強調文學的眞實性,又強調文學的藝術性,認爲新文學必須是形諸形象的美的文學,這才能夠感動人。對於外國文學的翻譯,他一再指出不能失掉原作品的「藝術色」和「神韻」,不能改變作家及作品的個性特徵。他說:「文學作品雖然不同純藝術品,然而藝術的要素一定是很具備的。介紹時一定不能只顧著這作品內所含的思想而把藝術的要素不顧,這是當然的。」〔註33〕當形形色色的外國文藝流派及其作品紛至沓來的時候,茅盾不僅沒有暈頭轉向,而且能夠給予具體的科學的分析,並且明確指出「最新的不就是最美的最好的」,表現了文學批評家可貴的遠見卓識,這同他堅持眞善美統一的美學原則是分不開的。

應該著重指出的,是茅盾文學主張中表現出來的強烈的創造精神。在反對舊文學,提倡新文學的鬥爭中,茅盾一開始就反對單純模仿,主張大膽創新。他主持「小說新潮欄」後明確宣告,開闢此欄的目的「不是徒然『慕歐』」,而是要「另創一種自有的新文學出來」。〔註34〕在《〈小說月報〉改革宣言》中則宣稱:「同人深信文藝之進步全賴不囿於傳統思想之創造的精神」;又說「同人以爲今日談革新文學非徒事模仿西洋而已,實將創造中國之新文藝,對世界盡貢獻之責任」。爲了創造出既不同於中國舊文學又不同於西洋文學的新文學出來,他要求作家「必須先有了獨立精神,然後作品能表見他的個性」,「創作文學時必不可缺的,是觀察的能力和想像的能力,兩者偏一不可。」〔註35〕五四時期是一個批判的年代,像茅盾這樣在批判中注重建設,在建設中注重創新,並且對所主張創立的新文學闡述得如此系統的人,當時並不多見。在怎樣創造問題上,茅盾多次指出過一條基本途徑,

〔註32〕 《小說新潮欄宣言》。
〔註33〕 《新文學研究者的責任與努力》。
〔註34〕 《小說新潮欄宣言》。
〔註35〕 《新文學研究者的責任與努力》。

就是要汲取中國舊文學和西洋文學的「特質」，然後進行創造。這是很有見地的。茅盾對中外文學遺產的態度，是比較科學的，同當時某些人的形而上學態度大不一樣，實在難能可貴。

綜上所述，可以看出茅盾「表現人生」文學主張的基本精神，它在內容上是人民大眾的，包含了反帝反封建的革命思想，在創作方法上是現實主義的，其中包含有革命現實主義的若干成分。這同新民主主義革命的要求是一致的。

三

茅盾主張新文學要「表現人生」，是有鮮明的文學功利觀的。他一貫認為「表現人生」的目的是「為人生」，「指導人生」。「指導人生」的文學主張是茅盾五四時期文學思想的一個重要方面，同「表現人生」一樣，是茅盾對新文學的基本要求。在茅盾看來，「指導人生」同「表現人生」是不可分割的。在「指導人生」的問題上，茅盾的文學主張也是有自己的特徵的。

其一，明確指出文學「是為平民的非為一般特殊階級的人的」。如上所述，這裡的「平民」主要是指區別於統治者的廣大被壓迫被奴役的民眾。茅盾以為，在「社會內兵荒屢見、人人感著生活不安」的「亂世」時代，文學不僅應該描寫「被損害者與被侮辱者」，真實地反映社會現實生活，而且應該充分發揮積極的社會功能，通過新文學教育人、鼓舞人、喚醒民眾並且給他們以力量，幫助他們起來改變自己的環境。茅盾對新文學寄予了極大的甚至過高的希望。從根本上說，他的為人生的文學主張，是把文學當作改變民眾的精神面貌，振興中華的一種重要工具。在《文學和人的關係及中國古來對於文學者身份的誤認》一文中，他指出中國古來把文人當作「附屬品裝飾物」，把文學當作「消遣品」，這是全搞錯了；而今「文學家是來為人類服務」，文學「是溝通人類感情代全人類呼籲的唯一工具」。半年以後，他更明確地指出文學要給黑暗中的民眾以光明和理想，甚至說：「我們覺得文學的使命是聲訴現代人的煩悶，幫助人們擺脫幾千年來歷史遺傳的人類共有的偏心與弱點，使那無形中還受著歷史束縛的現代人的情感能夠互相溝通，使人與人中間的無形的界線漸漸泯滅……」〔註36〕又過了 5 個月，他進一步樂觀地寫

〔註36〕《創作的前途》。

道：新文學的藝術之花將「滋養我再生我中華民族的精神，使他從衰老回到少壯，從頹喪回到奮發，從灰色轉到鮮明，從枯朽裡爆出新芽來！」〔註37〕可見，茅盾關於文學社會作用的見解，其基本精神和魯迅的「『為人生』，而且要改良這人生」的文學思想是完全一致的。高爾基說過：「文學的目的就是幫助人瞭解他自己；就是提高人的信心，激發他追求真理的要求；就是和人們中間的鄙俗作鬥爭，並善於在人們中間找到好的東西；就是在人們的心靈中喚起羞恥、憤怒和英勇，並想盡辦法使人變得高尚有力，使他們能夠以神聖的美的精神鼓舞自己的生活。」〔註38〕茅盾當時雖然沒有像高爾基這樣說得具體明確，但他們之間關於文學使命的觀點顯然是一脈相承的。正是從這樣的認識出發，茅盾踏進文壇後即堅決反對一切封建復古文學和禮拜六派的遊戲文學，大力倡導為人生的文學。茅盾等文學研究會同人和創造社的論爭，也是主要在文學的社會作用這個根本問題上展開的。

其二，特別強調文學要傳播新思想。茅盾十分重視文學作品的思想傾向，認為新文學一定要鼓吹新思想，而新思想必須通過新文學作宣傳。無論是翻譯還是評論，茅盾總是根據人民和時代的需要，首先著眼於作品的思想內容。他說：「介紹西洋文學之目的，一半欲介紹他們的文學藝術來，一半也為的是介紹世界的現代思想——而且這應該是更注意些的目的。」〔註39〕為此，當時他著重介紹的是歐洲被壓迫民族的文學、俄羅斯文學以及十月革命後的蘇聯文學，並十分關注這些文學積極的社會作用，以作借鑒的樣本。在《俄國近代文學雜談》（下）中，他指出：「俄人視文學較他國人為重，他們以為文學這東西不單怡情之品罷了，實在是民族的『秦鏡』，人生的『禹鼎』；不但要表現人生，而且要有用於人生。」他以極大的熱情關心並介紹蘇聯文學，用事實嚴正揭露資產階級的惡意誹謗，高度讚揚「勞農俄國現在對於文藝的注意，簡直要比俄皇時代加上萬萬倍」，〔註40〕「赤化後的俄國，更能促進藝術的進步，滋培新藝術的產生」。〔註41〕對於當時國內出現的新文學作品，茅盾也總是按照為人生為時代服務的現實主義原則進行評論的。

其三，注意到了文學本身的規律和特點。茅盾從革命民主主義立場出發，

〔註37〕 《一年來的感想與明年的計劃》。
〔註38〕 《讀者》，《高爾基選集》第 2 卷 195 頁。
〔註39〕 《新文學研究者的責任與努力》。
〔註40〕 《勞農俄國治下的文藝生活》，《小說月報》第 12 卷 1 號。
〔註41〕 《最近俄國文壇的各方面》，《小說月報》第 13 卷 1 號。

強調文學的社會功利性，但決不是狹隘的功利主義。儘管他十分重視文學作品進步的革命的思想內容，以爲這是用以「指導人生」的根本所在，然而卻並不抹煞文學的特殊性。在茅盾看來，只有具有美感作用的文學作品，才能發揮它們的認識作用和教育作用。茅盾一開始就是眞善美的統一論者。這一問題前面已經論及，這裡就不多說了。

總之，十分注重文學積極的社會作用，這是茅盾五四時期現實主義文學主張的基本精神之一。可以說，茅盾是我國現代文學史上最早對文學與民眾、文學與政治的關係認識得比較透徹的一人，當時能夠達到這樣高度的人爲數甚少。後來茅盾在一篇回顧文章中曾經指出：「『五四』以來寫實文學的眞精神就在它有一定的政治思想爲基礎，有一定的政治目標爲指針。……——這就是民族的自由解放和民眾的自由解放。」〔註42〕這實在是切中肯綮的。

勿庸諱言，茅盾五四時期「表現人生、指導人生」的現實主義文學主張也是有著一定的局限的。儘管這時茅盾在政治上已經開始接受馬克思主義，並且實際參加了建立共產黨的活動，但是由於馬克思主義文藝理論還沒有傳播到中國來，當時國內文藝界介紹的幾乎全是西方資產階級民主主義的東西，所以從根本上說，茅盾當時的文學思想還沒有超出革命民主主義思想的範疇。這主要表現在，還不能充分認識新的階級力量，對於文學所要反映的「人生」、「社會」、「時代」的認識還比較籠統，還不同程度地存在著進化論思想和左拉的自然主義影響的痕跡，以及對文學的美學價值缺乏足夠的關注，等等。當然，這是歷史的局限，同時也是和作者的思想認識上的局限分不開的。

應該指出的是，茅盾五四時期爲人生的文學主張只不過是他早期文學思想鏈條上的第一個環節而已，它還在演變和發展之中，並且這種演進的勢頭是相當快的，僅僅在 1921 年以後的三四年的時間裡，他就沿著現實主義道路跨到了新的高度，開始確立了革命現實主義文學思想。然而，這第一個環節是堅實的基礎，就主體而言應該給予充分的肯定，它的意義不同尋常。儘管它還在發展，尚待完善，但從中我們還是可以得到不少有益的啓示。

（《文苑縱橫談》第 6 輯，山東人民出版社 1983 年 3 月版）

〔註42〕《浪漫的與寫實的》。

高瞻遠矚　取精用宏

——論茅盾早期譯介外國文學的特點

　　現代文學巨匠茅盾，最早的文學活動是從譯介外國文學作品開始的。他在早期不僅成功地翻譯了許多文學作品，而且就介紹外國文學問題提出了許多寶貴的見解。

高瞻遠矚　銳意創新

　　五四文學革命確認必須通過介紹外國的進步文學，從中吸取養料，尋求借鑒，以取代中國的舊文學，創建新文學，激發中國人民反帝反封建的革命精神。陳獨秀在《文學革命論》中首先指出，新文學要以「今日莊嚴燦爛之歐洲」的民主主義文學爲榜樣。魯迅則是一邊譯介外國文學及思潮，一邊在俄國近代文學的影響和啓發下，第一個創作了顯示文學革命實績的短篇小說。在文學革命先驅們的奔走呼號下，人們紛紛起而響應，一致主張要解放思想，破除陳舊的文學觀念，努力吸收新鮮空氣。「新鮮空氣是什麼？就是翻譯外國作品」，「要醫中國文學上之沉疴，須從翻譯外國作品入手」。胡愈之還指出：「翻譯文藝，和本國文藝思潮的發展，關係最大。俄國近代的文學，可算盛極一時了，但它的起源，實是受德國浪漫文學，法國寫實文學的影響。日本近年文藝思潮的勃興，也是翻譯西洋文學的功勞。所以翻譯西洋重要的文藝作品，是現在的一件要事。」〔註1〕這樣的認識，在五四文學革命的參加者和擁護者中間是共同的。對翻譯活動的高度重視，帶來了翻譯外國文學的

〔註1〕　《寫實主義與浪漫主義》，《東方文庫》第 61 種。

高潮。這一高潮自《新青年》發其端，隨之由《新潮》、《小說月報》、《創造季刊》等刊物光其大，取得了巨大成績。據粗略統計，從 1918 年到 1923 年，介紹的外國小說作家多達 30 餘國的 170 餘人，其中《新青年》即翻譯小說 33 篇；而《小說月報》在 1921 至 1922 年兩年間則翻譯了小說 66 篇。這些翻譯過來的作品對中國新文學的建設起了積極作用。

同魯迅等文學革命的先驅們一樣，茅盾早期譯介外國文學的目的也十分明確。1920 年，他在自己主持的《小說月報·小說新潮欄宣言》中宣告：「我們相信現在創造中國的新文藝時，西洋文學和中國的舊文學都有幾分的幫助。我們並不想僅求保守舊的而不求進步，我們是想把舊的做研究材料，提出他的特質，和西洋文學的特質結合，另創一種自有的新文學出來。」這是茅盾從事外國文學介紹和研究的出發點和落腳點。正是從這樣的認識出發，他積極投入外國文學的翻譯和介紹工作之中。據統計，他在 1920 年翻譯作品 30 餘篇，1921 年翻譯作品則達 50 餘篇。由於茅盾 1919 年底就開始接觸馬克思主義，在社會活動之餘全力從事文學理論的研究，由於他改革並主編了《小說月報》這樣一個影響全國的文學刊物，能夠以編輯的眼光經常從全局上提出和考慮問題，所以，在譯介外國文學的目的方面，茅盾比一般人站得高些，看得遠些，氣魄大些。從主持「小說新潮欄」起，他便針對國內翻譯小說雜亂、單薄的狀態，系統地提出了譯介外國文學的主張和辦法。他認為「該盡量把寫實派自然派的文藝先行介紹」，同時開列了一批亟待翻譯的寫實主義和自然主義的文學作品目錄。他主張在「選最要緊最切用的先譯」的同時，也要適當翻譯各種文學思潮的有代表性的作品，並大力介紹世界文學潮流及其演變趨勢。在《〈小說月報〉改革宣言》中，他更以宏大的氣魄宣稱說，所以要對外國文學及其流派作系統而又深入的介紹和研究，目的在吸收養料，以便能創造出「在世界的文學中占一席地」的劃時代的中國新文學。在答李石岑的信中，他進一步表明了自己的遠大抱負：「中國的新文藝還在萌芽時代，我們以現在的精神繼續做去，眼光注在將來，不做小買賣，或者七年八年之後有點影響出來。……我敢代國內有志文學的人宣言：我們的最終目的是要在世界文學中爭個地位，並作出我們民族對於將來文明的貢獻。」顯然，他是站在歷史和時代的高度，給自己和新文學建設者們提出了一個宏偉的目標，指明了前進的方向。實現這一目標必須作多方面的努力，其中當然包括借鑑外國文學在內。茅盾早期以至畢生對外國文學的譯介及其他文學活動，

可以說都是為了實現這一宏偉目標的。

與此同時，在思想政治方面，茅盾還有一個更大的目的——「足救時弊」和「富國興邦」。他在 1921 年指出：「介紹西洋文學的目的，一半果是欲介紹他們的文學藝術來，一半也為的是欲介紹世界的現代思想——而且這應是更注意些的目的。」〔註2〕在茅盾看來，「文學是人精神的食糧」，翻譯外國文學的根本目的是要「療救靈魂的貧乏，修補人性的缺陷」，改變人們愚昧落後的精神狀態。當然，這是指用民主主義思想來改造封建思想意識。但茅盾後來很快便注意到外國文學特別是蘇聯文學中的社會主義思想對我國新文學對人們思想的重要作用，於是，在 1925 年更集中探討和介紹了蘇聯文學的無產階級思想。正是從「足救時弊」的認識出發，茅盾主張為人生的文學觀，要求文學「擔當喚醒民眾而給他們力量的重大責任」，強調文學積極的社會作用：「我覺得創作者若非是全然和他的社會隔離的，若果也有社會的同情的，他的創作自然而然不能不對於社會的腐敗抗議。我覺得翻譯家若果深惡自身所居的社會的腐敗，人心的死寂，而想借外國文學作品來抗議，來刺激將死的人心，也是極應該而有益的事。」〔註3〕為此，他不僅以極大的熱情譯介俄國近代文學和歐洲弱小民族文學，主編了「俄國文學研究」專號和「被損害民族的文學號」，而且對蘇聯文學也給予深切的關注，在《小說月報》的「海外文壇消息」欄內，譯介了蘇聯文學界的大量消息和動態，向我國讀者介紹蘇聯文學的真實情況，熱情讚揚它是「開始藝術史的一頁新歷史的先聲」，駁斥了對它的種種誹謗誣蔑。顯然，茅盾翻譯介紹外國文學作品，其指導思想遠遠超出文學範圍，具有鮮明的思想政治目的。

在譯介外國文學作品的目的方面，茅盾和魯迅有著驚人的相似之處。魯迅早期的文學主張是「『為人生』而且要改良這人生」。對於翻譯，他在《墳‧雜憶》中回顧翻譯愛羅先珂的《桃色的雲》時說：「其實，我當時的意思，不過要傳播被虐待者苦痛的呼聲和激發國人對於強權者的憎惡和憤怒而已，並不是從什麼『藝術之宮』裡伸出手來，拔了海外的奇花瑤草，來移植在華國的藝苑。」茅盾也說，那種「以為讀外國文學猶之看一盆外國花，嘗一種外國看饌」的觀點是偏頗的。他援引巴比塞的話，認為「和現實人生脫離關係

〔註2〕 《新文學研究者的責任與努力》，《茅盾文藝雜論集》（以下不注出處者，引文均見此書）。

〔註3〕 《介紹外國文學作品的目的》。

的懸空的文學，現在已經成為死的東西；現代的活文學一定是附著於現實人生的，以促進眼前的人生為目的的」。〔註4〕在《〈灰色馬〉序》中，他還指出：《灰色馬》在這個時候單行於世，目的在引起現代青年的注意，希望他們牢記，「社會革命必須有方案，有策略，以有組織的民眾為武器，暗殺主義不是社會革命的正當方法。」這是借文學傳播自己的社會革命思想，在 1923 年能有這種觀點是難能可貴的。顯然，茅盾和魯迅一樣，都是從文學的借鑒和政治變革的需要出發譯介外國文學的。一句話，放眼國外文學思潮和文學創作，以創建中國新文學傳播新思想為目的，這是茅盾早期譯介外國文學的一個顯著特點。

取精用宏　對症下藥

1920 年初，茅盾指出：「我們無論對於那種學說，該用公平的眼光去看他；而且要明白，這不過是一種學說，一種工具，幫助我們改良生活，求得真理的。所以介紹儘管介紹，卻不可當他是神聖不可動的；我們儘管挑了些合用的來用，把不合用的丟了，甚至於忘卻，也不妨。因為學說本來是工具，不合用的工具，當然是薪材的胚子了。」〔註5〕以「合於我們社會與否」〔註6〕作為取捨標準，是貫串於他譯介外國文學活動各個方面的重要思想。所以，在「『拿來主義』十分盛行」〔註7〕的五四時期，茅盾面對紛然雜呈、浩如煙海的外國文學思潮和文學作品，並沒有眼花繚亂，精蕪不辨，而是以敏銳的眼光從中挑選出富有借鑒意義的東西來。他既反對拒絕接受外國文學的復古派的國粹論，也反對無批判地接受外國文學的歐化派的移植論。在茅盾看來，無論外國文學思潮，還是文學作品，都不是完美無缺的，對於中國新文學的建設，沒有一種可以當作模式生搬硬套；只有取精用宏，對症下藥，進而融匯貫通，自行創造，才能更好地發揮外國文學的借鑒作用。

茅盾所以特別重視譯介俄國文學以及東歐、北歐被壓迫民族的文學，首先是因為這些國家和人民的狀況和我們存在許多相似之處。其次是這些文學具有濃厚的民主主義思想，其中所表現的被壓迫者的申訴和呼號，掙扎和反

〔註4〕　《「大轉變時期」何時來呢》。
〔註5〕　《尼采的學說》，《學生雜誌》第 7 卷 1～4 號。
〔註6〕　《對於系統的經濟的介紹西洋文學底意見》。
〔註7〕　茅盾：《我走過的道路》第 133 頁。

抗，能給中國讀者以感染和震動，喚醒他們的覺醒，鼓舞他們的鬥志。這種首先重視政治思想標準的譯介工作，誠然有如魯迅後來所指出的「五四運動時代的啓蒙運動者」「急於事功，竟沒有翻出有價值的作品來」，〔註8〕忽略藝術標準的不足一面。茅盾自己也說過：「西洋文學名著被翻譯介紹過來的，少到幾乎等於零，因而所謂『學習技巧』云者，除了能讀原文，就簡直談不到。」〔註9〕不過，茅盾當時並沒有因強調「要注重思想，不重視格式」，而完全忽視藝術性。他仍然指出，「文學作品雖然不同純藝術品，然而藝術的要素一定是很具備的，介紹時一定不能只顧著這作品內所含的思想而把藝術的要素不顧，這是當然的。」〔註10〕所以，他接著談到了怎樣進行藝術借鑒的問題。在主編《小說月報》一年之後，茅盾指出：「西洋人研究文學技術所得的成績，我相信，我們很可以，或者一定要採用。採用別人的方法——技巧——和徒事仿傚不同。我們用了別人的方法，加上自己的想像情緒……，結果可得自己的好的創作。」〔註11〕可見，他和當時翻譯界只重視思想而忽視藝術的傾向有所不同，是既注重思想內容，又比較注意藝術技巧的。這也是他高出於當時一般人的地方。

　　還應指出，茅盾在注重文學作品的思想內容，堅持「介紹時的選擇是第一應得注意的」〔註12〕原則的前提下，並不拒絕接觸和探討那些精蕪並存的外國作家和作品。他曾以很大的興趣廣泛涉獵了這一類作家的作品。他認為，既要借鑒外國文學，就要對它的各個方面進行研究，即使是對有害的東西也不必迴避，只要「能懷疑，能批評」，那麼，「古人的書都有一讀的價值，古人的學說都有一研究的必要」。〔註13〕對於拜倫，他指出：「中國現在正需要拜倫那樣富有反抗精神的，震雷暴風般的文學，以挽救垂死的人心，但是同時又最忌那狂縱的，自私的，偏於肉欲的拜倫式的生活。我們現在所紀念的，只是那富於反抗精神的，攻擊舊習慣道德的，從軍革命的拜倫。」〔註14〕對於泰戈爾，他強調說：「我們決不歡迎高唱東方文化的泰戈爾；也不歡迎創造

〔註8〕　《準風月談‧由聾而啞》。
〔註9〕　《中國新文學大系‧小說一集導言》。
〔註10〕　《新文學研究者的責任與努力》。
〔註11〕　《一年來的感想與明年的計劃》。
〔註12〕　《新文學研究者的責任與努力》。
〔註13〕　《尼采的學說》，《學生雜誌》第7卷1～4號。
〔註14〕　《拜倫百年紀念》，《小說月報》第15卷4號。

了詩的靈的樂園，讓我們的青年到裡面去陶醉的泰戈爾；我們歡迎的，是實行農民運動（雖然他的農民運動的方法是我們反對的），高唱『跟隨著光明』的泰戈爾。」〔註 15〕他深刻地批判泰戈爾宣揚的所謂「人類第三期世界」的思想，認為那實質上是要人們過奴隸的生活。總之，對於這些影響很大，但思想和作品有缺陷的外國作家，他是持分析批判態度的，貫徹了合用即取，無用則棄的原則，因而較為科學合理。

在介紹外國文學思潮方面，我們更可看出茅盾早期文學思想所達到的高度和特點。他在認真考察歐洲各種文學思潮長短得失的基礎上，從克服中國舊文學的弊端和創建新文學的需要出發，有針對性地行了介紹和倡導。他認為，就某種文學思潮本身而言，以羅曼・羅蘭為代表的新浪漫主義是比較圓滿的，因為「浪漫的精神常是革命的創新的，……這種精神無論在思想界在文學界都是得之則有進步有生氣」。〔註 16〕但是，考慮到中國現實之急需，他指出，首先應當汲取寫實主義「真精神」：「寫實主義的文學，最近已見衰歇之象，就世界觀之立點言之，似已不應多為介紹；然就國內文學界情形言之，則寫實主義之真精神與寫實主義真傑作實未嘗有其一二，故同人以為寫實主義在今日尚有切實介紹之必要」。〔註 17〕雖然他當時和許多人一樣把「文學上的自然主義與寫實主義」視為一物，〔註 18〕這在發源地的法國就是如此，但畢竟茅盾所注意的是其中的現實主義「真精神」。1921 年底，他曾指出：「以文學為遊戲，為消遣，這是國人歷來對於文學的觀念；但憑想當然，不求實在觀察，這是國人歷來相傳的描寫方法；這兩者實是中國文學不能進步的主要原因。……不論自然主義的文學有多少缺點，單就校正國人的兩大病而言，實是利多害少。」〔註 19〕他還說：「奉什麼主義為天經地義，以什麼主義為唯一的『文宗』，這誠然有些無謂；但如果看見了現今國內文學界的一般的缺點，適可以某種主義來補救校正，而暫時的多用些心力研究那一種主義，則亦無可厚非。」〔註 20〕足見，他目的非常明確，不是盲目引進。對泰納藝術社會學的介紹，對文學進化論的介紹，以及對表象主義（象徵主義）的介紹等等，

〔註 15〕 《對於泰戈爾的希望》，《民國日報》副刊《覺悟》1924 年 4 月 24 日。
〔註 16〕 《〈小說月報〉改革宣言》。
〔註 17〕 《自然主義的懷疑與解答》，《小說月報》第 12 卷 12 號。
〔註 18〕 《一年來的感想與明年的計劃》。
〔註 19〕 《為新文學研究者進一解》，《改造》第 3 卷 1 號。
〔註 20〕 《一年來的感想與明年的計劃》。

也莫不如此。他說：「現在的社會人心的迷溺，不是一味藥所可醫好，我們該並時走幾條路」，〔註21〕無論哪種文學思潮，只要其中有可取之處，就不妨拿來為我所用。特別是他認為：「新浪漫主義為補救寫實主義豐肉弱靈之弊，為補救寫實主義之全批評而不指引，為補救寫實主義之不見惡中有善。」〔註22〕更可見出，他已注意到如何把反映現實和表現情致結合起來，這是極其可貴的。也正是因為他在介紹和借鑒各種文學思潮中能夠廣採博取，並和中國文學革命與社會實際需要相結合，所以能堅持自主精神，逐步形成自己的現實主義文學觀。

當然，茅盾早期涉獵和借鑒的種種文學思潮，大多是民主主義的思想武器，還不能完全用來「足救時弊」，但由於他始終出於這樣一個願望，並不斷地尋找新的武器，所以，不久便找到了無產階級文學理論這個能醫治舊文學痼疾的利器。1922 年，他說自己「已找到了一個路子」，「就是我們確信了一個馬克思底社會主義」。〔註23〕有了這個基礎，他於 1925 年左右逐漸具備了無產階級文學觀。他在《論無產階級藝術》等一組文章中指出，在階級社會裡文藝是帶階級性的，強調新文學必須反映和推動反帝反封建的民族民主革命鬥爭。這時期他在論及蘇聯文學時，除了熱情肯定其偉大的歷史意義外，還中肯地批評了新生的蘇聯文學題材較窄、過分地注重「刺激和煽動」以及「往往把資本家或資產階級知識者描寫成天生的壞人」等等，更表明他已有了鮮明的辯證法思想和較高的文學素養。

總之，在中國現代文學初創期裡，像茅盾這樣對外國文學作品和文學思潮進行如此廣泛深入的探討，並孜孜不倦地為中國新文學建設提供借鑒、挑選武器者，是很少見的。取精用宏、對症下藥的態度充分表現了他的原則立場和銳利眼光。

窮本溯源　深入研究

為了把外國文學中的養料吸取過來，茅盾採取的是「窮本溯源」的研究方法。即譯介外國文學，必須首先研究外國文學。

五四時期，當歐洲的各種文藝思潮紛至沓來的時候，引起的反響是巨大

〔註21〕　《我們現在可以提倡表象主義的文學麼》，《小說月報》第 11 卷 2 號。
〔註22〕　《〈歐美新文學最近之趨勢〉書後》。
〔註23〕　《五四運動與青年底思想》，《覺悟》1922 年 5 月 11 日。

的。誠如當時茅盾所說:「近來西洋文藝的最新的學說,時常有人介紹進這少與世界精神界接觸的中國來,因為兩方面的觀念相差太遠,所以常常聽得有詛罵或反對的聲浪」。他著重指出,「各人須要先認清了那件事物的眞相,然後可以讚美或是詛罵」。〔註24〕為了搞清各種文藝新說的「眞相」,茅盾在1920年《小說新潮欄宣言》中提出了「探本窮源」的主張,認為「藝術都是根據舊張本而美化的。不探到了舊張本按次做去,冒冒失失『唯新是摹』,是立不住腳的。」正是從這樣的認識出發,他在《文學上的古典主義浪漫主義和寫實主義》等文章中,頗為深入地探討了歐洲幾種主要文學思潮之間的淵源和演變關係,並對每種文學思潮的成敗得失作了較為透徹的剖析,指出後起的文學思潮所以能取代以前的文學思潮,主要是因為它具有某種新的長處,能夠以長補短的緣故。他在1922年的一次講演中談到文學上幾種現代派興起的原因時,抓住各種流派的各自特點,從社會生活制約文學創作的基本認識出發,指出它們都是在特定國情、特定時代、特定社會心理狀態下應運而生的,是「時代不同,人生各異」的產物。〔註25〕這是卓有見地的。

茅盾對外國文學作品也進行了深入的研究。可以說,從希臘神話、古羅馬文學到文藝復興時期的文學,從19世紀批判現實主義文學到現代派文學,他都下過一番切實的研究功夫。例如,1923年,茅盾用了半年時間出版了具有拓荒意義的《司各特評傳》。為了向國內讀者介紹這位名聲很大的英國歷史小說家,他沒有滿足於翻譯介紹材料,而是認眞閱讀了司各特的全部作品以及《司各特傳》,同時還參考閱讀了《比較文學史》、《19世紀文學史》、《19世紀文學主潮》、《英國文學史》和《司各特論》等外文原著。這樣寫成的評傳,立論有堅實的基礎,評述可信,當然是有價值的研究成果。此外,他還寫了《司各特重要著作解題》、《司各特著作編年錄》和《司各特著作的版本》3文作為附錄。這樣,國內讀者對司各特便可以有比較系統全面的瞭解。類似這樣的研究和介紹,還有《大仲馬評傳》、《歐洲大戰與文學》、《匈牙利文學史略》和《希臘神話》等等,這裡恕不詳述。

茅盾在譯介外國文學中,始終強調翻譯要忠於原著,要「將西洋的東西一毫不變動的介紹過來」,〔註26〕認為「文學作品最重要的藝術色就是該作品的神韻。灰色的文學我們不能把他譯成紅色;神秘而帶頹喪氣的文學我們

〔註24〕《對於文藝上新說應取的態度》,《文學旬刊》1922年。
〔註25〕《文學上各種新派興起的原因》,《時事公報》1922年8月12～16日。
〔註26〕《現在文學家的責任是什麼》。

不能把他譯成光明而矯健的文學；……」〔註27〕為此，他主張要在「翻譯某文學家的著作時，至少讀過這位文學家所屬之國的文學史，這位文學家的傳，和關於這位文學家的批評文學」。〔註28〕茅盾還就小說單字和句調精神的翻譯，以及詩歌翻譯等具體問題，發表了許多有益的見解。對於介紹，則提出在「切要」原則之外，還要注意「系統」和「經濟」，「如只顧拉出幾本名家著作譯譯，那是很不妥的」，同時提出在譯介作品時最好再附個小引或序。〔註29〕這些意見，是他自己從事譯介外國文學的經驗之談，對於提高翻譯界的水平，無疑有一定的指導意義。

茅盾在介紹外國文學中所採取的窮本溯源研究方法，充分表現了他的嚴謹的治學態度和方法。正是這樣，他才不僅對個別的文學現象有較深的認識，而且對各種文學現象之間的聯繫也有較深的探討，從而保證了外國文學譯介工作的有效性和科學性。同時，這種深入的研究也使茅盾的文學視野大大開擴了，他貪婪地從外國文學的汪洋大海中汲取一切有益的養料，不斷豐富和壯大自己。正如胡愈之所指出的：「和魯迅一樣，茅盾對古代中國文學和 19 世紀以來的世界文學作過長期的深刻的研究、介紹和批判，最後才找到了現代中國自己的文學道路，這就是共產黨領導的革命現實主義的道路。」〔註30〕茅盾早期對外國文學的深入研究，為他在文學理論以及文學創作上的輝煌建樹打下了雄厚的基礎。

總之，茅盾早期譯介外國文學的活動，其成就和意義是多方面的。雖然由於歷史和個人條件的限制，對某些作家作品以及文學思潮的認識和評價不可能沒有失誤和不當之處，但是，因為他有宏偉的目標，能做到高瞻遠矚、銳意創新，取精用宏、對症下藥，窮本溯源、深入研究，所以，在總體上成就和貢獻是十分突出的，其做法至今仍對我們有啟發和指導意義。

（《齊魯學刊》1984 年第 1 期）

〔註27〕　《新文學研究者的責任與努力》。
〔註28〕　《新文學研究者的責任與努力》。
〔註29〕　《對於系統的經濟的介紹西洋文學底意見》。
〔註30〕　《早年同茅盾在一起的日子裡》，《人民日報》1981 年 4 月 25 日。

茅盾的新文學觀與
俄國批判現實主義文學

新文學運動的先驅者們大都受到俄國文學的影響。就茅盾來說，這種影響尤為顯著。創作上的影響姑且不論，單就文學思想而言，茅盾一踏上文壇就在對俄國文學主流的認同中確立了「為人生」的現實主義文學觀，進而又在此基礎上昇華為革命現實主義文學觀，在認同中實現了超越。

一

對於俄國文學的總體特徵，魯迅在 30 年代作過高度的概括，他說，俄國的文學，從尼古拉二世以來，就是「為人生」的，無論它立意是在探究，或在解決，或者墜入神秘，淪於頹唐，而其主流還是一個：「為人生」。魯迅的論斷是切中肯綮的，「為人生」的現實主義文學概括了俄國近代文學的基本品格。正是在這樣的價值取向和藝術精神上，茅盾早期對俄國文學取得了最重要的價值認同，並以此為基點取精用宏，廣採博收，形成了理論內涵豐富的「為人生」的現實主義文學觀。

茅盾早期對俄國文學的認同和選擇，是借十月革命勝利之風實現的。十月革命的勝利震動世界，為人們瞭解俄國文學提供了契機。俄羅斯文學的研究在中國極一時之盛，最主要的原因，就是俄國布爾什維克的赤色革命在政治上、經濟上、社會上生出極大的變動，掀天動地，使全世界的思想都受它的影響。大家要追溯它的遠因，考察它的文化，所以不知不覺全世界的視線都集於俄國，都集於俄國的文學；而在中國這樣黑暗悲慘的社會裡，人人都想在生活的現狀裡開闢一條新道路，聽著俄國社會崩裂的聲浪，真是空谷足音，不由得不動心。因此，大家都要來討論研究俄國。於是，俄國文學就成

了中國文學家的目標。十月革命的勝利從根本上說是馬列主義的勝利，然而最初人們大都還對此缺乏認識，一些有志之士便試圖從俄國文學及其影響之中進行探究，其著眼點在於文學對於變革社會和人生的積極作用。被研究者廣泛重視的《托爾斯泰與今日之俄羅斯》，就是茅盾從這一視角進行探討的重要文章。儘管作者把托爾斯泰看作十月革命「最初之動力」的觀點失之偏頗，但卻透露了茅盾看取文學社會作用的最初的信息。在談及俄國文學對自己的影響時，茅盾後來形象地回顧說：「我也是和我這一代人同樣地被五四運動所驚醒了的，我，恐怕也有不少的人像我這樣，從魏晉小品、齊梁詞賦的夢遊世界裡伸出頭來，睜圓了眼睛大吃一驚的，是讀到了苦苦追求人生意義的俄羅斯文學。」〔註1〕正是俄國文學中「苦苦追求人生意義」的價值取向，把茅盾從故紙堆中召喚出來，在投身於社會鬥爭的同時，叩響了文學之門。可以說，茅盾從踏上文壇的第一步起，就把文學的社會價值放到了首位，而且從此堅定不移，一以貫之，牢固地貫穿在他畢生的文學事業之中了。

茅盾早期「為人生」的現實主義文學觀對俄國文學的認同和選擇，具有豐富的理論內涵，然而最重要的是這麼幾點。一是指導人生的目的性。俄國近代作家「都有社會思想和社會革命觀念」，創作「注重在用意」，「俄人視文學又較他國人為重，他們以為文學這東西，實在是民族的秦鏡，人生的禹鼎，不但要表現人生，而且要有用於人生」。〔註2〕作為俄國大文豪的托爾斯泰，就具有「絕強的社會意識」。茅盾主張，文學家是來為人類服務，文學是溝通人類感情，代全人類呼籲的唯一工具，要有指導人生的能力，要滋養我再生我中華民族的精神。指導人生、改造社會，為民族和人民的自由解放服務，是茅盾早期文學觀的出發點和歸宿。二是表現人生的真實性。俄國文學的傾向性和真實性是統一的，無論托爾斯泰「主義的寫實主義」還是屠格涅夫「詩意的寫實文學」，都是建立在真實地描寫社會人生的基礎之上的。在茅盾看來，人生即文學，有什麼樣的人生就有什麼樣的文學，文學是為表現人生而作的，表現社會生活的文學是真文學，反映時代的文學是真文學，並提出了「『美』『好』是真實（Reality）。真實的價值不因時代而改變」〔註3〕的觀點，初步體現了作家在真實性問題上重要的美學思想。三是傳播新思潮的功利性。茅盾指出，平民的呼籲和人道主義的鼓吹是俄國文學的思想特徵。「文學

〔註1〕 《契訶夫的世界意義》，《世界文學》1960 年第 1 期。
〔註2〕 茅盾：《俄國近代文學雜譚》，《小説月報》第 11 卷第 1～2 號。
〔註3〕 《茅盾文藝雜論集》，上海文藝出版社 1981 年版，第 7 頁。

是思想一面的東西」,「自來一種新思想發生,一定先靠文學家作先鋒隊,借文學的描寫手段和批評手段去『發聲振聵』」。〔註4〕因此,「新文學要拿新思潮作源泉,新思潮要借新文學作宣傳」。「中國現在正是新思潮勃發的時候,中國文學家應當有傳播新思潮的志願」。〔註5〕四是展現光明的理想性。茅盾讚揚托爾斯泰小說中的陪襯人物是現實的,獨有主人公「是理想的,是托爾斯泰主觀的英雄」,陀思妥耶夫斯基「一方面不諱言而且極言現實生活中的至極醜惡,一方面又滿貯了希望,等候將來」。〔註6〕在茅盾看來,「文學是描寫人生,猶不能無理想作個骨子」。〔註7〕既然人生中有光明的一面,國民性中有美點,文學就應該給人們以信心和力量,「隱隱指出未來的希望,把新理想新信仰灌到人們心中」,「使新信仰與新理想重覆在他們心中震盪起來」。〔註8〕綜上所述,茅盾在俄國文學影響下開始形成的文學觀,以「表現人生、指導人生」為基本要求和核心內容,「表現人生」是基石,「指導人生」為旨歸。「為人生而藝術」概括了茅盾早期文學觀的本質特徵,反映了作家關注包括文學目的性、思想性和理想性在內的社會功利效果的價值取向。在 1922 年的一篇文章中,茅盾明確地表述了自己的文學主張:「我是傾向人生派的。我覺得文學作品除能給人欣賞而外,至少還須含有永存的人性,和對於理想世界的憧憬。我覺得一時代的文學是一時代缺陷與腐敗的抗議或糾正……從自己熱烈地憎惡現實的心境發出呼聲,要求『血與淚』的文學,總該是正當而且合乎『自由』的事。」〔註9〕茅盾注重文學社會作用的價值觀念是顯而易見的。

　　茅盾早期對俄國文學的認同和選擇,當然不是偶然的,孤立的。首先,這是在與西歐批判現實主義特別是自然主義的比較中實現的。差不多在接觸俄國文學的同時,茅盾也以窮本溯源的態度考察了西歐文學思潮的歷史和現狀,在對各種文學思潮整體性的把握中接受了現實主義,在對西歐現實主義和俄國現實主義的比較中選擇了俄國現實主義。在茅盾看來,西歐現實主義注重客觀真實性的藝術品格誠然是可取的,「他把社會上各種問題一件一件分析開來看,盡量揭穿他的黑幕,這一番發聲振聵的手段,原自不可菲薄;但是徒事批評而不出主觀的見解,便使讀者感著沉悶煩憂的痛苦,終至失望。」「講到藝術方面呢,

〔註4〕 《茅盾文藝雜論集》,上海文藝出版社 1981 年版,第 3 頁。
〔註5〕 《茅盾文藝雜論集》,上海文藝出版社 1981 年版,第 3 頁。
〔註6〕 茅盾:《陀思妥耶夫斯基在俄國文學史上的地位》,《小說月報》第 13 卷第 1 號。
〔註7〕 茅盾:《文學上的古典主義浪漫主義和寫實主義》,《學生雜誌》第 7 卷第 9 號。
〔註8〕 《茅盾文藝雜論集》,上海文藝出版社 1981 年版,第 54 頁。
〔註9〕 《茅盾文藝雜論集》,上海文藝出版社 1981 年版,第 104 頁。

本來不能專重客觀，也不能專重主觀。專重主觀，其弊在不切實；專重客觀，其弊在枯澀而乏輕靈活潑之致。」〔註10〕俄國文學是主觀和客觀相統一的，它對於專重客觀的西歐文學而言，自然也就更勝一籌了。其次，這是適應思想啓蒙的時代要求和文學發展自身的需要的。五四時期是光明與黑暗交戰的時期，進行思想啓蒙、改造國民靈魂成爲改造社會的首要任務。正是出於這樣的歷史要求，陳獨秀提出建設新鮮的、立誠的寫實文學，李大釗主張新文學必須是爲社會寫實的文學，魯迅堅持和發展著「爲人生」，而且要改良這人生的文學觀。及至文學研究會成立，「爲人生」的文學成爲蔚爲大觀的文學潮流。作爲文學研究會的核心人物，茅盾以自己的理論批評和文學活動，在對俄國文學的認同中有力地張揚了「爲人生」的藝術旗幟，大大地推動了現實主義文學的發展。第三，這是由茅盾本人的文化心理素質所決定的。茅盾從小接受的是經世致用的思想文化傳統和「以天下爲己任」的人格理想，幾乎在踏上文壇的同時也踏上了社會活動的大舞臺。由此，也就內在地制約著作家的文學選擇。俄國文學如魯迅所說在「爲人生」的大旗下各有旨歸，然而茅盾所認同的顯然是意在「解決」的人生派，是社會作用最強的文學觀念。由此，茅盾不僅對「遊戲的消遣的」和「載道的」文學觀念不能容忍，而且也不贊同「爲藝術而藝術」的文學觀。茅盾在《文學與政治社會》中堅持了文學「趨向於政治的或社會的」方向，強調了「足救時弊」的社會功利作用。實際上，茅盾是把文學積極的社會效果看得很重的。

茅盾早期在對俄國文學的認同和選擇中初步形成了「爲人生」的現實主義文學觀，爲他在現實主義道路上的長足發展奠定了基礎。當然，這並不是說茅盾沒有受到其他外國文學的影響。1921 年底，茅盾就宣稱：「奉什麼主義爲天經地義，以什麼主義爲唯一的『文宗』，這誠然有些無謂；但如果看見了現今國內文學界一般的缺點，適可以某種主義來補救校正，而暫時的多用些心力去研究那一種主義，則亦無可厚非。」〔註11〕正是在這種開放而又實際的思想指導下，茅盾早期在向俄國文學認同的同時，也多方面地汲收了其他外國文學中的有益成分，充實和豐富了「爲人生」的文學觀。其中最突出的，莫過於自然主義和新浪漫主義了。

茅盾早期對自然主義的主動擇取，是基於新文學發展的內在需要，以追求作爲基本美學原則之一的眞實性爲目標的。儘管俄國文學一向注重於忠實

〔註10〕茅盾：《文學上的古典主義浪漫主義和寫實主義》，《學生雜誌》第 7 卷第 9 號。
〔註11〕《茅盾文藝雜論集》，上海文藝出版社 1981 年版，第 67 頁。

地表現人生，俄國文學的傾向性是以眞實性爲基礎的，儘管茅盾最初在對各種文學思潮整體性的比較中對自然主義取抨擊態度，然而在他初步確立「爲人生」的文學觀後，卻又一度把目光集中到法國文學，介紹並倡導了自然主義。這一方面是爲了輸入醫治新文學「不忠實描寫」弊病的對症藥，一方面大概是因爲自然主義的眞實性要求更突出的緣故。在舊文學觀念的影響下，新文學作者創作時往往「但憑想當然，不求實地觀察」，更不注重細節描寫，而接受新文學的理論後，又「過於認定小說是宣傳某種思想的工具」，以致在新文學運動伊始即出現了概念化的偏向。爲了解決新文學建設實踐中的這一問題，茅盾決然地藉重於自然主義理論。不僅從方法上肯定「實地觀察」和「客觀描寫」，而且把眞實性提到根本的藝術法則的高度，強調「自然主義者最大的日標是『眞』，在他們看來，不眞的就不會美，不算善」。〔註12〕同時，在對眞實觀的把握上，指出了自然主義者「見什麼寫什麼，不想在醜惡的東西上面加套子，這是他們共通的精神」。〔註13〕對於自然主義的眞實性特徵，茅盾主張有選擇地爲新文學所用，要求既「表現全體人生的眞的普遍性」，以描寫「全般的社會現象」和「全般的社會的結構」，又「表現各個人生眞的特殊性」，以描寫人物的個性和細節。顯然，茅盾對自然主義的擇取並非對「爲人生」文學觀的否定，不是文學觀念的反覆，相反，恰恰是對「爲人生」文學觀的充實和強化，是要求「忠實的描寫人生」觀點的繼續和深化。如果說茅盾起始向俄國文學的認同中注重於「指導人生」的一面，而對「表現人生」的一面多少有所忽略的話，那麼，現在則從對自然主義的主動擇取中得到了補救。不僅如此，對「眞實性」原則的強調本身，其實也是對以往強調文學宣傳作用觀點的一種修正和反撥。茅盾 1924 年在《什麼是文學》的演講中說：「據我個人的觀察，這幾年來的新文學運動，都是向這個假上攻擊，而努力於求眞的方面，現在差不多已成了一個普遍的記號，這是可喜的事！」新文學運動反對虛假追求眞實的努力，不用說與茅盾的倡導是分不開的。也正是在新文學運動的實踐中，茅盾早期的新文學觀逐步健全了。

　　茅盾早期對新浪漫主義的推崇，旨在汲取其「綜合表現人生」的藝術精神。茅盾當時所說的新浪漫主義，主要是指羅曼·羅蘭爲代表的新理想主義。經過自然主義洗禮的新理想主義，「兼觀察與想像而能諧和」，能夠「表現過

〔註12〕《茅盾文藝雜論集》，上海文藝出版社 1981 年版，第 92 頁。
〔註13〕《茅盾文藝雜論集》，上海文藝出版社 1981 年版，第 80～109 頁。

去，表現現在，並開示將來給我們看」，能夠把現實和理想以及人性的善與惡、美與醜統一起來，「爲補救寫實主義豐肉弱靈之弊，爲補救寫實主義之全批評而不指引，爲補救寫實主義之不見惡中有善」，〔註14〕張揚的是自由創造和人道主義的精神。在當時的茅盾看來，在理論上新浪漫主義或許是最圓滿的，然而限於社會歷史條件，還不能在國內馬上實行，不過它的「革命的解放的創造的」精神應該倡導和汲取，因爲「得之則有進步有生氣」，可以調劑人們的生活，幫助確立「眞確人生觀」，推進現代文明的建設。茅盾從思想意義上對新浪漫主義的高度肯定，當然也是從「爲人生」的立場出發的，同時也在「指導人生」的一面豐富了其文學觀的理論內涵，因爲新浪漫主義精神中的許多成分是俄國批判現實主義文學中所沒有的。

還在 1920 年初，茅盾就指出：「現在社會人心的迷溺，不是一味藥所可醫好，我們該並時走幾條路」。〔註15〕綜觀茅盾早期「爲人生」文學觀的形成，固然主要是認同俄國文學的結果，然而又未死抱住俄國文學不放，從現實主義基點出發攝取自然主義和新浪漫主義的營養，滋補了他的理論之樹，使其日臻成熟起來。

二

如果說「爲人生」文學觀的確立主要是茅盾對俄國文學認同的結果，從而成爲其朝著現實主義方向邁進的第一個臺階的話，那麼「無產階級藝術」理論的提出和革命現實主義文學觀的形成，則是茅盾從政治思想上對俄國文學的超越，使他在現實主義道路上實現了新的飛躍。這種超越集中到一點，就是以馬克思主義的階級論取代了抽象的人性論，以「階級的人生」區別了普泛的人生，無論指導思想還是基本內容都發生了實質性的變化，而兼之茅盾對現實主義美學原則的執著追求，對藝術規律的自覺把握，於是一個成熟的理論批評家便在歷史的選擇中出現了。

在文學爲什麼人的問題上，實現了爲無產階級和人民大眾對「爲人生」的超越，表現了鮮明的政治傾向性。爲什麼人的問題是一個根本的問題，原則的問題。「爲人生」的俄國批判現實主義文學，以批判地再現沙皇專制統治、社會關係和解剖性地暴露社會痼疾爲顯著特徵，然而囿於民主主義思想的局

〔註14〕茅盾：《爲新文學研究者進一解》，《改造》第 3 卷第 1 號。
〔註15〕茅盾：《我們現在可以提倡表象主義的文學麼》，《小說月報》第 11 卷第 2 號。

限，文學家們的出發點大相徑庭，也找不到一條正確的出路。十月革命勝利
後，蘇聯文學的無產階級思想佔了主導地位，文學的使命發生了根本性的變
化。這對於一直不僅關注俄國文學而且關注蘇聯文學的茅盾來說，很快便產
生了重大影響，成爲他文學觀質變的直接誘因。在被研究者視作這一質變標
誌的《論無產階級藝術》及其前後的一組文章中，茅盾開始全面地探討無產
階級藝術的產生、範疇、內容和形式等問題，不僅指出「文學實是一階級的
人生的反映，並非是整個的人生」，文學應該描寫無產階級及其生活，摒棄空
泛的「民眾藝術」的口號，而且強調「能夠表現無產階級的靈魂，確是無產
階級自己的喊聲」的思想傾向，這種傾向的實質在於「集體主義的，反家族
主義的，非宗教的」。而「文學者的新使命」，就在於爲「被壓迫民族與被壓
迫階級的解放」服務，「助成無產階級達到終極的理想」。值得注意的是，茅
盾在高度肯定無產階級藝術的同時，也深刻地指出了蘇聯文學在初創期的缺
陷：「題材的範圍太小」，不是「以全社會及全自然界的現象爲汲取題材之泉
源」，而是「只偏於一方面——勞動者生活及農民憎惡反革命的軍隊」，「還有
一點毛病：就是誤以刺激和煽動爲藝術的全目的」。可見，即便對所推崇的蘇
聯文學，茅盾也不是全盤接受的。作爲新文學評論家的代表人物，茅盾在這
裡表現了遠見卓識。儘管《論無產階級藝術》是一篇編譯文章，但上述觀點
顯然是屬於茅盾自己的。從此以後，茅盾跨上了革命現實主義大道，在馬克
思主義文學思想指引下，爲了無產階級和人民大眾的利益縱橫馳騁，爲新文
學的發展作出了卓越的貢獻。

　　在對新文學的基本要求上，堅持進步的革命的思想傾向性和歷史真實
性、完美的藝術性的統一，顯示了藝術家尊重藝術規律的本色。茅盾一向把
「正確的觀念」、「充實的生活」和「純熟的技術」看作爲一個革命現實主義
作家的基本條件。首先，「須先準備好一個有組織力、判斷力，能夠觀察分
析的頭腦，而不是僅僅準備好一個被動的傳聲的喇叭；他須先的確能夠自己
去分析群眾的噪音，靜聆地下泉流的滴響，然後組織成小說中人物的意識」。
〔註16〕其次，「最最主要的還是充實的生活。只有從生活中把握到的正確觀
念方是真正的『正確』。也只有從生活中體認出來的技術方是活的技術」。
〔註17〕爲了堅持現實主義的真實性原則，堅持從「生活實感」中「榨出些精

〔註16〕《茅盾文藝雜論集》，上海文藝出版社 1981 年版，第 289 頁。
〔註17〕《茅盾文藝雜論集》，上海文藝出版社 1981 年版，第 310～311 頁。

英、靈魂」，茅盾一直反對「新思想說教似的宣傳」和「太濃重的教訓主義色彩」，主張新文學「應該是上口溫醇的酒……是從不知不覺中去感動了人，去教訓了人」。〔註 18〕第三，茅盾從理論和實踐的結合上提出了一整套現實主義創作方法和寫作技巧。總之，作爲革命現實主義理論批評家和文學巨匠，茅盾的新文學觀是以思想性和藝術性的和諧統一爲本質特徵的。

茅盾從「爲人生」的文學觀到革命現實主義文學觀的飛躍，從對俄國文學的認同到對俄國文學的超越，固然是因爲適應了時代的需要和新文學的發展，但從內因上說在於契合了作家的理性心理結構。我們知道，茅盾是中國共產黨最早的一批黨員之一。早在 1922 年，他就宣稱說：「我也是混在思想變動這個漩渦裡的一分子，起先因找不到一個歸宿，可以拿來安慰我心靈，所以也同時感到了很深的煩悶，但近來我已找到了一個路子，把我的終極希望都放在彼上面，所以一切的煩悶都煙消雲滅了。這是什麼路子呢？就是我確信了一個馬克思底社會主義。」〔註 19〕儘管政治上確立了馬克思主義的信仰並不就等於文學思想上馬上成爲馬克思主義的了，因而茅盾早期才有革命民主主義思想指導下的「爲人生」文學觀，然而隨著馬克思主義文學思想逐步發展乃至成爲主導思想，其向革命現實主義文學觀的跨越也就水到渠成了。這一跨越使茅盾登上了新的臺階，獲得了新的藝術視野。事實上，還在 1925 年實現這一跨越之前，茅盾的文學思想中就有了若干新的因素，諸如對於托爾斯泰主義的否定，對於表現與貴族階級相對立的「平民」即勞苦大眾的注重，對於自然主義描寫「獸性」的揚棄，對於惲代英提出的「激發國民的精神，使他們從事於民族獨立與民主革命的運動」觀點的響應，等等，都是明顯的證據。儘管作爲政治家的茅盾對社會活動的關注有時甚至勝過文學活動，儘管政治性和藝術性之間不無矛盾，然而就文學理論批評家的茅盾來說，思想傾向性和藝術眞實性及現實主義美學原則之間卻達到了較好的統一。不僅如此，應該說恰恰是馬克思主義文學理論的引導使他實現了文學觀的飛躍。只要考慮到 20 年代初茅盾即對新文學建設中開始出現的概念化偏向提出批評，並一直堅持與之鬥爭的事實，就可知其文學思想所達到的高度了。

（《文史哲》1992 年第 1 期）

〔註 18〕《茅盾文藝雜論集》，上海文藝出版社 1981 年版，第 405 頁。
〔註 19〕茅盾：《五四運動與青年底思想》，《覺悟》1922 年 5 月 11 日。

茅盾早期的文學思想與列夫‧托爾斯泰

一

在俄國批判現實主義作家中，對茅盾影響最大的恐怕莫過於列夫‧托爾斯泰了。1928年，茅盾在《從牯嶺到東京》中說：「我愛左拉，我亦愛托爾斯泰；我曾經熱心地——雖然無效地而且很受誤會和反對，鼓吹過左拉的自然主義，可是到我自己來試作小說的時候，我卻更接近於托爾斯泰了。」1962年，茅盾在給莊鍾慶先生的信中，比較具體地談到了自己所受到的外國文學家影響的情況，其中說道：「我也讀過不少的巴爾扎克的作品，可是我更喜歡托爾斯泰。」〔註1〕茅盾所以特別喜歡托爾斯泰，這當然是與托爾斯泰作品所具有的巨大的思想藝術力量分不開的。茅盾曾高度評價說，托爾斯泰「以驚人的藝術力量概括了極其紛繁的社會現象，並且揭示出各種複雜現象之間的內在聯繫，提出許多重大的社會問題，托爾斯泰作品的宏偉的規模、複雜的結構、細膩的心理分析、表現心理活動的豐富手法，都大大提高了藝術作品反映現實的可能性，豐富和發展了現實主義的藝術創作方法。」〔註2〕托爾斯泰對茅盾的文學創作影響十分明顯，對茅盾早期的文學思想影響也不可忽視。在茅盾早期的文學活動中，托爾斯泰是佔有重要地位的。

現代文學巨匠茅盾最初是以文學翻譯家、文學編輯家和文學評論家的姿態崛起於文壇，而引人矚目的。在翻譯介紹外國作家作品的同時，茅盾從創建中

〔註1〕 《永不消失的懷念》，《新文學史料》1981年第3期。
〔註2〕 茅盾：《激烈的抗議者，憤怒的揭發者，偉大的批判者》，《人民日報》1960年11月26日。

國新文學的需要出發，寫下了大量的富有創見性的文學評論文章。有趣的是，茅盾關注俄國文學後寫下的第一篇文章，就是《托爾斯泰與今日之俄羅斯》，這是茅盾的第一篇評介托爾斯泰的文章，從某種意義上說也是茅盾的第一篇文學論文。文章開頭列有三條提綱：「托爾斯泰及俄國之文學、托爾斯泰之生平及著作、托爾斯泰左右人心之勢力。」行文由此展開，從俄國文學與英法文學的比較、托爾斯泰與陀思妥耶夫斯基等人的比較中，以及對托爾斯泰的生活環境和生平經歷的介紹中，相當全面地把這位俄國近代文學大師的基本面貌勾畫出來了。文章洋洋逾萬言，比較中見高下，介紹中有議論，不乏切中肯綮的真知灼見。值得注意的，是青年茅盾對於文學社會功利性的高度重視，對於蘇聯十月革命的熱情讚揚，這和李大釗同志當時寫的《俄羅斯文學和革命》（當時未公開發表）一文的精神是完全一致的。《托爾斯泰與今日之俄羅斯》涉及許多重大的文學理論問題，儘管多還處在萌芽狀態，但它們對於茅盾此後不久提出的為人生文學主張，無疑有著重要的意義。隨後幾年，茅盾又陸續寫了《俄國近代文學雜譚》（上、下）、《托爾斯泰的文學》和《近代俄國小說家論》等多篇有關論述托爾斯泰的文章。這些文章是茅盾深入探討的結果，表現了作者在對待外國文學遺產方面所達到的認識高度。如果說茅盾起初在《托爾斯泰與今日俄羅斯》一文中對托爾斯泰推崇的成分占得較多的話，那麼這時就比較公允了，他已經開始注意並初步批判了托爾斯泰及其作品的局限性。其中《文學上的古典主義浪漫主義和寫實主義》一文，用文學進化論的觀點論述文學思潮的演變，深入剖析了歐洲文學史上三大文學思潮的成敗得失，至今讀來仍然富有教益。該文把托爾斯泰文學思想的基本特徵概括為「主義的寫實主義」：「托氏的寫實文學中，常常有個中心思想環繞，這便是人道主義──無抵抗主義（在托氏看來，人道主義即是無抵抗主義）。他書中的英雄和女英雄，都是無抵抗主義。他書中的環境是現實的環境，他書中的陪襯人物，也都是現實的人；獨有書中的主人翁便不是現實的，而是理想的，是托爾斯泰主觀的英雄。這種寫實主義，不是法國出產本來的寫實主義底面目了；所重者，實已不在客觀的描寫，而在以主觀的理想的人物，放在客觀的描寫的環境內，而標示作者的一種主義！」這一見解可說是一針見血的。1923 年底，茅盾宣告說，「我們自然不贊成托爾斯泰所主張的極端的『人生的藝術』」，〔註 3〕這是我們所知的茅盾最早表示的對托

〔註 3〕 《「大轉變時期」何時來呢》，《茅盾文藝雜論集》（以下引文，凡不另注明出處者，均引此書）。

爾斯泰的相左態度。及至 1925 年前後，隨著茅盾無產階級文學觀的初步確立，茅盾對托爾斯泰的認識達到前所未有的高度。一方面，他認為在各種文學流派中人生派是「較妥」的，另一方面又指出「人生派中如托爾斯泰的意見，我卻又不贊成」，〔註4〕並進一步強調了「文學決不可僅僅是一面鏡子，應該是一個指南針」〔註5〕的鮮明觀點。

總之，茅盾早期的這些文章，不僅從各個不同的方面介紹了托爾斯泰及其作品，而且作了相當深入的分析和評價。應當說，茅盾早期提出並確立的為人生的文學思想，與托爾斯泰的影響是分不開的。茅盾早期關於托爾斯泰的論述，在一定程度上反映了當時茅盾文學思想的發展。對此進行一番探討，對於茅盾研究是不無益處的。

二

茅盾早期論述托爾斯泰的內容十分豐富。可以說，從生平經歷到思想演變，從通俗文學到鴻篇巨製，從作品的思想內涵到藝術特色，從作家的歷史地位到社會影響，茅盾都作了廣泛的介紹和評論。但是綜觀以上各種評說仍然可以看出他的著重點之所在。要而言之，茅盾早期關於托爾斯泰的論述主要有以下幾個方面。

其一，在對作為批判現實主義文學大師的托爾斯泰的論述中，特別讚揚其作品對俄國社會各個方面的無情揭露和批判，對農民和其他被壓迫者給予的人道主義的同情。

托爾斯泰在自己的作品特別是晚期作品中，真實地反映了沙俄專制社會的腐朽和黑暗，猛烈地抨擊了上流社會的腐敗、法律制度和官方教會的虛偽以及土地私有制經濟制度的罪惡。托爾斯泰在暴露和批判沙俄社會本質的深度和廣度方面，在俄國批判現實主義作家中達到了一個新的水平，成為「撕下了一切假面具」的「最清醒的現實主義」。〔註6〕對於托爾斯泰及其作品在思想內容方面的這一顯著特點，茅盾一開始就給予了深切的注意和高度的評價。在茅盾看來，在對社會現實的批判中，托爾斯泰和易卜生有共同點，也有不同點，最大的不同點之一在於，「伊柏生（易卜生）多言中等社會之腐敗，

〔註4〕 《告有志研究文學者》。
〔註5〕 《文學者的新使命》。
〔註6〕 《列寧選集》第 2 卷第 370 頁。

而托爾斯泰則言全體」。〔註7〕這是十分中肯的。從「全體」上暴露和否定沙俄的社會關係和社會制度，正是托爾斯泰超越易卜生和其他許多批判現實主義作家的地方。

對沙俄上流社會的暴露和批判。托爾斯泰對於貴族生活的腐化、道德的敗壞和政治統治的黑暗，在思想感情上經歷了一場巨大的變化，從同流合污到深惡痛絕，最後終於轉變到拋棄貴族階級一切傳統觀念的宗法制農民的立場上了。茅盾指出：「托爾斯泰大聲疾呼，……富人愈富而道德愈壞，性情愈惰，惰夫產生惰子，惰子復生惰孫，遂至社會上有一種富而且惰之種，以貽害於無窮，以蛀食貧人工作之代價。社會之無希望，人類之苦惱，此其原因中之原因也。」〔註8〕托爾斯泰的這種批判，越到後期越深刻有力，越是在他的作品中表現得鮮明、強烈。在茅盾認為是「托爾斯泰最巨最佳之小說」的《戰爭與和平》中，無情地暴露了上流社會的腐朽和墮落。儘管國家處在危難之中，但是上流社會「舞會仍舊在進行，還是同樣演出法國戲，宮廷的興致一如往昔，還是同樣的爭名奪利和勾心鬥角。」茅盾特別指出，《戰爭與和平》「主意在描寫戰爭之真意，與其慘酷無人道。」〔註9〕在《安娜·卡列尼娜》中，托爾斯泰通過對安娜不幸遭際的描寫，揭露了官僚貴族的荒淫無恥和貴族道德的虛偽，撕破了上層貴族道貌岸然的假面具。在被茅盾稱為「寓意之深，寫實之妙，可為其著作之冠」的社會問題長篇小說《復活》中，托爾斯泰批判的鋒芒更指向了整個官僚機構，從外省省長、總督到國務大臣、要塞司令，無不生活奢侈腐化，道德卑劣虛偽，精神昏庸空虛，為人冷酷殘忍。他們「人性」喪盡，「比強盜還可怕」。《復活》憤怒地控訴道，人吃人並不是在西伯利亞森林沼澤地帶開始的。可見，如同茅盾所注意到的，無論托爾斯泰的言論還是作品，都從不同方面對上流社會從「全體」上作了深刻的揭露和批判，從而真實地勾畫出了行將滅亡的貴族階級的醜惡面貌。

對沙俄法律制度的批判。《復活》揭露了法庭、監獄的黑暗：堂而皇之的法庭審判毫無公正可言，主審和陪審官們各想各的心事，敷衍塞責，所謂判決只不過是一場草菅人命的兒戲而已。等待著被壓迫者的是無可申訴的冤案，一批批無辜者和政治犯在監獄和流放中遭受著非人的折磨，隨時面臨著死亡的威脅；而一小撮騎在平民頭上作威作福的統治者，儘管罪惡劣跡十分

〔註7〕 《學生雜誌》1919 年第 6 卷第 4～6 號。
〔註8〕 《學生雜誌》1919 年第 6 卷第 4～6 號。
〔註9〕 《學生雜誌》1919 年第 6 卷第 4～6 號。

昭彰，或貪污瀆職，或爲非作歹，卻可以逍遙法外。托爾斯泰借聶赫留朵夫之口尖銳地指出：「依我看，法律只不過是一種工具，用來維持那種對我們階級有利的現行的社會制度罷了。」同時，托爾斯泰還否定了沙俄藉以維護專制統治的暴力懲罰，一再呼籲政府放棄暴力統治，指出它只能帶來「墮落和罪惡」而已。對此，茅盾特別介紹說：托爾斯泰「謂社會上大多數人皆爲善人，其爲惡者，或社會制度逼之爲惡，或社會上之高等人臨之爲惡」，在被沙俄以暴力罰懲者之中，「大多數皆軟弱而不能自伸者」。〔註 10〕托爾斯泰對沙俄法律制度和專制統治本質的揭露和抨擊，正是茅盾所肯定和讚揚的。

對官方教會的批判。《復活》描寫上至「神聖宗教議會」會長，下至地方教堂神職人員，表面看去一本正經，實則利欲薰心，所作所爲無不是「對基督的嘲弄」。他們在法庭上舉行宗教儀式，在牢獄裡掛上聖像，讓帶著鐐銬的囚犯進行祈禱，把浸在酒裡的碎麵包當作上帝的血肉，煞有介事地給犯人吃以「清洗罪惡」，據說這都是爲了「安慰而且教化那些迷途的羔羊」。戳穿了，這是要麻醉人們的思想，讓他們逆來順受，服貼地聽任宰割而已。托爾制泰指出，沙俄專制政府殘害平民的罪行是得到官辦教會支持的，教會成爲貴族階級掩蓋一切罪惡行徑的工具，是對平民進行暴力鎮壓的一種補充。托爾斯泰對官辦教會的抨擊，使得教會大爲惱怒，爲此托爾斯泰被開除了教籍。茅盾評論說：「一千九百零一年，教會宣告托爾斯爲叛教義而逐之。然因此，而托爾斯泰之名愈著，俄民亦被促而反省，知托爾斯泰實爲其先覺者，爲其前未曾有之道德教師，於是托爾斯泰勢力之入人心更深。」〔註 11〕

對土地私有制的批判。這是從經濟制度上尋找農民貧困化的根源。托爾斯泰在自己的文章特別是 19 世紀 80 年代以後的文章中，多次指出私有財產制度是「邪惡的根源」，地主土地佔有制是農民貧困的根源，「競爭的制度必須取消而代之以共產主義制度」。當然，托爾斯泰所說的「共產主義制度」並非科學共產主義，他遠沒有達到那樣的高度，他只是看到私有制的罪惡，主張某種土地的共有制。如同茅盾所指出的，「托爾斯泰之主張，富者之土地，平分與貧者」，只有這樣才有社會的平等可言。儘管托爾斯泰的主張在當時是無法實現的烏托邦，但是他對土地私有制的抨擊卻是發人深省的。在《復活》中，托爾斯泰站在俄國宗法制農民的立場上，道出了他們夢寐以求的願望：

〔註10〕《學生雜誌》1919 年第 6 卷第 4～6 號。
〔註11〕《學生雜誌》1919 年第 6 卷第 4～6 號。

土地不能成為任何人的財產，它跟水、空氣、陽光一樣，不能買賣，凡是土地給予人類的種種好處，所有的人都有同等享受的權利。難怪茅盾熱情地評論說：在俄國主張剷除土地私有制，「首先疾呼，而促進世人之覺悟者，則托爾斯泰也。」〔註12〕列寧認為，托爾斯泰「對土地私有制的毅然決然的反對，表達了一個歷史時期的農民群眾的心理。」〔註13〕這是十分中肯的。

　　以上，我們論述的是為茅盾所注重的托爾斯泰及其作品思想內涵的批判的一面，這是托爾斯泰遺產中最有價值的部分。茅盾後來論及批判現實主義的歷史進步性時指出：「批判現實主義文學給我們的，是一部血淋淋的資本主義發展的歷史，是揭露了資本主義社會深刻的內部矛盾的鮮明有力的圖畫，是狂風暴雨般的階級鬥爭的錄音帶。」〔註14〕托爾斯泰的最大貢獻，正在於此。現在再讓我們來看一下托爾斯泰及其作品思想內涵的另一面，即為茅盾所注意的對農民和其他被壓迫者的人道主義的同情。對農民和其他被壓迫者的同情和對貴族官僚等壓迫者的批判，本來是一個問題的兩個方面，它們構成了托爾斯泰作品的基本思想內涵。這種人道主義的同情，是托爾斯泰及其作品的又一顯著特點。出於反帝反封建的需要，五四時期民主主義思想和人道主義精神一度成為重要的思想武器。在茅盾早期的文學活動中，對托爾斯泰這一特點格外關注是十分自然的。實際上，人道主義儘管有著一定的局限性，但在人類發展的歷史長河中卻有著不容忽視的進步性。在19世紀後半期沙俄專制主義統治極為黑暗的俄國，人道主義成為了批判現實主義作家們的重要思想武器。茅盾指出：「俄國近代文學的特色是平民的呼籲和人道主義的鼓吹。」〔註15〕

　　人道主義的同情是貫串於托爾斯泰及其作品的始終的。中篇小說《一個地主的早晨》，真實地描寫了農奴的悲慘境地，最早表現了托爾斯泰對農民問題的關切和探索。之後他在擔任地主和農民之間的調解人處理糾紛時，「對農民表現了特別的偏袒」。這時他就開始認識到社會是由平民百姓支撐著的，提出了貴族走平民化道路的問題。在中篇小說《哥薩克》中，托爾斯泰把山民的道德風尚描寫得十分美好，並且描寫了貴族青年對山民生活的嚮往和追求，表現了一定的民主主義思想。為了幫助農民獲得知識，托爾斯泰曾一度

〔註12〕　《學生雜誌》1919 年第 6 卷第 4～6 號。
〔註13〕　《列寧全集》第 16 卷第 322 頁。
〔註14〕　《夜讀偶記》，《茅盾評論集》（下）第 76 頁。
〔註15〕　《俄國近代文學雜談》（上），《小說月報》1920 年第 11 卷第 1 號。

在自己的莊園開辦小學，如茅盾所說「鼓吹平民教育」。《戰爭與和平》在讚揚人民群眾反抗外敵入侵的愛國主義精神，肯定他們偉大的歷史作用的同時，還以人道主義觀點譴責了戰爭。茅盾就此稱道說，托爾斯泰「主張廢戰最早」，「戰爭破壞文明」已為第一次世界大戰所證實，雖然這時茅盾還未認識戰爭的正義性和非正義性，但卻注意到托爾斯泰能夠在一定程度上從被壓迫者的立場上看待戰爭的可貴之處。《安娜‧卡列尼娜》的一個重要內容，是通過安娜的悲劇所表現的個性解放的思想。托爾斯泰一方面否定了安娜的道路，另一方面則對她的「我要愛情、我要生活」的要求，對他的終於成為那個社會的犧牲品表示了深切的同情。正如茅盾所指出的，托爾斯泰「所抱之女子主張為解放的，確認女子亦應有一個人之價值，其著作中，皆見此主義也」。〔註16〕《復活》和以前的兩部長篇不同，女主人公瑪絲洛娃本身就是一個被侮辱者被損害者。托爾斯泰懷著強烈的同情描寫了她的苦難和不幸，深入揭示了迫使她墮落的社會原因，在肯定她「精神復活」的同時，著力宣揚了極端的博愛思想。托爾斯泰的晚年，「觸目皆社會階級不平等之現象，富者壓貧，貧者呻吟於其下，心又大感動」，〔註17〕較前益發憤慨。他創辦影響全俄的通俗文學，著眼點仍然在於對農民的教育。托爾斯泰力求自己過農民那樣的簡樸生活，甚至企圖把自己的財產分給農民。晚年他創作的短篇小說《舞會》等作品，在抨擊沙俄軍官殘虐士兵的同時，堅持鼓吹對被奴役者的同情。總之，如同托爾斯泰對貴族統治者的批判精神一樣，他的這種對被壓迫者的人道主義的同情思想，越到後來越強烈了。「托爾斯泰是最大的人道主義者」，茅盾的這一評價可說是一語中的。

托爾斯泰及其作品所以具有如此深厚的思想內涵，是與他所處的時代及其所代表的農民的要求分不開的。茅盾一開始介紹托爾斯泰，就注意到了當時的時代特徵。還在 1919 年，茅盾在論及俄國文學家時就指出：「彼處於全球最專制之政府下，逼壓之烈，有如爐火，平日所見，社會之惡現象，所忍受者，切膚之痛苦。故其發為文字，沉痛懇摯；於人生之究竟，看得極為透徹。其悲天憫人之念，恫瘝在抱之心，並世界文學界，殆莫與之並也。」〔註18〕茅盾認為，沙俄的黑暗統治，是 19 世紀俄國文學能夠獨樹一幟的一個重要原因。

〔註16〕 《學生雜誌》1919 年第 6 卷第 4～6 號。
〔註17〕 《學生雜誌》1919 年第 6 卷第 4～6 號。
〔註18〕 《學生雜誌》1919 年第 6 卷第 4～6 號。

和英法文學不同，俄國文學是和政治和社會密切相關的為人生的文學。他援引克魯泡特金的話說，俄國文學所以帶有鮮明的政治意味和社會色彩，是因為俄國人民沒有公開的政治生活和社會生活，沒有言論自由，只好把他們的意見表現在文學作品裡，又「因為 19 世紀俄國政治的腐敗，社會的黑暗，達到了極點，俄國的作家大都身受其苦；因為親身就受著腐敗政治和黑暗社會的痛苦，所以更加要詛咒這政治這社會」。〔註 19〕就出身和所受的教育來說，托爾斯泰是屬於俄國的上層地主貴族，但是他極其熟悉鄉村的俄國，「熟悉地主和農民的生活」，「鄉村俄國一切『舊基礎』的急劇的破壞，加強了他對周圍事物的注意，加深了他對這一切的興趣，使他的整個世界觀發生了變化。」〔註 20〕可以說，托爾斯泰是和他生活的那個時代不可分割的，從某種意義上說他是那個時代所造就的一個文學高峰。顯然，把托爾斯泰置於他所生活和依存的社會環境之中，從時代的制約和影響中進行考察和評述，而不是孤立地看待作家和作品，這是茅盾論述托爾斯泰的基本出發點之一，茅盾是從總體上堅持了唯物主義的認識論的。列寧指出：「托爾斯泰的批判所以有這樣強烈的感情，這樣的熱情，這樣有說服力，這樣的新鮮、誠懇並有這樣『追根究底』要找出群眾災難的真實原因的大無畏精神，是因為他的批判真正表現了千百萬農民的觀點的轉變……。」〔註 21〕從貴族地主轉變到農民立場的托爾斯泰，越到後來越和農民息息相關，唯其如此，宗法制農民的利益、願望和思想情緒等也就在他的作品中真實而又深刻地反映出來了。茅盾讚揚「托爾斯泰一息尚存，仍努力著書，出版於外國，為俄民請命」〔註 22〕的可貴精神，這和列寧所肯定的「作為俄國千百萬農民在俄國資產階級革命前夕的思想和情緒的表現者，托爾斯泰是偉大的」〔註 23〕是一致的。

其二，在對作為思想家的托爾斯泰論述中，既肯定了其一生對人生意義的執著追求，又批判了危害人民利益的托爾斯泰主義。

茅盾早期十分推重托爾斯泰苦苦追求人生意義的探索精神。人生的目的是什麼？這個問題曾經長期地折磨著托爾斯泰，使他的內心世界發生過嚴重的「精神恐慌」，經過艱苦的思想探求，他找到人生的意義在於勞動，在於接

〔註 19〕　《學生雜誌》1919 年第 6 卷第 4～6 號。
〔註 20〕　《文學與政治社會》。
〔註 21〕　《列寧全集》第 16 卷第 329～330 頁。
〔註 22〕　《列寧全集》第 16 卷第 331 頁。
〔註 23〕　《列寧全集》第 15 卷第 180 頁。

近平民百姓的答案；但是問題並沒有就此結束，最終他把人生的眞諦引向了對上帝之愛的道路。雖然如此，托爾斯泰還是和那些口是心非的說教者不同，他是誠心誠意地在追求「自我完善」。爲了自己的信仰，他不惜脫離貴族社會，甚至拋棄貴族生活，割捨貴族家庭，勇敢地站到了宗法制農民的一邊。托爾斯泰在《懺悔錄》中說：「我之所以摒棄我們階層的生活，因爲我覺得這並不是生活，而是一種生活的類似物；我認爲，我們賴以生存的過於優厚的條件使我們失去了理解生活的能力；而且爲了理解人生，我應該瞭解的不是我們這些特殊人物、這些寄生蟲的生活，而是創造生命的普通勞動人民的生活以及他們賦於人生的那種意義。」《懺悔錄》是托爾斯泰世界觀轉變的標誌。從此，他努力把信仰付諸行動。茅盾評述說；托爾斯泰以爲生活之二要素爲勞力與愛，「人必簡易耐勞而溫和，人必受於人者少而報施於人者多，分群眾之利少而與群眾之利多，必能以服役爲至樂」。他以「農夫生活爲模範，食僅蔬菜，衣僅粗褐」，以自己勞動所得爲生活所需。雖然他「有賢妻，有和美之家庭，有巨產」，但卻爲此深爲負疚和自責，「以爲人生而僅以一己溫飽爲目的者無異爲虛生」，可見「托爾斯泰非常人也」。〔註 24〕1910 年，托爾斯泰以 82 歲的高齡離家出走，可說是他畢生追求人生意義的最後一躍。托爾斯泰的這種追求形諸於作品之中，諸如《哥薩克》和《戰爭與和平》的主人公對「生活之意味」的追求，特別是《安娜・卡列尼娜》中的列文和《復活》中的聶赫留朵夫的生活道路，都明顯地體現了作家在這方面的某些眞實思想。托爾斯泰一生對人生意義的執著追求，儘管由於歷史的局限，最終也未能找到正確的道路，但所表現的孜孜不倦的探索精神和實踐精神，如同茅盾所指出的，實在是難能可貴的。

對於托爾斯泰及其作品中宣揚的托爾斯泰主義，茅盾早期在思想上經歷了一個深入認識的過程。由於開始只是作爲一種文藝思潮和流派進行介紹，也由於當時茅盾還沒有掌握馬克思主義理論，所以起初他儘管沒有給以肯定的評價，卻也沒有進行應有的批判。但是隨後不久，他就明確表示不贊成直至堅決地反對了。茅盾所說的托爾斯泰「以道德來解釋人生」的「主義的寫實主義」，其「主義」大致就是我們通常所說的托爾斯泰主義。托爾斯泰在長期地探索中所找到的這一濟世安民的藥方，是以反對暴力革命爲前提的所謂

〔註 24〕《學生雜誌》1919 年第 6 卷第 4～6 號。

「良心」上的道德改善，它要求通過博愛、行善的途徑實現平等和諧的社會關係，其核心是「不以暴力抗惡」和「愛的宗教」。托爾斯泰自認爲這是一副改良社會的靈丹妙藥，其實在階級壓迫和階級鬥爭存在的社會裡，它只不過是一種無法實現的幻想，不僅不會給被壓迫者帶來任何益處，相反只能麻痺他們的鬥志，使他們做安分守己的奴隸而已。茅盾所以後來對托爾斯泰主義進行嚴正的批判，就是因爲看到了它的巨大危害性。在 1925 年前後的文章中，茅盾反覆指出無產階級和一切被壓迫者必須通過暴力革命求得解放，這才是建立平等美好的社會關係的正確道路。文學作爲社會生活的反映，「就是要抓住了被壓迫民族與階級的革命運動的精神，用深刻偉大的文學表現出來，使這種精神普遍到民間，深印於被壓迫者的腦筋，用以保持他們的自求解放運動的高潮，並且感召起更偉大更熱烈的革命運動來！」〔註25〕茅盾還強調文學必須表現革命的理想，以指示讀者走向未來的光明大道，但是這理想世界應是反映廣大人民群眾根本利益的，是不脫離現實人生的，而不是反映某種無法實現的願望的烏托邦。顯然，此時茅盾的這些主張既是他過去政治思想和文學思想的深化，又可以看作是對托爾斯泰主義的一種批判。托爾斯泰在《懺悔錄》中說，「唯有人民不參加任何暴力行動，才能夠消滅他們自己所受的暴力壓迫」，「推動人類生活的乃是意識的戰鬥，是宗教運動」。《復活》中的男女主人公通過「懺悔」和「寬恕」才走上了精神上和道德上的「復活」：男主人公聶赫留朵夫作爲「懺悔貴族」的典型形象，帶有濃厚的道德說教色彩，當他作爲「跟上帝同在」的「精神的人」時，具有了崇高博大的愛，愛一切人，「從馬車夫、押解兵起一直到他打過交道的典獄長和省長爲止」；在他的影響下，女主人公瑪絲洛娃也終於化恨爲愛，從墮落走上了新生。但是，托爾斯泰猶嫌不足，竟進而在《復活》的結尾處赤裸裸地宣揚《福音書》中的「愛仇敵，幫助敵人，爲仇敵效勞」的教義了。《戰爭與和平》描寫的兩個進行精神探索的貴族青年，安德列在臨死前終於找到了精神歸宿，信仰了博愛主義，彼爾則在一個落後的宗法制農民的思想影響下，形成了順從天命，「爲上帝而活著」和「愛一切人」的世界觀。在《安娜·卡列尼娜》中，托爾斯泰借安娜的悲劇宣揚「向上帝呼籲」和「愛的宗教」，借貴族地主列文改良主義失敗後終於皈依宗教，鼓吹「爲上帝、爲靈魂活著」和「不以暴力抗惡」。

〔註25〕《文學者的新使命》。

茅盾在《世界文學名著雜談》中評論《戰爭與和平》時曾指出:「安德列是一個能幹的高尚的人,然而不是托爾斯泰所喜歡的人物,因為他不願『寬恕』別人;他的不願『寬恕』別人,既使別人痛苦,也使他自己痛苦,到他知道『寬恕』之可貴時,卻已經遲了。這一點是托爾斯泰所力說的。而彼爾的生活恰好是安德列的對比。『說教者』的托爾斯泰在這裡和在《安娜・卡列尼娜》裡一樣,他的主見牢不可破。」在茅盾看來,托爾斯泰的道德說教正是他作品的糟粕之所在,托爾斯泰主義削弱了其作品的現實主義力量。

　　作為思想家的托爾斯泰,其世界觀中的矛盾是顯而易見的。儘管他真誠地追求人生意義的精神可嘉,但所找到並狂熱鼓吹的托爾斯泰主義卻是倒退的。托爾斯泰主義體現了俄國宗法制在農民中長期形成的思想體系。作為貴族,托爾斯泰看到的只是農民的消極面,他們受舊制度、舊生活和舊傳統的影響根深蒂固,慣於「用很不自覺的、宗法式的、宗教狂的態度」來對待社會問題,雖然對統治者充滿仇恨和抗議,卻無力團結起來訴諸實際的革命行動,「大部分農民則是哭泣、祈禱、空談和夢想,寫請願書和派『請願代表』」,〔註26〕企圖以此求得統治階級的慈悲和恩賜,過上他們所夢想的宗法制農民的寧靜生活。俄國農民的所有這些弱點,在托爾斯泰主義中得到了集中的表現。托爾斯泰是農民的思想家。他看到了貴族階級的行將滅亡,同時也對戰勝了貴族階級的資產階級充滿了憎恨。他要依靠農民反對沙皇、貴族地主和資產階級,但是他僅僅看到了農民的弱點,並且又把這些弱點理想化了。他無視工人階級的成長壯大,反對任何的革命和時代的前進。魯迅曾經指出:「托爾斯泰正因為出身貴族,舊性蕩滌不盡,所以只同情於貧民而不主張階級鬥爭。」〔註27〕這一批判是一針見血的。茅盾早期對於托爾斯泰主義雖然沒有作過直接的專門的剖析,但是只要考慮到當時他作為中共最早的一批黨員之一,接受的是和托爾斯泰主義水火不相容的馬克思主義,高舉的是階級鬥爭和無產階級革命的旗幟,那麼他的見解也就可以了然了。茅盾早期的社會思想,不單表現在他的文學論文中,也表現在他的政治論文中。例如,還在 1921 年 4 月,他就在《共產黨》第 3 號上發表《自治運動與社會革命》,明確指出中國的道路在於「舉行無產階級革命」,「要把一切生產工具都歸為生產勞工所有,一切權力都歸為勞工們掌握」。茅盾在這裡所指出的道路是

〔註26〕《列寧選集》第 2 卷第 370～371 頁。
〔註27〕《魯迅全集》第 4 卷第 165 號。

無產階級革命道路，而托爾斯泰的道路與此卻是背道而馳的。由此可以說，茅盾早期對托爾斯泰主義早就進行了否定和批判。

其三，在對作爲藝術家的托爾斯泰的論述中，高度評價其作品的巨大的藝術眞實性、注重人生的描寫、「通俗文學」和細膩的心理描寫手法等方面的顯著特點。

托爾斯泰是偉大的藝術家，他的作品具有巨大的藝術感染力。對此，茅盾早期作過深入的探討，從作品的構思、結構、人物性格及其描寫到語言特點，從作家清醒的現實主義創作方法到撕毀一切假面具的種種手法，幾乎都有所論述和評價。然而總的來看，由於茅盾早期對托爾斯泰藝術成就的探討是立足於創建中國新文學，著眼於對症取藥，所以也就表現了自己的側重點。大致說來，茅盾在這方面的論述主要有以下幾點。

肯定藝術眞實性。茅盾在第一篇評論托爾斯泰的文章中，就通過對俄國文學和英法文學的比較，讚揚俄國近代文學能夠擺脫傳統觀念的束縛，眞實地反映社會生活，並指出「讀托爾斯泰著作之全部，便可見其不屈不撓之主張，以爲眞實不欺，實爲各種道德之精髓」，托爾斯泰以爲「藝術之良否，亦視其人存心之良否而定，不可僞也」。這裡強調的都是眞實性問題。托爾斯泰立意要在藝術創作中做一個誠實的人，決不粉飾生活，不迴避生活中的矛盾，他認爲生活的謊言會玷污生活，而藝術中的謊言「毀滅著一切現象間的聯繫」。他的《懺悔錄》是赤裸裸的內心自白，他的文學創作特別是長篇小說，在廣闊的領域內概括了俄國半個多世紀的歷史面貌，並且在作品中努力依據生活塑造人物形象，按照人物性格的邏輯描寫他們的行動和命運，從而深刻地揭示了社會生活的若干本質方面，因之被列寧稱爲「俄國革命的鏡子」。茅盾一貫重視托爾斯泰作品的藝術眞實性，認爲這是托爾斯泰能夠成爲世界第一流的文學大師的首要條件，離開了藝術眞實性，托爾斯泰也就失去意義。在《文學與人生》中，茅盾指出：「近代西洋的文學是寫實的，就因爲近代的時代精神是科學的。科學的精神重在求眞，故文學亦以求眞爲唯一目的。科學家的態度重客觀的觀察，故文學也重客觀的描寫。」這是從文學和時代的關係上探討眞實性問題，其中所說的寫實文學中，當然是包括托爾斯泰的作品在內的。茅盾的論述是富有啓示意義的。

讚揚其注重人生的描寫。茅盾指出，托爾斯泰是「唱（倡）導人生藝術」的，「托爾斯泰的著作有絕強的社會意識，都是研究人類生活的改良，都是廣

義的藝術家，——廣義的藝術觀念便是老老實實表現人生。」〔註 28〕托爾斯泰不爲貴族寫作，茅盾稱他後期的著作爲「平民文學」，讚揚他「描寫下等社會的生活那麼樣的親切活現，莫泊桑有其細熨而無其動人」，〔註 29〕讀其著作「如同傾聽污泥裡人說的話一般」。同樣，由於托爾斯泰對貴族階級極爲熟悉，所以他描寫的貴族形象更爲深刻。在論及《戰爭與和平》中兩個貴族青年形象時，茅盾評價說：「托爾斯泰把一個好心的然而有點糊塗，多『理想』然而容易幻滅，容易動搖，——這樣一個彼爾，一個 19 世紀初年俄國貴族知識分子，寫得再深刻也沒有了，這是比彼爾之終於找到人生意義對於我們更有意思。同時，安德列之悲劇的生涯所以使我們很生感觸，也不在他的不願『寬恕』而覺悟太遲，卻在他的雖然老感到『現實生活』的不對而只打算用刺激（戰爭）來排解，——他不肯有一個『理想』！」〔註 30〕茅盾的這段話鞭辟入裡：人物形象的成功和價值，並不在於作家的某種說教，而是因爲作家以清醒的現實主義描寫的緣故。托爾斯泰後期主張極端的人生藝術，這是把注重人生的描寫絕對化了。胡愈之當時曾經介紹說：「托爾斯泰所著的《什麼是藝術》，更是極端主張人生藝術的。據他的主張，藝術這東西，要是和人生問題全沒干係，那便是一種奢侈品，和酒精煙草等物一樣，只能當作少數人的娛樂品。」〔註 31〕正是由此認識出發，托爾斯泰認爲「偏向於貴族」的莎士比亞不能稱作藝術家，自己過去的作品也不能稱作藝術品。對於托爾斯泰如此極端的人生藝術主張，茅盾持「不贊成」的態度是理所當然的。

關於通俗文學問題。茅盾指出，「托爾斯泰論藝術，以通俗爲主，以限於一部分人所能受者爲不合」。〔註 32〕正是靠了通俗文學的力量，托爾斯泰及其思想才在俄國廣大鄉村發生了巨大的影響。托爾斯泰的通俗文學主張，在內容上是「普及於全體」而不是「只限於特殊社會」的，在形式上是簡明樸素的。他說：「藝術家的全部用心在於努力使自己的作品通俗易懂。」在他看來，樸素是藝術中至高無上的瑰寶。他的作品特別是後期的作品寫得十分樸素，但是決不粗俗，而是極爲平實自然、生動感人，這是一種經過錘煉而不露斧鑿的樸素。對於托爾斯泰的通俗文學，茅盾作了高度的評價，認爲它影響到

〔註 28〕《改造》1920 年第 3 卷第 4 號。
〔註 29〕《學生雜誌》1920 年第 7 卷第 9 號。
〔註 30〕茅盾：《世界文學名著雜談》第 253～254 頁。
〔註 31〕胡愈之：《近代文學上的寫實主義》，《寫實主義與浪漫主義》。
〔註 32〕《學生雜誌》1919 年第 6 卷第 4～6 號。

世界文學的發展趨勢，以致「各國文學，咸力求其簡明，爲通俗而便用也」。

關於心理描寫的特點。托爾斯泰擅長描寫人物的心理變化，擅長在對人物內心世界深入地揭示中，塑造人物的性格。托爾斯泰認爲：「藝術是以藝術家的感受感染廣大群眾的一種方法。」托爾斯泰對現實生活的感受是敏銳而又深切的，爲了傳達自己的感受，並且使之感染人，他在作品中非常重視打開人物心靈的窗戶，不僅能夠準確地描寫環境和事件在人物心理上引起的變化，而且善於細膩地表現人物內心深處的矛盾衝突和複雜多變的心理活動。車爾尼雪夫斯基曾指出，托爾斯泰「最重視研究心理過程，這種過程的形態、規律和心靈的辯證法」。對於托爾斯泰的這一藝術特點，茅盾一開始就格外注意，稱之爲「心理的小說」並且著重指出這是實在眞切，不爲「社會之舊習慣、舊道德所範圍」的，因此茅盾認爲這是藝術上的「創格」。茅盾在這裡強調的是作家思想感情的眞實表現問題，抓住了托爾斯泰心理描寫的關鍵。

從上述四個方面的論述中，可以看出茅盾早期在藝術方面介紹和研究托爾斯泰的著重點。與當時對待外國文學注重思想內容、忽視藝術表現的一般傾向不同，茅盾對藝術問題是比較重視的。1923 年他就指出：「現在講西洋文學的總多偏於思想方面……我想文學到底是一種藝術，思想不過是文學上所應表現的一種東西。要想吸收西洋的近代文學，確立我國的國民文學，藝術方面實在比思想方面，更應該研究。」〔註 33〕茅盾的這一主張，在對托爾斯泰的研究中體現了出來。實際上，茅盾論述托爾斯泰的藝術成就，遠比上面提到的幾點要豐富廣泛得多。對於托爾斯泰的藝術觀，茅盾高度評價說，「其見識之宏，懷抱之坦白，蓋近代第一人。」〔註 34〕1925 年，茅盾在論及蘇聯無產階級文學形成時，明確指出托爾斯泰和其他俄國文學家「在文學形式上的成績是值得寶貴的、可以留用的」。可見，茅盾早期是一直注意藝術借鑒的。

綜上所述，可以看出茅盾早期論述托爾斯泰的概要和特點。在托爾斯泰及其作品的思想內涵方面，茅盾主要讚揚其對俄國社會各個方面無情的批判精神，對被壓迫者和廣大下層人民的人道主義的同情，以及作家苦苦追求人生意義的探索態度，同時也批判了作家所探索到的並大加宣揚的托爾斯泰主義；在藝術方面，則著重肯定了其現實主義的創作方法和「通俗文學」。正是在這樣的論述中，表現了茅盾介紹托爾斯泰的一些特點。簡單地說，就是：

〔註 33〕愈之、雁冰、澤民：《近代俄國文學家論》。
〔註 34〕《學生雜誌》1919 年第 6 卷第 4～6 號。

在出發點上，立足於思想藝術的借鑒，目的在於創建中國的新文學；在取捨標準上，是對症求藥，揚長避短，取精用宏，廣採博收；在方法上，是以深入研究爲基礎的。唯其如此，茅盾論述托爾斯泰才站得高，看得遠，作出較爲切合實際的評價；這和那種盲目崇拜、良莠不辨的態度以及淺嘗輒止的介紹方法是截然不同的。周揚同志說：托爾斯泰和其他批判現實主義作家的優秀作品，「揭露了封建主義和資本主義的罪惡，在不同程度上表達了當時人民的情緒和願望，從這些作品中，我們可以認識過去的社會，吸取過去時代人民鬥爭的經驗和智慧，繼承前人的奮鬥精神和優良品德，同時這些作品描繪生活的藝術技巧也有不少地方值得我們借鑒。但是，就是對於這些作品，我們也必須採取分析和批判的態度，必須看到它們的消極方面。」〔註 35〕茅盾早期關於托爾斯泰的論述，儘管開始時由於作者還沒有掌握馬克思主義理論武器，因而論述中不免失之空泛，對作家及其作品階級的和歷史的局限性注意不夠，但是總的看來，卻是抓住了主要問題，論述得也比較深刻、全面，有些見解至今不失積極意義。可以看出，周揚同志 60 年代論及托爾斯泰所指出的正、反兩個方面的一些要點，茅盾還在 20 年代就大都注意到了，雖然認識上有深淺之分，但是只要考慮到當時的歷史條件，就不能不說茅盾的論述是十分可貴的了。

三

在我們以較大的篇幅，探討了茅盾論述托爾斯泰的幾個主要方面之後，托爾斯泰及其作品對茅盾的影響也就容易說明了。

托爾斯泰對茅盾的影響是顯著的。可以說茅盾論及托爾斯泰所肯定和讚揚的那些方面，茅盾都是有不同程度的接受的。由於茅盾早期著重致力於文學批評活動，因而這時托爾斯泰的影響主要表現爲文學思想的影響。這種影響集中到一點，就是對茅盾爲人生文學觀的影響。

我們知道，在茅盾投身文壇的最初幾年裡，即確立了爲人生的文學思想。這種文學思想的形成，當然從根本上說是五四新文化運動孕育的結果，同時也與包括托爾斯泰在內的俄國文學的影響有著不可分割的聯繫。在茅盾看來，托爾斯泰是偉大的人生派藝術家，儘管不贊成他的極端的人生藝術主張，

〔註 35〕《我國社會主義文學藝術的道路》，《文藝報》1960 年第 13～14 期。

但卻贊成他的為人生的文學思想。托爾斯泰認為，文學必須通過表達作家的真情實感，反映社會人生，有益於社會人生。他在《藝術論》中指出，藝術的使命在於以「善良的，力求取全人類幸福所必需的感情，代替低級的，較不善良的，於人類幸福較不需要的感情。」托爾斯泰的作品，充滿著正義的抗議聲音，滲透著博大的人道主義精神，是飽含著作家真實感情的人生圖畫。不用說，托爾斯泰為人生的文學思想是現實主義的。而茅盾為人生的文學思想，在若干要點上和托爾斯泰是一致的。茅盾要求文學要「注重表現人生指導人生」，「要有人道主義的精神」，要有「對於理想世界的憧憬」，能夠「訴通人與人間的感情，擴大人們同情」，「擔當喚醒民眾而給他們力量的重大責任」。茅盾在《「大轉變時期」何時來呢？》一文中指出：「巴比塞說：和現實人生脫離關係的懸空的文學，現在已經成為死的東西；現代的活文學一定是附著於現實人生的，以促進眼前的人生為目的的。國內文藝的青年呀，我請你們再三的忖量巴比塞這句話！」茅盾十分讚賞巴比塞的這句話，巴比塞的觀點其實就是茅盾的觀點。只要粗略地作一比較，就會看出在文學的內容、目的和注重現實性等問題上，茅盾的文學主張和托爾斯泰十分接近。考慮到茅盾此時對托爾斯泰及其作品進行深入探討的事實，可以肯定地說，茅盾為人生的文學思想的形成是從托爾斯泰那裡吸取了豐富的養料的。當然，在俄國批判現實主義作家中，對茅盾產生影響的並非托爾斯泰一人，但無論從文學思想還是從文學創作來看，和茅盾最為接近的，或者說對茅盾影響更大的，無疑是托爾斯泰。茅盾從對托爾斯泰和其他作家的批判現實主義文學的研究中，確立為人生而藝術的現實主義文學主張，又以此為準則，批判遠離社會人生的中國舊文學和鴛鴦蝴蝶派，反對「為藝術而藝術」，介紹並肯定托爾斯泰和俄國的批判現實主義文學。1922 年 10 月，當學衡派攻擊俄國寫實小說為「劣下之作」時，茅盾起而反駁說，托爾斯泰和其他幾個俄國寫實派大家，「他們的作品都含有廣大的愛，高潔的自己犧牲的精神，安得謂為不健全的人生觀？」〔註36〕並指出寫實派作品的基本要求在於，「第一義是把人生看得非常嚴肅，第二義是對於作品裡的描寫非常認真，第三義是不受宗教上倫理上哲學上任何訓條的約束」。茅盾所指明的這三點，不僅在某種意義上是對托爾斯泰文學觀的概括，而且有所發展，同時也反映了他自己的為人生文學主張的

〔註36〕 《「寫實小説之流弊」》。

基本點。在這幾點上,茅盾的文學思想和托爾斯泰是相通的。

但是,我們說茅盾爲人生的文學思想接受了托爾斯泰的影響,決不是說茅盾的文學思想就是托爾斯泰的文學思想。歸根結蒂,茅盾爲人生文學思想的確立是植根於中國社會現實生活的沃土之上,由反帝反封建的五四新文化運動所制約的。包括托爾斯泰在內的俄國文學的影響,不過是其中一種外因而已。事實上,茅盾爲人生的文學思想和托爾斯泰有著顯著的不同。在文學爲什麼人的問題上,茅盾更多地強調包括「第四階級」在內的被壓迫被損害的「平民」;在內涵上,要求文學必須眞實地表現社會生活,反映平民大眾的人生,而且還要展現光明的理想;在文學的功能問題上,要求文學幫助民眾提高覺悟,增進起而抗爭的力量和勇氣;對於作家,則要求他們和人民大眾在思想感情上息息相通。其中特別値得指出的是理想問題。茅盾一向主張文學作品必須蘊含理想和信仰,要激勵人心,而不能使人灰心喪氣、順天從命,這是他文學思想的突出特點。茅盾早期的理想最初是革命民主主義的,也有若干無產階級思想成分。但即使以此而論,也不是托爾斯泰所可比的。托爾斯泰有執著的理想,這就是托爾斯泰主義,但那只不過是一種烏托邦罷了。托爾斯泰對茅盾有很大的影響,然而在茅盾的思想中卻沒有托爾斯泰主義的絲毫痕跡,這可說是他們之間的最大不同之一。顯而易見,這一不同之處,連同其他的不同之處在內,正是茅盾的思想認識高於托爾斯泰的地方。

總之,茅盾爲人生的文學思想有接受托爾斯泰影響的一面,更有超越托爾斯泰的一面。茅盾對待托爾斯泰像對待其他外國作家一樣,並沒有全盤接受,他只是批判地繼承了爲創建中國新文學所需要的那些東西和其他有益的東西,而堅決地摒棄了托爾斯泰的糟粕。大致說來,他早期在文學思想上對托爾斯泰的取捨是基本正確的。這除了時代的原因外,很大程度上取決於個人的政治思想。政治思想是文學思想的基礎,對文學思想起著制約作用。茅盾作爲一名站在時代前列的共產黨人,雖然在形成爲人生文學觀之初的主導思想還是革命民主主義的,但馬克思主義思想成分卻在迅速發展中。革命民主主義思想作爲反帝反封建的進步思想,是爲人生文學思想的基礎。從 1923 年開始,及至 1925 年,茅盾逐步以爲無產階級藝術取代了爲人生的藝術,實現了文學思想上的轉變和深化,乃是因爲他的政治思想發生了飛躍,開始實現由革命民主主義思想向馬克思主義思想轉變的緣故。

(《山西大學學報》1984 年第 1 期)

茅盾早期的現代編輯意識

　　青年茅盾最早是以職業編輯的身份走上社會，以卓有成效的編輯實踐脫穎而出，以大刀闊斧的期刊改革引人矚目的。從 1916 年 8 月踏入中國最大的出版機構商務印書館，到 1926 年 4 月因全身心地投入大革命運動而辭職，茅盾在商務這家文化重鎮度過了整整 10 年的編輯生涯，貢獻了人生最寶貴的青年時光。10 年磨礪，10 年奮發，特別是其間革新《小說月報》的創舉，為中國現代編輯史留下了可圈可點的一頁，也為編輯家茅盾畢生的編輯業績奠定了厚實的基礎。探討青年茅盾商務 10 年的編輯思想，考察其特點，分析其原因，對於認識茅盾這一少為人關注的側面，把握其文化底蘊，當是不無意義的。

一

　　儘管青年茅盾是憑著當時任北洋政府財政部公債司司長盧學溥表叔的關係，從北京大學預科畢業進入商務印書館，被安排在編譯所英文部做了一名月薪 24 元的小職員的，但茅盾並未謀求通過關係在這個「變相的官場」發展，他的崛起，完全是靠自己非凡的實力和卓越的編輯業績實現的。由於寫給總經理的一封批評《辭源》的頗有識見的信的原因，茅盾被認為「用非其才」而從剛剛工作一個多月的英文部調出，與國文部的一位老編輯合作譯書。僅僅用了 4 個月的時間，他就令對方十分滿意地譯出了《衣》、《食》、《住》3 本書，初步顯示了自己的才華。由於出色地譯了這些通俗讀物的原因，他開始助編《學生雜誌》，不僅譯出了發表在該刊上的科學小說《三百年後孵化之卵》等作品，而且為該刊寫出了提倡革新思想，張揚奮鬥自立精神的社論。——

以區區助編的身份爲刊物撰寫社論，這在現代期刊史上大概是絕無僅有的。不久以後，即從 1920 年 1 月起，他開始助編半革新的《小說月報》，主持占該刊三分之一篇幅的新欄目《小說新潮》，從此嶄露頭角。第二年，即主編全面革新的《小說月報》，使之成爲蜚聲文壇的新文學刊物，名聲爲之大振。兩年後即 1923 年初，因商務當局違約干預其辦刊方針而辭去主編之職，被挽留在館內擔任書籍編校工作直至 1926 年。在這期間，他還於 1919 年幫張東蓀主編過幾個星期的《時事新報》；於 1924 年幫邵力子編了 5 個月的《民國日報》副刊《社會寫眞》（後改爲《杭育》）；於 1926 年初接替毛澤東編了第 5 期國民黨政治委員會的機關報《政治週報》。

茅盾早期的職業崗位主要是書籍編輯和報刊編輯。據粗略統計，他爲商務印書館編纂、編譯的寓言、童話、神話多達 21 種，分別收入童話第一集、兒童世界叢刊、小學生文庫、新知識叢書。編選、校注的書籍有 13 種，其中包括校注英國司各德著，林紓、魏易譯的《撒克遜劫後英雄略》，選注法國大仲馬著，伍光建譯的《俠隱記》、《續俠隱記》，選注《莊子》、《淮南子》、《楚辭》等。其中不少作品不僅當時深受歡迎，而且對後世也頗有影響，例如《中國寓言初編》就是如此。趙景琛先生 40 年代在《茅盾》一文中就特別提及，茅盾「曾用德鴻這名字在商務任編輯期內編過一部極有價值的《中國寓言初編》，引用了一百種左右的參考書。」至於報刊編輯中，影響最大的莫過於《小說月報》了。當茅盾主編的《小說月報》第 12 卷第 1 期出刊後，《時事新報》副刊《學燈》主編李石岑「披閱之下，欣喜若狂」，即在《學燈》上發表《介紹〈小說月報〉並批評》的文章，高度讚揚了刊物改革的成功。曉風也在《民國日報・覺悟》發表《介紹〈小說月報〉十二卷一號》的文章，認爲該刊儘管「已經在污泥裡過了一半的少年期」，現在卻在新主編手中「已經換了一副面目」，「換了個靈魂」，「已經伐毛洗髓，容光煥發，不煩獎譽」了。第 1 期往往是一家刊物的招牌，茅盾打出該招牌後即獲得如此讚譽，說明其爲刊物「換靈魂」的努力得到了大家的認同，其成功是非同尋常的。《小說月報》該期印 5000 冊，較原來的 2000 冊印數大大增加，卻仍供不應求，第 2 期印 7000冊，到年底便突破 1 萬冊了。發行量大幅度上昇更有力地證明了刊物改革的成功。

書刊編輯特別是主編《小說月報》的成功，固然有多方面的原因，但從根本上說是與編輯者的現代編輯觀念及其相應的操作策略分不開的。要而言

之，大致有以下幾點。

其一，堅持堅定不移地提倡新文學，不遺餘力地建設新文學，毫不妥協地反對舊文學的辦刊宗旨。

作為綜合性文學刊物，《小說月報》多年來一直是舊文學「禮拜六派」的重要陣地。在五四新文化運動的衝擊下，商務當局不得不順應時代潮流，實施革新，以求刊物的生存和發展，這就勢必要清除舊文學的勢力。理由很簡單，不破舊也就無以立新。如果說，青年茅盾主持評介西方文學的《小說新潮》欄只是為刊物打開了一扇吸收西方文藝思潮的窗戶，尚不足以改變刊物的性質，因而就刊物整體而言只能說是一種改良的話，那麼，主編《小說月報》後則是改弦易轍、脫胎換骨的改革了。事實上，改良主義的辦刊方針是行不通的。前任主編王蘊農正是在這方面栽了跟頭。如他對茅盾所說：「他對新舊文學並無成見，他覺得應該順應潮流；他又自辯，他不是『禮拜六派』，但因《小說月報》一向是『禮拜六派』的地盤，他亦只好用他們的稿子。」〔註1〕在這樣的辦刊思想下，便只能在保留作為刊物主體部分的創作欄目內容不變的前提下，增加新欄目新內容以作些裝點。但修修補補、新舊雜陳反而使刊物的整體性受到損傷而顯得不倫不類，不僅會讓老讀者不快，而且也不能令愛好新文學的讀者滿意。茅盾主編《小說月報》當然會吸取這一教訓的。

茅盾的辦刊宗旨十分明確：毫不含糊地把《小說月報》辦成全國第一家純粹的新文學刊物。在前任主編的最後一期刊物上，茅盾即發佈《特別啓事》，預告：「近年以來，新思想東漸，新文學已過其建設之第一幕而方謀充量發展，本月刊鑒於時機之既至，亦願本介紹西洋文學之素志，勉為新文學前途盡提倡鼓吹之一分天職。」在所介紹的若干欄目中，無論《論評》、《譯叢》還是《創作》，赫然醒目的是「發表個人對於新文學之主張」，譯介「西洋最新派之名著」，刊登「國人自作之新文學作品」，體現了「刷新內容」，以新文學建設為旨歸的主題策劃意識。及至第 12 卷第 1 號行世，新主編又在上面發表《〈小說月報〉改革宣言》，進一步闡發了刊物改革的思路和方向。文章指出，《小說月報》「將於譯述西洋名家小說而外，兼介紹世界文學潮流之趨向，討論中國文學革進之方法」，強調「今日談革新文學非徒事模仿西洋而已，實將創造中國之新文藝，對世界盡貢獻之責任」，「一國之文藝為一

〔註1〕 孫中田、查國華編：《茅盾研究資料》（上），中國社會科學出版社 1983 年版，第 219 頁。

國國民性之反映，亦惟能表見國民性之文藝能有眞價值，能在世界的文學中占一席地」。茅盾視界開闊，高瞻遠矚，以創建新文學爲目的，以介紹並借鑒西方文學爲手段，這就把刊物定位在一個相當高的層次上。不難看出，茅盾的辦刊宗旨是與主持《小說新潮》欄的宗旨一脈相承的，前者顯然是後者的延伸和深化，在「另創一種自有的新文學出來」的方向上是完全一致的。當然，在後來的辦刊實踐中，這一辦刊宗旨也在不斷完善。在答李石岑的信中，茅盾要求批評者把《小說月報》當作像英國的《雅典娜神廟》、美國的《日晷》和法國的《法蘭西信使》等名牌期刊一樣，作「切實的不容情的批評」，以使「在中國現時的小說界中……出人一頭地」的《小說月報》「在世界文學中爭個地位，並作出我們民族對於將來文明的貢獻」。〔註 2〕新主編編輯思想之明晰，目標之遠大，於此可見一斑。

《小說月報》實行全面改革，推陳出新，勢必要與盤踞刊物多年的「禮拜六派」發生衝突。此所謂箭在弦上，不得不發。上任伊始，茅盾經過一番認眞的考慮，即向商務當局鄭重提出全部停用已買下的「禮拜六派」的稿子，得到了認可。這一舉措，對商務印書館來說，無疑蒙受了一定的經濟損失，但這僅是就眼前利益而言，如從長遠利益著眼自當別論，況且當時商務當局的改革派如高夢旦所長是大力支持《小說月報》改革的；而對於首當其衝的「禮拜六派」來說，則無異於被捅了馬蜂窩。「禮拜六派」「在他們勢力所及的一個圈子裡，對《小說月報》下總攻擊令。冷嘲熱罵，延長到好幾個月還未已」。〔註 3〕站在茅盾對立面的，與其結下不解的深仇的，是一個龐大的文化派別。本來是一場嚴肅的文藝思想鬥爭，但在他們這裡卻成了人身攻擊，儘管茅盾與他們並無個人恩怨。曾被茅盾在《小說月報》上發表過新作品的該派作家胡懷琛，在《一封曾被拒絕發表的信》中竟然暗放冷箭，矛頭直指茅盾：「我再要問。提倡改革文學的人。是爲著文學前途呢。還是爲著自己的前途。」〔註 4〕面對險惡的處境，茅盾沉著應戰，決不妥協。1922 年 7 月，他在《小說月報》第 13 卷第 7 號上發表了《自然主義與中國現代小說》，對「禮拜六派」作了義正辭嚴的批判，指出其「思想上的一個最大的錯誤，就是遊戲的消遣的金錢主義的文學觀念」。由於文章一針見血，引來了對方的

〔註 2〕 《茅盾書信集》，百花文藝出版社 1987 年版，第 181 頁。
〔註 3〕 《鄭振鐸文集》第 4 卷，人民文學出版社 1985 年版，第 427 頁。
〔註 4〕 范伯群等編：《鴛鴦蝴蝶派文學資料》（上），福建人民出版社 1984 年版，第 181 頁。

反撲：不僅恣意進行人身攻擊，例如署名星星的《商務印書館的嫌疑》（發表於 1922 年 9 月 21 日《晶報》）稱：「有人說，這是文學家的新舊之爭，依我說，這話太高尚了罷！只不過是生活問題，換言之即飯碗問題而已。」而且通過商務當局保守派的新任所長王雲五對茅盾施加壓力，並開始對《小說月報》發排的稿子實行「內部審查」。茅盾發現後即對商務當局背約行徑提出抗議，因爲茅盾與商務印書館有約在先，館方不干涉他的辦刊方針，商務當局既然違約，不取消檢查，茅盾於是提出辭職。商務當局保守派屈服於「禮拜六派」的要脅，竟然接受了茅盾辭去主編職務。然而茅盾對「禮拜六派」的鬥爭並未就此罷手，他在任期內的《小說月報》上連連發表《眞有代表舊文化舊文藝的作品麼？》、《反動？》，尖銳地抨擊「禮拜六派」「對於中國國民的毒害，是趣味的惡化」，是「潛伏在中國國民性裡的病菌得了機會而作最後一次的——也許還不是最後一次——發洩罷了」，進而從民族文化心理結構上作了剖析，可謂入木三分。茅盾與「禮拜六派」的鬥爭，表現了青年編輯家堅持辦刊宗旨的堅定性和徹底性。

滿腔熱情地介紹並扶持新文學，毫不留情地摒棄並批判舊文學，從正反兩個方面構成了茅盾主編《小說月報》的現代編輯觀念。茅盾現代編輯觀念的確立與其「爲人生」的現代文學觀念的確立是同步的。從中顯示了其建設新文學的雄心壯志，傳達了歷史呼喚新文學的時代信息。

其二，堅持系統地經濟地介紹西方文學，以文學研究會作家作爲基本作者隊伍，以及編輯作者化的期刊操作策略。

期刊宗旨是編輯活動的出發點和歸宿，是期刊的傳播目標。確立了鮮明的辦刊宗旨固然十分重要，但是如何在辦刊實踐中貫徹期刊宗旨，實施相應的操作策略，辦出期刊的個性，也至關重要。茅盾在主編《小說月報》的兩年中，以既定的辦刊宗旨爲指針，苦心孤詣地進行期刊策劃和實際運作，採用行之有效的編輯方法和技巧，成功地實踐了期刊的改革，達到了預定的目標。其中最值得稱道的編輯特點，大致可以歸納爲這樣幾點。

介紹西方文學注重系統性和實用性。西方文學浩如煙海，翻譯介紹必須有所選擇，選擇的標準當然因人而異。作爲當時主張「表現人生、指導人生」文學觀的一家重要文學刊物的主編，茅盾確立的評介標準是「足救時弊」。就是說，應從改造國民性和建設新文學的需要出發，講求經濟的方法，即「選最要緊最切用的先譯」。爲此，也就要求介紹西方文學的系統性，即「探本求

源」的方法。在茅盾看來，西方文學演進軌跡是浪漫主義、寫實主義、表象主義、新浪漫主義，而我國卻還是停留在寫實主義階段，「所以中國現在要介紹新派小說應該先從寫實派、自然派介紹起」。從主持《小說新潮》欄開始，茅盾即本著上述原則系統地經濟地譯介西方文學，同時對《新潮》等刊物也提出了相應的建設性意見。在茅盾主編的《小說月報》的諸多欄目中，介紹西方文學作品、文學思潮及文學家的欄目一直佔有很大的比重，而且越來越有系統性和針對性，越來越深化。除重點欄目《譯叢》外，1921 年度有 4 期闢設介紹外國文學名家的《史傳》欄，1922 年度進一步推出《文學家研究》欄，意在「介紹一個文學家，從各方面立論，多用幾篇論文，希望可使讀者對於該文學家更能瞭解」。例如第 13 卷第 1 號該欄以 24 個頁碼的較大篇幅介紹陀思妥也夫斯基，發表了《陀思妥也夫斯基的思想》、《陀思妥也夫斯基的地位》、《陀思妥也夫斯基傳略》，同時在欄目首尾有繪畫《陀氏速寫》和資料《關於陀思妥也夫斯基的英文書》，而該期卷首又以 3 頁銅版插頁精印了陀氏的 11 幅照片。如此集中而又全面地介紹一位外國文學家，這在當時的刊物中是僅見的，體現了主編的創新意識，形成了《小說月報》的一大特色。

創辦新文學刊物依靠文學研究會作家。茅盾主編《小說月報》之初，最感棘手的是文學創作欄的稿子如何籌措。然而天無絕人之路，想不到寫給王統照的一封約稿信竟然引來了一個新文學作者群。文學研究會作家的加盟，使得新主編喜不自禁，即在「特別啟事」中預告了這一令人鼓舞的消息。有了這樣一支有力的作者隊伍，刊物自然如虎添翼，新一期《創作》欄即有冰心的《笑》、葉紹鈞的《母》、許地山的《命命鳥》、瞿世英的《荷瓣》、王統照的《沉思》等作品，其中有的後來成為公認的佳作名篇。為了促進創作，茅盾很注意對重點作品進行評介，如對葉紹鈞的《母》即加附注稱揚「何等地動人」，並建議讀者參閱作者登在《新潮》上的另一篇小說《伊和他》，以便瞭解作者的創作個性；對冰心的《超人》，則煞有介事地化名寫道：「雁冰把這篇小說給我看過，我不禁哭起來了！」以第三者身份傳達了作品的感染力量；對落花生的《換巢鸞鳳》，茅盾既指出其「帶有濃厚的地方色彩」，又對其中的方言作了必要的注釋。這種靈活的評介方式，無論對於作者還是對於讀者都是大有裨益的。第 13 卷第 8 期，設立了呼喚已久的《創作批評》欄，內有《評冰心女士底三篇小說》、《讀冰心底作品誌感》、《讀了冰心女士〈離家的一年〉以後》3 篇評論；第 9 期也有 3 篇評論文研會作家的文章。《創作

批評》欄對於新文學作家的成長起了重要的推動作用，體現了茅盾為建設新文學盡心竭力的良苦意願，也表明了主編現代編輯意識的深化。

編輯作者化的期刊操作方略。茅盾主編《小說月報》唱的是獨角戲，稿源短缺、好稿難覓的情形十分突出，自撰自編便成為其編輯工作的內在要求和重要特色。這種一身兼二任的期刊操作方式不僅可以拾遺補缺，及時地為稿件組合中的缺漏填補空白，而且能較圓滿地實現編輯的創意。《小說月報》的主要組成部分三大塊，除創作部分茅盾當時未介入外，譯介和評論部分總是少不了他的文章。他特別關注當下國內外的文學動態，總是盡力搜求並介紹給讀者，以豐富文學信息量。深受歡迎的《海外文壇消息》一欄即由他一手編撰，甚至離開主編崗位後仍應邀續之，至 1924 年夏，提供海外文壇信息達 206 條之多。為了滿足讀者「能報告國內文壇的消息」的要求，在找不到有關作者的情況下，他開始著手撰寫了《春季創作壇漫評》、《評四、五、六月的創作》等國內最早的文學現狀評論。這種整體觀照文壇走向的視界及評論，成為貫穿這位文學評論家一生的評論特色。當然，茅盾從《小說月報》辦刊宗旨出發，更多的還是對新文學理論的探討，其立意之高遠，見解之透闢，都堪稱卓特，文章俱在，這裡就不贅述了。

其三，堅持面向出版文化市場，強化讀者意識，冶知識性與可讀性於一爐，努力以良好的期刊形象贏得讀者的市場經營策略。

商務印書館作為現代出版文化商業機構，出版《小說月報》當然要考慮經濟效益。茅盾作為刊物的主編，也不能置刊物的經濟效益於不顧。茅盾是文學家，也是編輯家，他的根本職責是把《小說月報》辦成一流的新文學刊物，刊物的質量上去了，經濟效益也就有了保證。同時，面對出版文化市場，茅盾也有自己相應的經營策略。他認為：「一個文化市場之形成，不能光有作家而無出版家，進一步，又不能說與讀者無關。」〔註5〕作為文化消費者，讀者的好惡對刊物至關重要。刊物只有為讀者所需要並且喜歡，才會有市場。茅盾深諳其中三昧，讀者意識十分突出，總是站在讀者的角度進行編輯策劃和運作。上任之際，他就在刊物頁碼不變、增刊彩頁而又刷新內容的情況下降低了定價。為了爭取讀者參與，使讀者與編者溝通，他搞過「特別徵文」；為「尊重讀者精神產品起見」設立了「讀者文壇」欄，發表文學青年的作品，同時在《通訊》欄裡專門就刊物及所發表的作品直接與讀者交流意見。為了

〔註5〕 《茅盾全集》第 16 卷，人民文學出版社 1988 年版，第 490 頁。

解決不少讀者反映「看不懂」《小說月報》的問題，他接受了陳獨秀的意見，盡可能以淺近的文字介紹西方文學思潮，傳播文學知識，「以期初學者可以入門」，並連載《西洋小說發達史》。從服務於讀者的要求出發，自第 13 卷第 7 期起，刊物增設了《評論》、《故書新評》和《歐美最近出版的文學書籍》等欄目。以後者為例，「凡泛論文學之書，文學史、文學家傳記、小說、詩歌、戲劇，屬於最近出版或訂正再版者，都一一列入，附舉出版家店名，書價，以便讀者購置；其原書內容有可以數語注釋者，悉加注釋，以便讀者參考。」這樣的新書簡介，其方便讀者購閱是顯而易見的。諸如此類的舉措，無疑大大加強了編輯與讀者的聯繫，使讀者在與刊物的溝通中更樂於接受，更少障礙，也就會更多地訂閱。這樣，刊物的經濟效益也就會隨著社會效益而擴大了。

二

茅盾以現代編輯觀念主編《小說月報》，為中國現代期刊史留下了一塊豐碑。那麼，作為一名走上編輯崗位僅僅 4 年的青年編輯，是什麼原因使他實現編輯觀念更新的呢？

葉聖陶先生在《略談雁冰兄的文學工作》中說：「雁冰兄是自學成功的人。他在商務印書館任事，編輯工作不只是他的職業，是他磨練自己的課程。」儘管茅盾畢業於北京大學預科，但並未學習過編輯業務。從這樣的意義上說，茅盾能夠在編輯崗位上一鳴驚人正說明他的自學成功。具體一點說，可以從以下幾方面作出解釋。

敏銳地接受新文化運動的影響，積極地從西方現代期刊和《新青年》中汲取營養。處在新舊思潮激烈碰撞、新文化運動日益深入人心的時代，茅盾獲得了除舊布新的歷史性機遇。商務印書館涵芬樓的大量藏書，特別是各種西方現代期刊，在茅盾面前打開了一方新的天地，為他進行期刊革新提供了可資借鑒的範本。在如饑似渴地汲收西方新思潮新文化成果中，茅盾以往囿於傳統文化的封閉心態迅速轉變，「書不讀秦漢以下」的陳舊觀念土崩瓦解，開放的人文主義精神很快取代了舊思想舊文化的主導位置，文學觀念和編輯觀念發生了質變。而《新青年》的廣泛影響，特別是其提倡新文化、反對舊文化以及所發表的魯迅的《狂人日記》等作品的巨大衝擊力，其所受到青年讀者熱烈歡迎的情景，更是為他展示了刊物革新的現實模式。在晚年的回憶

錄中，他坦言西方文化思潮對自己早期思想的影響，但強調影響最大的還是
《新青年》。作爲思想理論刊物，《新青年》集中反映了五四新文化運動的聲
音，茅盾在改革《小說月報》中以之爲藍本，無疑是順理成章的事情。

在編輯實踐中虛心好學，廣採博取。進入編輯角色後，助編《學生雜誌》
和主持《小說月報》成爲茅盾登堂入室，最終步入現代編輯家殿堂的重要臺
階。本來，良好的家庭教育，深厚紮實的文化功底，爲茅盾從事編輯事業打
下了堅實的基礎。但要眞正成爲卓有建樹的編輯家，還必須經過編輯實踐的
磨練，在潛移默化中接受編輯策劃、編輯操作和書刊經營等編輯學內涵的薰
陶，接受老編輯的指點。在這方面，《學生雜誌》主編朱元善對他教益甚大。
正是在他的指導下，茅盾切實地感受和體驗了期刊編輯必備的素質、學養和
技能。而編譯西方科學小說的工作，更使他得以遨遊在西方現代文化的海洋
裡，不僅大大豐富了文化科學知識，而且接觸到了不少堪稱編輯楷模的現代
期刊，並從中領悟了先進的現代編輯理念和技巧，從而爲他以後成功地履行
主編職責創造了條件。也正是此時，茅盾開始專注於文學事業，從此一發而
不可收，終於成就了一番文學大業。可以說，文學評論和文學編輯相輔相成，
這是一代文學家和編輯家的起跑線。主持《小說新潮》欄，則是茅盾獨立編
輯的嘗試，從欄目的創意策劃到實施操作，他一人包攬始終，不僅體味了編
輯的甘苦，而且在編輯實踐中開始成熟起來，現代編輯意識進一步強化，編
輯技巧越發嫺熟。從此，茅盾在編輯崗位上如魚得水，遠遠地走在編輯隊伍
的前面了。

（《東嶽論叢》1999 年第 3 期）

第 3 輯

茅盾與新文學的民族化建設

　　新文學的民族化建設，從根本上說是以張揚文學的民族性爲旨歸的。一方面，「民族化就是批判地繼承舊傳統和創造新傳統的問題」（茅盾《反映社會主義躍進的時代，推動社會主義時代的躍進》）；另一方面，要汲取外國文學的精華爲自己的血肉。正是在中外文學的撞擊和交匯中，我們的新文學才會顯示出自己的風格。如果說，「五四」文學運動開拓了新文學現代化的歷史進程，那麼，同時也開始了新文學的民族化道路。新文學的民族化和現代化是相伴相生的。幾十年來，新文學的民族化建設同現代化建設一樣，走過了並不平坦的道路。在新文學民族化建設的道路上，茅盾從理論和創作實踐的結合上作出了重大的貢獻。作爲一代卓越的文學理論批評家，茅盾自「五四」以來對新文學的民族性作了廣泛深入的探討，形成了開放型的新文學觀；作爲現實主義文學巨匠，茅盾以堅持不懈的努力實踐自己的文學主張，創作出了現代型的新文學。茅盾爲新文學的民族化建設事業留下了極可寶貴的精神財富。認真考察這份財富的整體結構，深入總結茅盾的文學經驗，對於今天正在進行的文學民族化和現代化討論是不無益處的。

一

　　注重文學的民族化建設，是新文學運動一向堅持的方向性要求，也是茅盾一以貫之的文學主張。在要不要堅持新文學民族化的問題上，茅盾的態度從來是毫不含糊的。綜觀茅盾的有關論述，其理論依據主要有以下幾點。

　　首先，新文學的民族化是由民族生活內容所決定的。「民族是人民在歷史

上形成的一個有共同語言、共同地域共同經濟生活以及表現於共同文化上的共同心理素質的穩定的共同體。」（《斯大林全集》第 2 卷 294 頁）這些構成民族特性的物質的和精神的因素，特別是作爲民族觀念形態世代承傳的風俗習慣、道德觀念、心理結構、語言文化和審美傳統等民族性，正是民族文學生長的土壤。「藝術離不了人民的習慣、感情以至語言，離不了民族的歷史發展」（毛澤東《同音樂工作者的談話》）。「無論如何，在任何意義上，文學都是民族意識、民族精神的花朵和果實。」（《別林斯基論文學》第 73 頁）離開了民族生活和民族文化的土壤，任何民族的文學是無從生存的。正是從這樣的認識出發，茅盾早在「五四」時期就明確指出：「一國之文藝爲一國國民性之反映，亦唯能表見國民性之文藝能有眞價值。」（《〈小說月報〉改革宣言》）這裡所說的「國民性」其實就是民族性。這和別林斯基宣稱的「文學如果想變得鞏固而永久，非具有民族性不可」（《文學的幻想》）的主張是完全一致的。在茅盾和「五四」新文學先驅們看來，新文學固然要表現民族的社會心理和審美心理，畫出民族脊樑和民族靈魂，同時也要改造國民性，批判陳舊的文化心理結構，喚起民族的覺醒。國民性的改造和重鑄成爲「五四」新文學的基本主題之一。所以，茅盾的新文學觀和狹隘的民族保守主義是根本不同的。「『中國化』與所謂『中國本位文化』之說不同。『中國本位文化』說，也主張寶貴中國歷史的遺產，但是既無批判地加以寶貴，且又牽強附會，以爲一切學術思想皆中國所固有，照此發展下去，勢必達到排拒外來思想的結論。因此，它實在是『中國爲體』的老調子的新裝。」（茅盾《通俗化、大衆化與中國化》）然而，無論表現民族性還是改造民族性，文學總是和民族生活分不開的，儘管有廣狹之分，深淺之別，任何民族的文學都不能割斷和民族生活的聯繫。中外文學史表明，只有植根於豐厚的民族生活土壤上的文學，才會開放出具有絢麗的民族風格的花朵。否則，文學就成爲無本之木，文學的民族化也就無從談起了。

其次，新文學的民族化是使民族新文學自立於世界文學之林的重要保證。隨著科學技術和文化交流的深入發展，當今的世界顯得越來越小，正如《共產黨宣言》所指出的：「過去那種地方的和民族的自給自足和閉關自守狀態，被各民族的各方面的互相往來和各方面的互相依賴所代替了。物質的生產是如此，精神的生產也是如此。各民族的精神產品成了公共的財產。民族

的片面性和局限性日益成爲不可能，於是由許多種民族的和地方的文學形成了一種世界的文學。」（《馬克思恩格斯選集》第 1 卷 255 頁）這裡所說的「世界的文學」，就是由具有鮮明民族風格的各族文學共同組成的，而決不是消融了民族性的大一統文學。對此，茅盾的認識是十分清醒的。他說：「世界性的文學藝術並不是拋棄了現有各民族文藝的成果，而憑空建立起來的，恰恰相反，這是以同一偉大理想，但是以不同的社會現實爲內容的各民族形式的文藝各自高度發展之後，互相影響融化而得的結果。是故民族文學之更高的發展，適爲世界文學之產生奠定了基礎。」（《舊形式、民間形式與民族形式》）應該特別指出的是，茅盾在這裡強調的是「更高的發展」的民族文學，就是說是現代民族新文學。這樣的能夠走向世界的新文學，只能是既與「世界的時代思潮合流，而又並未梏亡中國的民族性」（魯迅《木刻紀程·小引》）的文學。它固然不是因循僵化、一成不變的舊文學，也不是全盤西化、喪失民族性的文學。顯然，躋身於世界文學之林的民族新文學，離不開文學的民族化，而民族化也離不開現代化。實際上，作爲一種變動不已的歷史運動，新文學民族化本身就包含著縱向的批判繼承和橫向的借鑒汲取兩方面的意義，一方面要保持民族性，另一方面要堅持現代性，兩者是不可或缺的。新文學的民族化過程，也就是「古爲今用」和「洋爲中用」的推陳出新的過程，體現著如同魯迅所說的「運用腦髓、放出眼光，自己來拿」（《拿來主義》）的主動進取的「拿來主義」精神。正是由於中國新文學在總體上堅持了民族化和現代化共存並舉的正確方向，走上了汲取外來文學營養使之民族化、繼承民族傳統使之現代化的歷史道路，新文學才出現了嶄新的風貌和具有世界影響的一代文學家，才在世界文學中佔有了自己的位置。科學意義上的文學民族化是離不開橫向汲取的，只有堅持這樣的民族化，才是新文學走向世界的必由之路。

最後一點，新文學的民族化建設是適應於藝術生產自身的發展規律的。一定民族的文學的發展，總是受制於藝術生產的特殊規律。藝術生產和物質生產之間固然存在著不平衡性，但是最終還是有著適應性。民族的經濟文化的發展，外來藝術的引進，民族審美心理的開放，必然要求藝術和民族社會保持新的動態平衡。這是不以人們的意志爲轉移的。中國新文學的民族化，正是爲了實現這樣的動態平衡。在茅盾看來，民族新文學的產生和發展，是

與現代民族社會變化著的經濟文化環境密切相關的：「環境在文學上影響非常厲害。……一個時代有一個環境，就有那時代環境下的文學。環境本不是專限於物質的，當時的思想潮流，政治狀況，風俗習慣，都是那時代的環境，著作家處處暗中受著他的環境的影響，決不能夠脫離環境而獨立。」（《文學與人生》）另一方面，如同新的社會環境和民族傳統有著內在的聯繫一樣，民族新文學也和傳統文學之間有著合理的繼承性，而爲了適應開放的社會環境，民族新文學同時也必須汲取外來藝術的營養。「新的社會主義文化決不能脫離歷史和世界的聯繫，而孤立地創造出來的。它的成長和發展，必然是一方面繼承了自己民族文化的最寶貴的傳統，而另一方面則吸收了世界古典文學和現代進步文學的精華。」（茅盾《爲發展文學翻譯事業和提高翻譯質量而奮鬥》）在世界經濟文化日益一體化的時代環境下，新文學的民族化建設和藝術生產的特殊規律是完全合拍的。或者說，現代民族藝術和時代環境保持動態平衡的歷史性要求，也就是新文學民族化的目標。只有堅持新文學的民族化建設，立足於民族現實生活的土壤，能動地繼承傳統遺產，自覺地借鑒外來藝術，才會創造出一種「自有的新文學」，才會和新的民族社會達到動態平衡。否則，不是復古化，就是西方化，或者是出現一種不土不洋的局面，所謂動態平衡是很難實現的。

正是基於上述的理論思考，茅盾堅定不移地主張新文學的民族化。不用說，這是對世界文學深入考察的結果。例如，還在 1925 年，茅盾的《告有志研究文學者》就指出：「我們要認識一個民族的眞面目，最好的方法是去讀它的文學。在文學裡，就有它的愁眉和笑顏，理想和希望，優點和缺點，功和罪；都一無掩飾地暴露著……在一個民族的文學裡，我們看見的是該民族中感覺特別銳敏的人們，在那裡訴說他們的喜悅和憂慮；雖然他們在形式上是表白他們自己或他們的同伴，然而我們從此卻接觸了一個民族的心。我們讀了陀思妥耶夫斯基，喬治綺俠（George Eliot），歌德，莫里哀，顯克微支，亨利乾姆司（Henry James），豈不是深切的感到他們所代表的民族的心性麼？」可見，世界上無論哪一個國家的文學，都各有獨特的風格。一脈相承的歐洲各國的文學也各具風格。我們中華民族的新文學應有獨創特有的民族風格，顯然是自不待言的。茅盾關於新文學民族化建設必要性的理論，是他的開放型的新文學觀的重要組成部分。在這一理論思想的指引下，茅盾走上了新文學民族化的道路。

二

　　新文學的民族化建設，是一項宏偉而又艱巨的工程，是新文學工作者的歷史性任務。從理論上確認新文學民族化的方向，只不過是茅盾在新文學民族化的道路上邁出的第一步。究竟怎樣實現新文學的民族化，創造出現代民族新文學，還有一段長長的路。對此，茅盾從理論特別是創作實踐上進行了長期的探索，作出了自己的回答。茅盾在新文學民族化道路上所積累的經驗，主要有以下幾點。

　　其一，植根於社會生活的土壤，深入於今日民族的現實，在對人物形象的真實描寫中表現民族性。茅盾的小說創作是以鮮明的時代性、社會性和史詩性特徵著稱的，把他的《蝕》、《虹》、《子夜》、《腐蝕》和《霜葉紅似二月花》等作品按其所反映的時代生活序列連綴起來，可以分明地看到「五四」運動、北伐戰爭、大革命以至到抗戰以後的社會風貌、政治鬥爭和人情世態，以及在不同時期的人物形象身上所折射出來的社會文化心理。作為現實主義文學巨擘，茅盾一向是以表現廣闊的人生和「全般的社會結構」為己任的。還在 1920 年，他就在《現在文學家的責任是什麼？》一文中明確宣稱：「文學是為表現人生而作的。文學家所欲表現的人生，決不是一人一家的人生，乃是一社會一民族的人生。不過描寫全社會的病根而欲以文學小說或劇本的形式出之，便不得不請出幾個人來做代表，他們所描寫的雖只是一二人、一二家，而他們在描寫之前所研究的一定是全社會、全民族。」茅盾的小說固然沒有像魯迅那樣的挖掘國民性的憂憤深廣之作，但在他的時代女性形象系列中，在他的民族資本家形象系列中，透過人物社會生活和日常生活畫面，在突出的時代性描寫之外，我們依然可以感受到人物心理結構中的民族性成分。靜女士的「不斷的在追求，不斷的在幻滅」（茅盾《從牯嶺到東京》），固然是為變幻不定的社會環境所左右，但也是出於怯弱、溫婉、柔和的個性，而這個性又是和舊時代的小家碧玉相通的，是儒家禮教下女性常見的民族性心理。事實上，靜女士「父親早故，母親只生她一個，愛憐到一萬分，自小就少見人，所以一向過的是靜寞的生活」，「對於兩性關係，一向是躲在莊嚴，聖潔，溫柔的錦幛後面，絕不曾挑開這錦幛的一角」。如此封閉性的生活環境，如同封閉的封建社會環境一樣，勢必會造就封閉性的性格了。這不禁使我們聯想到《霜葉紅似二月花》中的恂少奶奶等女性形象，其個性氣質和心理素質和靜女士是屬於一個類型的。而作為民族資本家典型形象的吳蓀甫，其主

導個性是「外自矜厲而內柔」，一方面是剛愎自用的所謂法蘭西性格，一方面則是軟弱動搖的「從娘肚子裡帶出來的老毛病」。民族資產階級的軟弱性和妥協性，不是可以從近代民族歷史和現實生活的土壤上得到說明嗎？此外，如果我們從茅盾的農村小說中進行追尋，在那發散著濃鬱的鄉土生活氣息的農村三部曲裡，在勤勞、善良而又愚昧的老通寶身上，更容易見出沉重的民族文化心理積澱。至於在茅盾那大量的以紀實性見長的散文裡，通過真實的社會生活片斷的描述透視民族傳統——無論美點還是劣點——則幾乎俯拾皆是，更是不勝枚舉的。別林斯基說：「如果生活描繪是忠實的，那也就必然是民族的。」（《別林斯基論文學》）茅盾正是以自己現實主義的創作，通向了新文學民族化的道路。

其二，「批判地繼承舊傳統和創造新傳統」，注重在古典現實主義文學中提煉鎔鑄其新鮮活潑的質素。真實地描繪生活固然可以表現民族生活內容，但未必能夠創造現代民族新文學。問題的焦點之一在於，如何對待傳統。傳統是一種巨大的、難以抗拒的慣性力，對於具有悠久歷史和古代文明的中華民族說來，傳統的影響更是無處不在。在世界各民族的經濟文化交流越來越頻繁和深化的現代社會裡，對於傳統所持的狹隘的民族保守義固然不足取，而偏激的民族虛無主義其實也行不通。在新文學民族化建設的道路上，茅盾以在中外文學的撞擊和交匯中獲取的現代意識反思傳統，以世界文學潮流為參照系觀照民族文學體系，在比較中選擇，在實踐中創新，為我們提供了有益的經驗。同其他新文學先驅們一樣，「五四」時期茅盾是反對舊傳統的闖將，他激烈地抨擊舊文學缺乏真情實感，充滿儒家的「文以載道」觀念和遊戲的消遣的態度，以及忽視實地觀察和客觀描寫的向壁虛造、流水帳式的記敘等積弊，表現了抗拒舊傳統的鮮明立場。然而，茅盾並未全盤否定傳統，在《小說新潮欄宣言》中就指出：「舊文學也含有『美』『好』的，不可一概抹煞。所以我們對於新舊文學並不歧視；我們相信現在創造中國的新文藝時，西洋文學和中國的舊文學都有幾分的幫助。我們並不想僅求保守舊的而不求進步，我們是想把舊的做研究材料，提出他的特質，和西洋文學的特質結合，另創一種自有的新文學出來。」如此的遠見卓識，在一派否定傳統的聲浪中是難能可貴的。然而，理論上的認識和付諸實踐並不是一回事，究竟什麼是舊文學特質以及怎樣融進民族新文學之中，當時茅盾並不十分了然。及至開始創作之後，隨著文學大眾化特別是民族形式的討論，才日益明確起來。概括地說，這包括思想內容和藝術形式兩個方面。在談及古典現實主義的一些

代表性作品的時候，茅盾不僅指出「《水滸》是值得我們學習的民族文學的民族形式」，「我們可以把《紅樓夢》看作中國文學的問題小說之民族形式的代表」(《論如何學習文學的民族形式》)，而且從總體上提出了中國市民文學的概念，充分肯定了其中具有「民主性、革命性和現實主義傳統的東西」(《延安行──回憶錄 26》)。不僅如此，茅盾在自己的創作實踐中也繼承接受了民族文學的優秀傳統，不露痕跡地把可以汲取的特質鎔鑄到作品中去。《子夜》在構架、人物刻畫和語言運用上可以看到傳統的影響：結構如同茅盾所稱譽的《紅樓夢》那樣「包舉萬象的佈局，旁敲側擊、前呼後應的技巧」，以及一樹千枝，「細針密縷地組織進許多大大小小的故事」(《關於曹雪芹》)；人物塑造則是「粗線條的勾勒和工筆的細描相結合。前者常用以刻畫人物的性格，⋯⋯後者常用以描繪人物的聲音笑貌，即通過對話和小動作來渲染人物的風度」(《漫談文學的民族形式》)；語言特徵是簡勁雄放和典麗細密的統一。當然，堪稱茅盾新文學民族化的典範之作是《霜葉紅似二月花》。這是一部摒棄理性色彩、深得《紅樓夢》情韻的作品，構架闊大，開闔自如，虛實相間，動靜結合，把重大的社會鬥爭寓於平凡的日常家庭生活描寫之中，通過動作性的白描手法表現世態人情，語言簡潔、典雅，人物對白多為口語化，從而形成了委婉典麗、搖曳多姿的藝術風格。可以說，這在茅盾的創作乃至整個現代文學史上都是獨樹一幟的。試看一致為論者所稱道的婉卿出場的一段文字，寫得何等傳神、細密，短短的一段描述，就把一位富有東方女性氣質的人物的神態舉止、音容笑貌、服飾身姿乃至身份性格活現出來，這樣的筆致，是可以與最優秀的中國古典小說媲美的。此外，茅盾在小說中所表現的對社會人生的關注，著重通過社會對人的扼殺的描寫所形成的追求──幻滅型悲感美學特徵，甚至某種帶有時代特徵的「文以載道」思維模式，都可以在憂時傷世的民族傳統文學裡找到聯結點。作為一位執著的革命現實主義作家，茅盾和古典現實主義之間有切近和相通之處是再自然不過的。

其三，在對世界文學思潮和流派深入研究的基礎上博採約取，取精用宏，借鑒和選擇各種有益的文學觀念和果實。新文學的民族化建設，如果僅止於反映民族現實生活，批判地繼承民族文學傳統，而不注重於對外開放和引進，那就很容易陷入封閉的民族保守主義泥淖，只有同時汲取異域文學的營養，努力於和變動著的世界潮流同步，才是健康發展的必由之路。早在 1921年，茅盾就在《〈小說月報〉改革宣言》中宣稱：「今日談革新文學非徒事模仿西洋而已，實將創造中國之新文藝，對世界盡貢獻之責任：夫將欲取遠大

之規模盡貢獻之責任，則預備研究，愈久愈博愈廣，結果愈佳，即不論如何相反之主義咸有研究之必要。」這可以說是茅盾借鑒外國文學的指導思想。由此出發，茅盾以開闊的胸懷和高遠的眼光，對外國文學下了一番究本溯源的功夫，從古希臘、羅馬開始，橫貫 19 世紀，直至「世紀末」的種種現代主義文學思潮。唯其如此，當「五四」時期世界文學思潮紛至沓來的時候，茅盾並沒有眼花繚亂，無所適從，更沒有唯新是摹，貿然趨從，而是放出眼光，自己來拿。經過深入的比較和鑒別，並且從徹底改造舊文學、創建現代民族新文學的需要出發，茅盾從 19 世紀歐洲批判現實主義特別是俄羅斯文學中汲取精髓，走上了「爲人生」的現實主義道路。在談到自己的創作時，茅盾說：「我覺得我開始寫小說時的憑藉還是以前讀過的一些外國小說。」（《談我的研究》）由於當時茅盾對舊文學懷著警戒心情，還沒有來得及發掘其中的特質，所以創作《蝕》等作品時大致還是主要運用能夠表現現代社會生活的歐洲現實主義創作方法。後來雖然鎔鑄了越來越多的傳統文學特質，但在諸如注重反映現實生活的眞實性、強調客觀觀察和冷靜描寫、使用像巴爾扎克、列夫・托爾斯泰那樣大規模表現時代風貌的構架等方面，以及深微的心理描寫、通過環境氛圍的渲染烘托人物情緒等藝術技巧，都把外國文學的特質血肉般地融進創作之中，並和從傳統文學中汲取的特質相結合，構成了茅盾現代型的民族新文學的基本美學特徵和審美風格。以心理描寫而言，在《蝕》等早期小說中，茅盾大量採用了西方直接心理描寫的手法，以及象徵、幻覺、夢境和內心獨白的技巧，細膩入微地刻畫了不同人物在不同情景下的心態；而在以後的創作中，作家則把對人物內心世界豐富的心理描寫和動作描寫有機地結合起來，變靜態爲動態，不用說，這是藝術手法上中西一體化的表現。

1940 年，茅盾在談到新文藝民族形式建立的途徑時，明確指出：「要吸取過去民族文藝的優秀的傳統，更要學習外國古典文藝以及新現實主義的偉大作品的典範，要繼續發展五四以來的優秀作風，更要深入於今日的民族現實，提煉鎔鑄其新鮮活潑的質素。」（《舊形式、民間形式與民族形式》）這裡所說的建立新的民族形式的途徑，其實也就是新文學民族化的道路。這是對新文學運動的深入總結，也是對自己創作經驗的概括，全面而又深刻，嚴整而又開放，即使今天看來，也是富有現實意義的。

三

　　茅盾堅持新文學民族化的方向，並從理論和創作實踐的結合上走出了一條建設民族新文學的道路，是由其開放型的民族新文學觀決定的。它在中西文學的碰撞和交融中形成，在中國特定的社會環境中發展，帶有鮮明的時代印痕和個性特徵。

　　從宏觀上考察，茅盾民族新文學觀的確立和演進是以怎樣看待和接受傳統文學為契機的。我們知道，「五四」之前，茅盾大致上是在封閉的傳統文化圈子裡尋求安身立命之道，切實地下過一番窮究舊學的功夫。然而，外來文化的衝擊，造成了巨大的內心震盪：「我也是和我這一代人同樣地被五四運動所驚醒了的。我，恐怕也有不少的人像我一樣，從魏晉小品、齊梁詞賦的夢遊世界伸出頭來，睜圓了眼睛大吃一驚的，是讀到了苦苦追求人生意義的 19 世紀的俄羅斯古典文學。」（《契訶夫的時代意義》）在對外國文學的博覽約取中，茅盾的傳統文化構架崩塌了，開始以反傳統的戰鬥姿態馳騁於文壇。值得注意的是，茅盾並未「全盤西化」，同時也肯定了傳統文學有可取之處。當然，這還只是停留於理論上的抽象認識。可以說，「五四」時期茅盾的民族新文學觀大致還處在醞釀期，反傳統傾向是十分鮮明的。30 年代當是形成期，如果說《子夜》是有意識地繼承古典現實主義優良傳統開端的話，那麼此後所創作的文學作品的民族性成分則越來越明顯。而《霜葉紅似二月花》表明，茅盾的民族新文學觀已完全是成熟期了。及至 50 年代，茅盾把現代民族文學和古典現實主義文學進一步溝通起來，更多地強調它們之間的共同點，並提出了現實主義和反現實主義的著名公式，則不免有走極端之嫌了。

　　綜觀茅盾對待、汲取傳統文學的演變歷程，可知經過了一個否定之否定的變化。表象地看，似乎是對傳統的倒退和復歸，是從開放走向封閉，然而從實質上看，問題卻並非如此簡單。如果撇開《夜讀偶記》不論，就茅盾在新文學民族化建設中的觀念說來，後來所肯定的只是傳統文學的精華，是民族新文學應該汲取的東西，而且這種肯定乃是茅盾在中西文學撞擊後，以新的世界性眼光選擇的結果，這和「五四」之前茅盾對舊學無批判地接受是根本不同的。茅盾及其所代表的現實主義新文學，固然從古典現實主義作品中汲取了有益的養料，但察其濫觴，卻主要是得益於外國現實主義的精髓，即從其鮮明的社會功利價值而言，固然與傳統文學不無血脈聯繫，然而同時也和包括俄羅斯文學在內的國外批判現實主義文學息息相通。應當說，茅盾有

選擇地接受了古今中外文學的影響，並融會貫通，化作了自己的血肉，因而也就很難在他的作品裡一一指明所受到的具體作家影響之所在，這正是他的高明之處。誠然，40 年代出於時代的需要和社會歷史條件的制約，茅盾在新文學的民族化建設中儘管注意到了文學的現代性，但卻是有所冷落的，相對說來較為注重於文學民族性的追求。然而，總的說來，茅盾的民族文學觀無疑是開放型的。

「我們中國的真正文藝作風既不是腐舊不堪的，也不是全盤西化的，而是一種獨創特有的風格。」（《問題的兩面觀》）經過幾十年的探索和追求，茅盾以其影響深遠的理論和創作，為新文學的民族化建設提供了一種獨創的現實主義文學模式。在民族新文學的百花園裡，文學模式當然是多種多樣的，茅盾的模式只不過是其中一種而已。茅盾的新文學觀及其所走過的民族化道路，茅盾所代表的現實主義文學，誠然是在特定的社會歷史條件下造就的，然而更是一代巨匠長期努力的結果，無論文學環境發生了怎樣的變化，茅盾的現實主義文學都是不容忽視的。

（《茅盾研究》第 5 輯，文化藝術出版社 1991 年 3 月版）

大眾化・民族化・現代化
——茅盾在「民族形式」論爭中的理論見解

在中國現代文學史上，1940 年前後開展的關於「民族形式」的論爭是不容忽視的。這場論爭的參加者之多，涉及面之廣，以及力圖運用馬克思主義觀點探討文學形式問題所達到的理論高度，都是前所少有的。可以說，作爲一次文學運動，這是我國的文學工作者適應現實和文學發展的需要，朝著創建具有中國特色的新文學這一宏偉目標所邁出的重要一步。在這場論爭中，現代文學巨匠茅盾發表了許多卓有見地的意見，不僅深入地論述了文學的民族形式問題，而且進而論述了文學的民族化及其密切相關的大眾化和現代化問題。茅盾的這些主張，在當時對於開創具有「新鮮活潑的、爲中國老百姓所喜聞樂見的中國作風和中國氣派」的新文學發揮了積極的作用，對於今天建設具有中國特色的社會主義新文學也不無啓示意義。

一

文學的大眾化，是貫串於新文學發展中的一個重大問題。在民族形式問題的討論中，茅盾密切聯繫新文學的發展道路，從理論上對包括民族形式在內的民族化和大眾化的關係問題作了廣泛的探討，考察了它們之間的異同點，表現了把大眾化和民族化結合起來觀照民族化問題的顯著特點。

其一，充分肯定了文學的民族化和大眾化之間的一致性。大眾化問題，還在「左聯」成立前後就提了出來，並在 30 年代開展了幾次討論。大眾化所要解決的，是新文學脫離民眾的問題。對此，茅盾有著明確的認識，並作出

了積極的努力。20 年代末，在《從牯嶺到東京》一文裡他就指出：「六七年來的『新文藝』運動雖然產生了若干作品，然而並未走進群眾裡去，還只是青年學生的讀物。」之後，茅盾多次批評了新文學「老停滯在狹小的圈子裡」的弊端。抗戰爆發後，爲了動員民眾投身於神聖的救亡運動，「文章下鄉，文章入伍」一時蔚爲熱潮，新文學在大眾化的方向上取得了長足的進展。在這樣的背景上，民族形式問題被提了出來。正是在充分注意到大眾化和民族化內在聯繫的基礎上，茅盾對民族形式的概念作了透闢的界說：「『民族形式』的正解，顯然是指植根於現代中國人民大眾生活，而爲中國人民大眾所熟悉所親切的藝術形式」，並進而解釋說：「這裡所謂熟悉，當然是指文藝作品的用語、句法、表現思想的形式，乃至其他的構成形象之音調、色彩等等而言，這裡所謂親切，應當指作品中的生活習慣、鄉土色彩、人物的聲音笑貌舉止等等而言。」〔註1〕顯而易見，茅盾在這裡是把民族形式提高到民族生活內容，從內容和形式的統一上、從文學的民族風格上看問題的；但是，茅盾立論的出發點和落腳點，卻是大眾及其好惡，這才是問題的核心之所在。正是在這裡，文學的民族化和大眾化有著得以溝通的契合點。這樣，大眾化和民族化合流是很自然的事。文學大眾化運動是民族化運動的基石。大眾化的深入爲民族化創造了條件，民族化是大眾化文學運動合乎邏輯的發展。在新文學發展中，民族化和大眾化就是這樣扭結在一起的。

其二，茅盾也注意到了文學民族化和大眾化之間的差異性。大眾化和民族化之間雖然有著內在的一致性，但是民族化畢竟不能等同於大眾化。在茅盾看來，大眾化「有它一定的範圍」，而民族化則是「把『大眾化』發展到更高一階段與更深一層」，〔註2〕它們之間的差異是很大的。這主要表現在兩方面。從內容上說，「『大眾』雖居最大多數，然而不就等於『民族』」。「在『大眾化』問題中，尚缺乏濃厚的歷史性。希望『大眾化』的圓滿而徹底的完成，則更廣（民族性）與更深（歷史性）的內容，是非常必要的。」〔註3〕文學的民族化和民族性的含義不同，前者旨在使文學如何藝術地表現一個民族的特性，後者則是指具有民族風格的文學。文學的民族化之所以不同於大眾化，是因爲它並不止於一般地表現人民大眾的生活爲滿足，而要更深刻地揭示其

〔註 1〕 《抗戰期間中國文藝運動的發展》，《茅盾文藝雜論集》下冊。
〔註 2〕 《通俗化、大眾化與中國化》，《茅盾文藝雜論集》下冊。
〔註 3〕 《通俗化、大眾化與中國化》，《茅盾文藝雜論集》下冊。

背後的民族文化心理。從形式上說，民族形式應是大眾所喜聞樂見的，但大眾所喜聞樂見者如民間形式未必就是民族形式，民族形式有著更高的要求。在茅盾看來，除魯迅等作家的作品外，新文學史上堪稱具有民族形式的作品還不多，還有待於新文學家們的創造，而大眾化的作品卻是不少的。總之，以建立文學的民族風格為旨歸的民族化，更注重於藝術質量的提高，無論內容還是形式，都是不能和文學大眾化等同看待的。

把民族化和大眾化聯結在一起考察民族化問題，注重新文學的人民性乃至階級性，是茅盾 40 年代民族化文學理論的重要特徵，這在當時文學界是很有代表性的。但是，由於大眾化、民族化文學運動實際上更著重於普及，這就造成某種可能性，就是容易忽視甚至削弱文學的審美價值，降低文學的藝術水準。對此，茅盾在民族形式論爭中曾經給予了充分的關注，多次告誡新文學的民族化不僅要「適合於民眾的趣味」，而且要「提高民眾的趣味」，〔註4〕不可僅僅以迎合民眾的趣味為滿足；反覆強調一方面要發揮新文學的宣傳教育作用，另一方面則要把文學作品和宣傳品區分開來。〔註5〕但是，事實上 40 年代的新文學還是出現了某種程度的傾斜。用藝術尺度去衡量，解放區固然有像趙樹理、李季、周立波等人的成功之作，但是總的說來，在民族化道路上出現的作品是普及有餘、提高不足的。那麼，能不能由此得出結論說，這是文學民族化本身造成的呢？恐怕不能。和今天不同，40 年代文學界對民族化的認識誠然有其著重點，即更多地強調和大眾化的一致性而忽略其差異性，特別注重於文學的功利作用而忽略其審美作用，但是歸根結底，這是出於時代的選擇。生死存亡的社會現實，要求處在民族鬥爭和階級鬥爭第一線的作家們直接為現實鬥爭服務，以致很難容許他們來得及精心構製具有更多審美品格的作品。正如茅盾所指出的：「中國作家們，曾經不斷地努力，要使他們的生活從狹小範圍內解放出來，要使他們的思想意識從傳統的偏見與成見中解放出來，並且要使他們的作品在內容上與形式上都大眾化起來。無論客觀的成效如何，中國作家這種主觀的努力是不容抹煞的。」〔註6〕是不是可以這樣說，中國現代文學史上的民族化運動，以及民族化和大眾化那樣緊密地扭結在一起，在歷史長河中只是一段特定的文學現象，即

〔註 4〕 《通俗化、大眾化與中國化》，《茅盾文藝雜論集》下冊。
〔註 5〕 《舊形式、民間形式與民族形式》，《茅盾文藝雜論集》下冊。
〔註 6〕 《抗戰期間中國文藝運動的發展》，《茅盾文藝雜論集》下冊。

便在藝術實踐上不很成功，也決不能說明文學民族化的道路行不通。因爲那是一個特殊的時代。文學民族化的道路是不可否定的。

二

在怎樣實現文學民族化的問題上，茅盾在民族形式論爭中發表了很有見識的主張。在《舊形式、民間形式與民族形式》一文中，他明確指出：「新中國文藝的民族形式的建立，是一種艱巨而久長的工作，要吸取過去民族文藝的優秀的傳統，更要學習外國古典文藝以及新現實主義的偉大作品的典範，要繼續發展『五四』以來的優秀作風，更要深入於今日的民族現實，提煉鎔鑄其新鮮活潑的質素。」這裡特別值得注意的，是茅盾所著重強調的深入民族的現實生活之中，走現實主義創作道路的問題。

又要文學的民族化，又要現實主義，它們之間究竟是怎樣的關係呢？作爲現實主義文學大師，茅盾當然看到了兩者所屬的不同範疇，但是更注意到了它們之間的共同點，這就是都要求真實地表現本民族的現實生活。任何一個民族的現實生活裡，都蘊藏著自己的民族性，每個民族的文學都有自己的文學傳統。現實主義文學家只要忠實地描寫生活，在吸收外來藝術營養中批判地繼承本民族的文學傳統，就有可能創造出富有民族特色的文學作品來。誠然，作爲一種闊大的文學規範，民族化的內涵及其道路是寬廣的，它既不是某種具體的文學標準、文學風格，也不偏執於某種創作方法。所謂條條大路通羅馬，現實主義也好，浪漫主義也好，現代主義也好，諸種創作方法的並用也好，都有自己的用武之地，以期殊途同歸，實現文學的民族化。顯然，民族化是出自文學自身發展規律的內在要求的。那種僅僅拘泥於從民族傳統上作文章，以爲民族化無非是一種封閉狹小的文學規範，是可有可無甚至是弊多益少的見解是偏頗的。在民族形式的論爭中，茅盾無意對民族化和創作方法之間的關係問題作全面的理論探討，但是如同別林斯基所持的「如果生活描繪是忠實的，那也就必然是民族的」[註7]觀點一樣，茅盾多次強調了深入生活對於實現文學民族化的意義。在《論如何學習文學的民族形式》中，他把作家深入於民族的現實生活比作進山採礦，而利用既有的形式「好比是應用現存的銅鐵以鑄器，而不是自己開礦煉銅；現成的銅鐵固然要利用，但入山採礦更要緊」。即以民族形式的創造而論，所謂「中心源泉」只能在豐富

〔註7〕 《別林斯基論文學》。

多彩的現實生活之中。

在注重於走現實主義道路以實現文學民族化的理論主張中，茅盾特別強調文學的時代性。他認為，在抗戰時期，文學的民族化要依一個「中心軸」旋轉，這就是反映「中國人民大眾的覺醒，怒吼，血淋淋的鬥爭的生活」〔註 8〕這一時代風貌。離開了這樣的抗戰的現實，文學就失去了方向，民族化也就無從談起了。我們知道，在茅盾現實主義文學觀中，堅持時代性是基本特徵之一。由於茅盾的現實主義和民族化文學思想之間在表現社會現實問題上契合的原因，其民族化文學思想注重時代性也就可以了然了。事實上，真正稱得上具有民族風格的文學作品，無論是《紅樓夢》還是魯迅的小說，都是深刻地反映了時代風貌的。當然，同時也還有個時代制約文學的問題，這是不可不察的。唯其如此，茅盾 40 年代的民族化文學理論才帶有鮮明的時代印痕。

此外，茅盾對文學家自身思想文化修養方面的關注也是值得注意的。文學民族化的歷史運動，不斷給文學家提出新的要求。文學家要適應時代的需要，要運用富有民族特色的語言和新鮮活潑的手法描繪民族生活畫面，以深刻地表現民族文化心理和審美心理，就要如同茅盾所指出的那樣，不僅要用「進步的宇宙觀人生觀」，而且要有深厚的中外文化素養。在《今後文藝界的兩件事》中，他語重心長地說：「我們不能想像一個對於世界文藝思潮，對於本國文藝史，對於文藝上一切根本問題茫然無知的作家，能有偉大的成就，也不能想像一個對於社會科學、哲學、歷史等等茫然無知的作家，能有偉大的成就……」。這自然是有感而發的。一個有志於在文學民族化的道路上有所成就的作家，是不應該以把自己束縛在民族文化傳統甚至僅僅是文學小圈子裡為滿足的。

三

文學民族化並不排斥現代化。然而這在民族形式論爭中，卻是一個並未解決好的問題。現在看來，當時人們為「中心源泉」論所招引，過多地糾纏於其中的辯難，為「適應民眾的趣味」所左右，過分地著眼於文學的普及。其結果，便不能不削弱新文學的開放性，滋長新文學的封閉性。如果撇開客觀的社會歷史原因不論，僅從文學家自身方面著眼，是不是也有值得反省之處呢？這是值得探討的。這裡，還是讓我們來看一下茅盾的文學見解罷。

〔註 8〕 《抗戰期間中國文藝運動的發展》，《茅盾文藝雜論集》下冊。

　　平心而論，在文學民族化問題上，茅盾的觀念並不陳舊。早在「五四」時期，茅盾在文學理論領域就是一位致力於文學現代化的闖將。他以開闊的眼光審視傳統，觀照現實，對中外文學遺產窮本溯源，取精用宏，高瞻遠矚地提出了建立具有民族特點的新文學的宏偉目標。在《〈小說月報〉改革宣言》中，茅盾指出：「一國之文藝為一國國民性之反映，亦唯能表見國民性之文藝能有真價值，能在世界的文學中占一席地。」並進而宣稱要「另創一種自有的新文學出來」。〔註9〕茅盾當時主張為人生的文學，但十分重視表現國民性，重視吸收西洋文學的長處，重視文學家的獨創性。他說：「我們中國的真正文藝作風既不是腐舊不堪的，也不是全盤西化的，而是一種獨創特有的風格」。〔註10〕在民族化新文學初創的年代裡，茅盾即已注意到克服兩種偏向，並確立了正確的方向。此外，茅盾更以卓越的「現代型」創作實踐，為文學的民族化、現代化開拓了道路。在民族形式論爭中，茅盾一方面適應時代的要求，注重於新文學以人民大眾所親切所熟悉的形式反映抗戰的現實，另一方面也並沒有忘記新文學質的提高、新文學和世界文學的聯繫以及文學走向世界的問題。在民族化的道路上，茅盾除了強調文學要植根於現代中國人民的現實生活之外，還特別強調「更要學習外國古典文藝以及新現實主義的偉大作品的典範」。在茅盾看來，新文學民族形式的創造，乃至民族風格的建立，固然要繼承本民族的優秀傳統，但是吸收外國文學的精華更不可少，只有廣採博取，融匯貫通，才能實現文學的民族化。如果以狹隘的民族主義態度對待世界文學，固步自封，盲目排外，那只能導致文學的封閉和僵化。

　　與橫向借鑒密切相關的，是如何看待文學民族化和「五四」新文學的關係問題。「五四」文學革命的狂飆開創了我國文學現代化的歷史進程。這是一個開放的、生氣勃勃的時期，在民主和科學的旗幟下，中外文化的大碰撞、大交流、大融合，為創造民族新文學帶來了無限的生機。「五四」新文學的方向，就是中國現代文學的方向。但是，在民族形式論爭中，卻出現了否定「五四」新文學的論調。針對「中心源泉」論者把「五四」新文學的形式一概貶之為「歐化東洋化的移植性形式」的觀點，茅盾指出其錯誤在於「把『五四』以來受了西方文藝影響的新文藝形式等看作是完全不適於『中國土壤』，或者是『中國土壤』上絕對不能產生的外來的異物，而不知各種文藝形式乃是一

〔註9〕　《小說新潮欄宣言》，《茅盾文藝雜論集》上冊。
〔註10〕　《問題的兩面觀》，《茅盾文藝雜論集》下冊。

定的社會經濟的產物，社會經濟的發展到了一定的階段時，就必然要產生某種文藝形式」。〔註11〕「五四」新文學誠然存在著某種歐化傾向，但決不是全盤西化。文學民族化要克服「五四」文學的缺點，但是必須繼承其優良傳統，發揚其對外開放、革故納新的精神。文學民族化和現代化決不是背道而馳的。在《抗戰期間中國文藝運動的發展》中，茅盾更進一步指明了「中心源泉」論的危害：「曲解者最足誤人的議論，尤在於抬高民間形式爲『民族形式』的中心源泉之外，又無條件地排斥世界文學的優秀傳統，不惜自居於『思想上的義和團』，並且他又抹煞了『五四』以來文藝運動的成果，而成爲客觀上與今天中國思想界的復古逆流相呼應而爲之張目。」一向以穩健、寬和著稱的文學巨匠茅盾，憤激之情於此溢於言表。這是可以理解的。茅盾之所以在這裡痛下針砭，是因爲他深知文學民族化決然離不開現代化，離不開借鑒外國文學，離不開繼承開放的「五四」新文學的優良傳統。新文學的民族化運動如果在批評「五四」新文學某種程度的歐化缺點時，連同其卓著成果和正確方向也否定了，那麼這樣的運動又意味著什麼呢？不難看出，在文學民族化和現化關係方面，茅盾表現了一種清醒的現代意識，這是十分可貴的。

（《文史哲》1987 年第 2 期）

〔註11〕《舊形式、民間形式與民族形式》，《茅盾文藝雜論集》下冊。

論茅盾在「民族形式」論爭中的
理論貢獻

　　在 1940 年前後關於民族形式問題的論爭中，現代文學巨匠茅盾不僅從形式上對新文藝作了深入的探討，而且就內容和形式、普及和提高、文藝和生活等根本問題發表了十分透闢的見解。這些見解大都超出了形式問題的範疇，高屋建瓴，鞭辟入裡，顯示了一個成熟的馬克思主義理論家的遠見卓識。唯其如此，儘管茅盾直接參與論爭較晚，已在郭沫若等人有了結論性的意見之後，但郭沫若仍譽稱「他的文章是我們的主張的最好補充與發展」。〔註 1〕有趣的是，茅盾的這些見解和迄今已出版的新文學史關於「民族形式」論爭的評價可以形成鮮明的對照：新文學史上指出的這場論爭所存在的問題，茅盾還在論爭中多半就已給與敏銳的關注和不同程度的闡發了。時光流水的沖洗越發顯出了識見的光輝。雖然茅盾當時的見解未能左右論爭的發展，但是從中正可窺探茅盾見解的卓然不群，彌足可貴。茅盾在「民族形式」論爭中的理論貢獻，正在於此。

一

　　1949 年 7 月，茅盾在中華全國文學藝術工作者代表大會上對國統區的文藝運動作了總結，其中有分寸地評價了「民族形式」問題的論爭。在肯定「論爭的積極成果」在於「以後在文藝創作的形式上展開了比較多樣性的發展」的同時，茅盾進而指出了這場論爭的缺陷，認爲「文藝大眾化問題究竟不只

〔註 1〕　《戲劇的民族形式》第 62～63 頁，桂林白虹書店版。

是個形式問題，單就形式論形式，也就往往難免於陷入舊形式的保守主義的偏向，也就不能從思想上克服那對於文藝大眾化成為最嚴重障礙的小資產階級的思想及其文藝形式」。〔註2〕解放後出版的現代文學史，大都以此作為評述「民族形式」論爭的基調。唐弢先生在談到這場論爭的時候，也認為「爭論頭緒紛繁，概念也比較模糊，譬如過分糾纏於『中心源泉』（所謂民間形式是民族形式的『中心源泉』）的駁難，客觀上反而造成以民間替代民族的聲勢；過分熱衷於舊形式的利用（所謂『舊瓶裝新酒』），同樣存在著以形式削弱內容的嫌疑」。〔註3〕事實確乎如此。「民族形式」問題的論爭固然是文藝大眾化和利用舊形式討論的繼續和發展，是抗戰現實鬥爭的需要，其實質是要解決新文藝怎樣和民族特點相結合，更好地為人民群眾服務的問題，但是由於當時人們所關心的多半只限於文藝形式問題，例如向林冰甚至認為「表現形式」與否乃是「問題核心的所在」，〔註4〕其結果便只能是主要圍繞形式問題做文章。所謂「民族形式」，顯然不同於民族風格，說到底畢竟是個形式問題。形式雖有一定的獨立性，但離開內容講形式問題，是難於討論深透的。「民族形式」問題的討論儘管是合當其時的，但由於它強調的是形式，便不能不帶有自身的局限性。或者說，由於討論的是「民族形式」，而不是民族風格，在「民族形式」口號的規範和制約下，以形式為主旨的討論便無可避免地發生了某種傾斜。這樣，在討論中雖然時有有識之士從內容和形式的統一上或深或淺地提出問題，並未一頭陷入形式主義的泥沼，但就整個討論而言，確是存在偏重形式而忽略內容，以及相當程度的舊形式的保守主義的偏向。儘管如此，在討論中有識之士的見解仍然是值得注意的，其中的佼佼者，恐怕當推茅盾了。

　　1940年3月，還在「民族形式」問題的討論進入高潮之前，茅盾在《通俗化、大眾化與中國化》一文中，就對毛澤東同志所主張的「新鮮活潑的，為中國老百姓所喜聞樂見的中國作風與中國氣派」作了明確的說明，認為「『中國化』問題，第一個提出來的，是毛澤東先生」。茅盾在這裡所概括的「中國化」一語，也就是民族化，顯然包括內容和形式兩個方面的意義，它所要求

〔註2〕　茅盾：《在反動派壓迫下鬥爭和發展的革命文藝》，《茅盾文藝雜論集》第1247頁。

〔註3〕　唐弢：《西方影響與民族風格——中國現代文學發展的一個輪廓》，《文藝研究》1982年第6期。

〔註4〕　向林冰：《論「民族形式」的中心源泉》，《文學運動史料選》第4冊第425頁。

的是民族風格,而不僅僅是民族形式。在茅盾看來,「世界上無論哪一個國家
的文學,都各有獨特的風格。」「我們中國的眞正文藝作風既不是腐舊不堪的,
也不是全盤西化的,而是一種獨創特有的風格。」〔註 5〕他進而指出,「中國
化」與所謂「中國本位文化」不同,後者是「中國爲體」老調子的新裝,前
者則是要以辯證唯物論和歷史唯物論作武器,批判地吸收古今中外的歷史遺
產,深入新的歷史條件下民族的現實生活,創造在內容和形式上都具有民族
特點的新文藝。應該看到,像茅盾這樣一語中的地提出「中國化」問題,並
如此明確地對「中國化」作出界說,用以概括毛澤東同志上述文藝思想的,
在當時還是鮮見的。茅盾的這一界說具有重要的意義。我們知道,進步文藝
界關於「民族形式」問題的討論,無論解放區還是國統區,包括向林冰在內,
幾乎都是以擁護和貫徹毛澤東同志的文藝思想爲前提的。倘若討論不是主要
拘泥於形式問題,而是包括內容和形式在內的「中國化」問題,那麼整個討
論就會上昇到一個更高的層次上,眼光就會更爲開闊,不僅民族形式問題會
討論得更爲深入,而且可望在建立新文藝的民族風格上有所開拓。當然,從
「中國化」的高度提出問題的非止茅盾一人,但大都不是從總體上用以把握
毛澤東同志的文藝思想。眾所周知,在茅盾的上述文章發表之後三個月,郭
沫若在《「民族形式」商兌》一文中就指出,「民族形式」即是「中國化」或
「大眾化」的同義語,而「所謂『新鮮活潑的,爲中國老百姓所喜聞樂見的
中國作風和中國氣派』,更不啻爲『民族形式』作了很詳細的注腳」。郭沫若
的這段話歷來爲人們所稱道,它所指明的是「民族形式」的實質問題,是「民
族形式」和「中國化」之間的共同性,然而二者之間還有差異性,它們畢竟
不是一回事。這是不可不察的。至於其他人,例如艾思奇、巴人、胡風等,
都在自己的文章裡或直接或間接地談及「中國化」問題,或者從內容和形式
的統一上理解毛澤東同志的文藝思想,在不同程度上注意到了內容問題,這
是十分可貴的,但似乎多沒有像茅盾那樣把「中國化」問題提高到統馭全局
的位置上看待。而當毛澤東同志於 1940 年在《新民主主義論》中又一次指出
「中國文化應有自己的形式,這就是民族形式。民族的形式,新民主主義的
內容──這就是我們今天的新文化」之後,旨在形式爲主的討論便蔚爲高潮
了。

〔註 5〕 茅盾:《問題的兩面觀》,《茅盾文藝雜論集》第 822～823 頁。

　　1940 年 8 月，當茅盾在延安讀及《文學月報》「文藝的民族形式問題」特輯之後，給該刊主編孔羅蓀寫了一信，敏銳地指出了「民族形式」問題討論的潛在偏向：「『民族形式』之前途，可能有錯誤之傾向發生而滋長……以爲新文藝之不能深入大眾，主要在於形式，而不知內容亦與有關……今日言民族形式，倘拘泥於問題之表面，而誤以爲形式是大眾所熟悉，內容便無論怎樣都行，則亦不免背謬。」9 月，茅盾在闡明了文學的民族性和世界性的關係，並指出「民族形式」論題的意義在於促使「民族文學之更高的發展」，並爲世界文學奠定基礎之後，又說：「如果拘泥於字面上的『形式』二字，實未爲中肯。」〔註6〕茅盾反覆告誡人們，切不可僅僅從形式上看問題，形式固然重要，但是內容更重要，否則，就有可能出現傾向性的錯誤。不難看出，這時茅盾的著眼點仍是「中國化」問題，強調的仍然是內容和形式的統一。茅盾的告誡，對於當時圍繞形式問題展開的熱烈論爭，不啻具有振聾發聵的意義。誠然，在這前後茅盾也就形式問題寫過幾篇文章，但由於他的立足點高，所以不僅沒有在所謂「中心源泉」問題上糾纏不已，不僅入木三分地剖析了民族形式和舊形式，民間形式以及「五四」新形式之間的辯證關係，批評了舊形式的保守主義偏向，指明了創造民族形式的正確途徑，而且高屋建瓴地把握住了內容和形式的內在關係。在這方面，胡風於同年在《論民族形式問題》一書中所提出的見解也特別值得注意。胡風提出，「文藝運動應該在方法上在內容上提出和現實情勢相應的口號」，應「從內容的把握出發」，「不要離開實際的文藝發展過程和現實的文藝鬥爭情勢」。在他看來，「民族形式」的討論是有意義的，但是適應現實生活的需要，文藝運動應該提出包含內容的更完滿的口號。胡風的見解，和茅盾的上述主張實際上是一致的。遺憾的是他們的這些正確的意見，當時似乎未能引起人們應有的重視。

　　及至 1941 年，在「民族形式」的論爭高潮之後，茅盾得以用更爲清醒冷靜的眼光看待這場文藝運動，對「民族形式」這一眾說紛紜的口號作了精闢的概括，這就是大家所熟知的這樣一段話：「『民族形式』的正解，顯然是指植根於現代中國人民大眾生活，而爲中國人民大眾所熟悉所親切的藝術形式，這裡所謂熟悉，當然是指文藝作品的用語、句法、表現思想的形式，乃至其他的構成形象之音調、色彩等等而言，這裡所謂親切，應當指作品中的生活習慣、鄉土色調、人物的聲音笑貌舉止等等而言。」〔註7〕茅盾在這裡是

〔註 6〕 茅盾：《舊形式、民間形式與民族形式》，《茅盾文藝雜論集》第 868 頁。
〔註 7〕 茅盾：《抗戰期間中國文藝運動的發展》，《茅盾文藝雜論集》第 897 頁。

從內容出發爲「民族形式」作詮解的，其中關於「親切」一解，簡直使你分不清究竟是講內容還是形式，或者就是如同潘梓年在民族形式問題座談會上所說的一種「內形式」，這是把內容和形式融爲一體了。因之，茅盾的這段話不妨可以看作也是爲「民族風格」作界說的。就在同一篇文章裡，茅盾同樣強調了在新的歷史條件下文藝運動的內容：「內容問題，無疑的必須是抗戰的現實。今天最迫切的要求解放，最勇敢地站在前線，忍受罕有的痛苦而支持抗戰到底的，是人民大眾，所以抗戰的現實，不能不是中國人民大眾的覺醒，怒吼，血淋淋的鬥爭的生活。……中國作家所必須反映者，正是這樣的抗戰的現實。」茅盾的這段話，說得何等好啊！緊密結合現實生活的內容談論民族形式問題，是茅盾考察文藝運動的出發點和落腳點，他是從不離開內容奢談形式的。

　　綜上所述，茅盾從內容和形式的統一上看待「民族形式」問題，不僅是一以貫之的，而且是堅定執著的。實際上，重視文藝的民族特點，是茅盾文藝思想的一個重要組成部分。還在「五四」時期，茅盾就大聲疾呼要創造反映「民族性」的「民族的文學」，[註 8] 認爲「一國之文藝爲一國國民性之反映、亦唯能表見國民性之文藝能有眞價值，能在世界的文學中占一席地」。[註 9] 並爲創立新文藝的民族風格，從理論和創作實踐上作了不懈的努力。文藝的民族風格，是根源於內容表現於形式的，體現了民族精神個性和創作個性統一的特點。「無論如何，在任何意義上，文學都是民族意識，民族精神的花朵和果實。」[註 10] 正是從內容和形式統一的認識出發，茅盾始終以清醒而冷靜的態度看待並參加「民族形式」問題的討論。在他看來，「凡屬文化範疇的任何運動，到了一定的階段時，形式問題與內容問題無法截然分離；由內容出發者，固然非到了創造出合乎內容的形式不止，而由形式出發者，亦勢必牽連到內容問題。」[註 11] 然而，「民族形式」問題的討論最終卻沒有給予內容問題以應有的關注，這就不能不影響到新文藝形式本身和民族風格的深入探討，乃至新文藝的發展，這是令人引以爲憾的。馬克思在談及內容和形式的關係時指出：「內容和形式一起構成藝術品，兩者應該互相補充，構成統一的整體。沒有形式就沒有藝術品，但是只有形式而無重要

[註 8]　茅盾：《新文學研究者的責任與努力》，《茅盾文藝雜論集》第 31 頁。
[註 9]　茅盾：《〈小說月報〉改革宣言》，《茅盾文藝雜論集》第 21 頁。
[註 10]　《別林斯基論文學》第 73 頁，新文藝出版社 1958 年版。
[註 11]　茅盾：《通俗化、大眾化與中國化》，《茅盾文藝雜論集》第 827 頁。

內容，也就沒有文學藝術。」〔註 12〕這對評價「民族形式」問題的討論是富有指導意義的。

二

1946 年 1 月，茅盾在回顧抗戰文藝運動的時候，不無感慨地說：作為革命文藝運動方向的大眾化問題，「要放在普及與提高的『辯證的』過程中求解決，不能分離出來；這一認識，我以為是最近幾年來從最寶貴的經驗中所得的結論」。〔註13〕這裡所說的大眾化問題，如同上述茅盾在中華全國文代會上的報告中所說的一樣，當然是包括「民族形式」問題的討論在內的。「民族形式」問題的討論，是作為大眾化文藝方向的一個環節提出的，茅盾在這裡是從總結經驗教訓的角度，對包括「民族形式」問題討論在內的大眾化文藝運動所作出的切中肯綮的批評。正確處理普及與提高的關係，被茅盾看作是「從最寶貴的經驗中所得的結論」。這是一個至關重要的見解。雖然對此茅盾沒有展開論述，以後似乎也沒有再作申述，只不過是委婉地提出了問題，但是聯繫茅盾在「民族形式」論爭中的文學主張，聯繫文藝運動的實際進行考察，卻是發人深思的。

從總體上看，「民族形式」的論爭對於普及和提高的關係處理得如何呢？通過這場論爭，對於新文藝的藝術水平產生了怎樣的影響？對於這樣重大的問題，已版的新文學史似乎都未論及。今天，當我們以美學觀點和歷史觀點相統一的眼光，從文藝發展的角度來重新審視「民族形式」論爭的時候，便不能不看到：這場論爭確實存在注重普及而忽略提高的偏向。這當然是有深刻的社會歷史原因的。並不是文藝家不想提高，而是出於抗日的現實鬥爭的需要，出於為喚起民眾投身抗戰這一神聖使命的需要，文藝家便不能不首先適應民眾低下的文化水準，全力以赴地在普及方面做文章。這是可以理解的，是在特殊歷史條件下的文藝現象。生死存亡的民族鬥爭生活環境，要求文藝充分地發揮其教育啟蒙工具作用。任何有愛國心有良心的文藝家，都會把文藝為抗戰服務看作是合情合理，天經地義的。所謂「與抗戰無關」說之所以受到文藝界的一致抨擊，其原因即在於此。抗戰以來，新文藝一改以往老是停滯在狹小的圈子裡的局面，在朝著大眾化的方向上前進中取得了長足的發

〔註12〕轉引自〔德〕H‧E‧西格里斯特：《為人類工作》第 7 頁。
〔註13〕茅盾：《也是漫談而已》，《茅盾文藝雜論集》第 1133 頁。

展。這樣,「民族形式」問題的討論納入大眾化文藝運動之中也就順理成章了。但是,「民族形式」問題和大眾化畢竟不是一回事,儘管它們之間有著緊密的關係,前者卻不是後者所能規範了的,否則,就淹沒了「民族形式」的應有之義。茅盾就不贊成馮雪峰關於《阿 Q 正傳》是「典型的大眾文藝」之說。認為這頭銜「不甚得體」。〔註 14〕由於「民族形式」討論注重於大眾化問題,強調的是文藝的宣傳教育功能,也就不能不影響到文藝作品的美學價值。當然,這裡所說的「影響」,是就整個大眾化文藝運動的影響而言的。如果說 40 年代解放區的文藝創作沒有出現多少鴻篇巨製,在現代文學史上並未形成高峰,那麼,究其原因,除了社會歷史環境的制約之外,恐怕不能不與包括「民族形式」討論在內的大眾化文藝運動的偏頗有著某種聯繫。就是說,未能妥善處理普及和提高的關係,在相當大的程度上遷就了民眾低下的文化水準。單就「民族形式」討論來說,對其影響自然未便誇大,唐弢先生就指出,文藝評論家的這一討論和作家對民族風格的追求是同步進行的,「可能互相促進,而不存在誰促進誰的問題」。〔註 15〕這也許不無道理,但影響還是不能抹煞的,問題是什麼樣的影響。

在「民族形式」問題的討論中,茅盾就普及和提高的關係問題發表了許多有益的見解。要而言之,主要有以下幾點。

關於「適合於民眾的趣味」和「提高民眾的趣味」的問題。文藝為抗戰服務,文藝大眾化,就要適應人民大眾的審美趣味和欣賞習慣。另一方面,新文藝不能總是停留在一個水平上,為了自身藝術質量的提高,還要通過文藝作品培養和陶冶人民大眾的美好情操和欣賞能力,以提高他們的文化水準和美學趣味。就此,茅盾指出:「我們要適合於民眾的趣味,但是同時要提高民眾的趣味;『大眾化』的工作,就是要依著這樣的原則去進行的。」〔註 16〕又說:大眾化「在內容方面和形式方面都以『既不脫離大眾,又不做大眾的尾巴』為原則……一篇作品單有了前進的宇宙觀和人生觀還是嫌不夠,更必須充溢著大眾的生活色彩及意識情緒,於是『大眾化』工作便有了『教育大眾』與『向大眾學習』這兩方面。」(同上)可見,茅盾總是強調問題的兩個方面,並且把它看作是大眾化的原則。「適合於民眾的趣味」和「提高民眾的

〔註 14〕茅盾:《也是漫談而已》,《茅盾文藝雜論集》第 1132 頁。
〔註 15〕唐弢:《西方影響與民族風格──中國現代文學發展的一個輪廓》,《文藝研究》1982 年第 6 期。
〔註 16〕茅盾:《通俗化、大眾化與中國化》,《茅盾文藝雜論集》第 829 頁。

趣味」兩者是不可偏廢的，如果偏執於一端，不是降低藝術水準，滯留於通俗文藝的水平，就是脫離群眾，關在象牙之塔裡作文章。正如茅盾在談及文藝的通俗化時所指出的：「『通俗』是必要的，但同時須求『質的提高』，二者是一物的兩面，決不衝突。」〔註17〕由此出發，茅盾對新文藝的通俗化、大眾化和民族形式等問題作了廣泛而又深入的探討，形成了頗為辯證的新文藝觀。例如，在論及回敘手法的時候，茅盾說：「其實『回敘』這手法，本屬遷就理解力較低的讀者的一種方法，而且也是小說技術發展尚在初階段時一種簡便的手法。文藝技術之發展，本與一般讀者文化水準之高低，相應而相倚。……就今日中國大眾的文化水準而言，通俗作品中應用『回敘』，以便交待清楚，似乎還是需要的。」〔註18〕對於技術簡便的回敘手法，茅盾是在當時通俗文藝應用的意義上給予肯定的。顯然，茅盾是把文藝及其讀者對象劃分為不同層次，區別對待的。對於舊形式的應用也是如此。在老百姓那裡，「一般西洋的小說，他們老是看不入眼。他們熟悉的是舊形式，所習慣的是舊形式，所以我們必須用舊形式來作為達到文藝大眾化的手段，完成抗戰的使命」。〔註19〕「我們為了抗戰的利益，應該把大眾能不能接受作為第一義，而把藝術形式之是否『高雅』作為第二義」。〔註20〕這同樣也是建立在普及和提高相統一的文藝觀基礎之上的。雖然茅盾看重的是文藝的實用功利價值，但也並未放棄其藝術價值。需要說明的是，在「民族形式」論爭中，對藝術質量給予關注的非止茅盾一人。胡風就提出不應「要求每一篇作品都同樣地被一切讀者『喜聞樂見』，做不到就反過來槍斃藝術力高的文藝」。〔註21〕何其芳則講得更為明確：「我認為對於大眾化會不會降低已經達到的藝術水準這個問題應該辯證地理解，辯證地答覆。我的答覆是這樣：假若這種大眾化不是指目前的，而是在一個長期的過程之後的，即一方面作者們的作品在內容和形式上都已經更大眾化而大眾本身的文化水準又已經提高到能夠欣賞藝術的作品，那當然不會，假若是指目前的，以利用舊形式為主的，即為了影響文化水準較低的大眾去參加抗戰而採取的那種部分的臨時的辦法，那無疑地是會或多或少地降低一些的。」〔註22〕抗戰文藝的實踐表明，這一預斷不幸而

〔註17〕 茅盾：《質的提高與通俗》，《茅盾文藝雜論集》第 730 頁。
〔註18〕 茅盾：《關於〈新水滸〉》，《茅盾文藝雜論集》第 841 頁。
〔註19〕 茅盾：《問題的兩面觀》，《茅盾文藝雜論集》第 822 頁。
〔註20〕 茅盾：《文藝大眾化問題》，《茅盾文藝雜論集》第 697 頁。
〔註21〕 胡風：《論民族形式問題》第 86、23、30 頁，海燕書店 1950 年版。
〔註22〕 何其芳：《論文學上的民族形式》，《文學運動史料選》第 4 冊第 412 頁。

言中了。何其芳的直截了當，爲茅盾所不及，不過似乎未能站到像茅盾那樣的理論高度上看問題。

關於區別藝術和宣傳品的問題。如同魯迅認爲一切文藝都有宣傳作用，而宣傳品並不就等於藝術品一樣，茅盾在「民族形式」論爭中，總是清醒地劃分了兩者的界限。在茅盾的心目中，爲了抗戰的需要，利用民眾所樂於接受的文藝形式進行宣傳是必要的，應當大力發揚，但宣傳品畢竟不同於藝術品，不可把兩者相提並論；文藝家的責任，還在於創作更高的具有民族特點的藝術品。他說：「把屬於宣傳教育的通俗化工作與屬於文藝創作的民族形式的建立，混爲一談，實是不小的錯誤。」〔註23〕就形式而言，宣傳教育的通俗化，可以原封不動地利用舊形式，可以遷就民眾的欣賞趣味，而建立新文藝的民族形式，則非批判地吸收舊形式和外來形式中的精華，揚棄其糟粕不可。當然，這要培養並提高民眾的審美能力。「如果爲了遷就民眾的低下的文化水準，而把民間形式作爲教育宣傳的工具，自然不壞；但若以之爲將要建設中的民族形式的中心源泉，則是先把民眾硬派爲只配停留於目前的低下的文化水準，那是萬萬說不過去的謬說。」〔註24〕茅盾對「中心源泉」論者的這一批評，不僅包含了對民眾提高文化水準的信賴，而且顯然是把具有民族形式的文藝作品置於比宣傳品高得多的位置上看待的。「我們現在所要創造的民族形式並非即是現有的民間文學的形式，我們所希望的，是比這更高級更完善的東西。」〔註25〕實際上，藝術質量高的文藝作品也就是感染力高的宣傳品。然而爲茅盾所寄予厚望的具有民族形式的新文藝，由於社會歷史條件的限制，由於社會功利價值的過分制約，當時並未大批地出現。而被周揚稱爲「作爲一種大眾宣傳教育之藝術武器而起來的」，〔註26〕利用舊形式的文藝卻應運而生，十分繁榮。對此，文藝界的有識之士認識是清醒的。郭沫若說：「民間形式利用，始終是教育問題，宣傳問題，那和文藝創造的本身是另外一回事。就如教書和研究是兩件事的一樣，教書要力求淺顯，研究要力求精深。……不能專事遷就，把研究降低或停頓，那樣便決不會有學術的進步。」〔註27〕周揚則在《我們的態度》一文中說：「我們不贊成大眾化的形式只是爲

〔註23〕茅盾：《舊形式、民間形式與民族形式》，《茅盾文藝雜論集》第867頁。
〔註24〕茅盾：《舊形式、民間形式與民族形式》，《茅盾文藝雜論集》第861頁。
〔註25〕茅盾：《論如何學習文學的民族形式》，《茅盾文藝雜論集》第859頁。
〔註26〕周揚：《對舊形式利用在文學上的一個看法》，《文學運動史料選》等4冊第423頁。
〔註27〕郭沫若：《「民族形式」商兌》，《文學運動史料選》第4冊第444頁。

了宣傳的那種見解。我們相信從他們裡面可以產生出眞正藝術作品，藝術和大眾將在抗戰中開始進一步的結合。另一方面，我們也不同意於不爲大眾所理解的作品在今天就沒有存在的權利的那種偏激的說法。」他們既反對一味降低文藝的藝術價值，專事遷就民眾的偏頗，也反對那種認爲大眾化文藝運動中產生不出優秀的藝術品看法，主張旨在教育宣傳的通俗化文藝和高質量的藝術創造齊頭並進，這和茅盾的見解是一致的。區別宣傳品和藝術品，或者說注重文藝的教育認識作用還是美感作用，實際上包含著怎樣正確處理普及和提高的關係問題，如果偏執一端，只重宣傳而忽略藝術，那實際上等於取消了文學的個性，也就是取消了文學，那文學的發展又從何談起呢？

關於文藝的民族形式和大眾化的關係問題。茅盾認爲，一方面前者是後者的深入和發展，「發展到更高一階段與更深一層」；但是另一方面，「大眾」畢竟不等於「民族」，「在『大眾化』問題中，尚缺乏濃厚的歷史性」，中國化的提出則帶來了「更廣（民族性）與更深（歷史性）的內容」，〔註28〕因而「民族形式」問題又不能簡單地納入大眾化的範疇。文藝的民族形式問題，乃至中國化問題，更著重於藝術質量的提高，是文藝通向世界的必由之路，它可以是大眾化的，也可以是更高層次上的藝術精品。看到文藝的民族形式和大眾化之間的差異性，較之看到它們之間的共同點更有意義。這樣，眼光就會更爲開闊，目標就會更爲高遠。對此，文藝界也有人給予注意。沙汀指出：「我們理想的民族形式的目標，……在內容上只要是站在大眾的利益上，能有藝術的成分，雖然不爲大眾所理解，也不能否認它的價值，在不損害藝術價值外，努力使之爲大眾所接受。」〔註29〕這是把藝術價值而不是把大眾化放在首要位置上的。潘梓年在新文藝民族形式問題座談會上的發言更明確指出：「民族形式問題的提出，不是簡單地要求大眾化，而是要求整個新文藝品質的提高。」注重新文藝的藝術質量，本是「民族形式」討論的應有之義，然而討論卻未給予應有的關注，以致偏於舊形式的保守主義。這是令人遺憾的。

三

力圖用馬克思主義的文藝思想，特別是其中關於文藝和生活的理論爲武器說明複雜的文藝現象，探討民族形式及其相關的問題，是民族形式論爭的

〔註28〕 茅盾：《通俗化、大眾化與中國化》，《茅盾文藝雜論集》第 829 頁。
〔註29〕 《民族形式座談會筆記》，《文學運動史料選》第 4 冊第 471 頁。

一個顯著特點。無論是解放區還是國統區，像這次論爭這樣一致，這樣認眞地響應和接受馬克思主義文藝思想，在以往文藝運動中似乎還是不曾有過的。從這樣的意義上可以說，這是文藝界的一次學習和運用馬克思主義文藝思想的運動。在論爭中，一些人表現了相當突出的馬克思主義水平，茅盾即是其中之一。

在文藝和社會經濟的相互關係上，茅盾強調經濟基礎的制約作用。他指出，「各種文藝形式乃是一定的社會經濟的產物，社會經濟的發展到了一定的階段時，就必然要產生某種文藝形式」，「無論在世界哪一國，只要有了同樣的『社會經濟的土壤』以及『階級的母胎』，便會開放出同一類花來」。〔註 30〕一般說來經濟基礎決定上層建築，不同的社會經濟產生不同的文藝形態，這是馬克思主義文藝理論的基本原理之一。唯其如此，「五四」以來新民主主義的新現實，所要求的只能是與之相適應的具有新內容新形式的文藝，它當然主要來自新的現實生活，更多地借鑒和吸引外來形式的長處，而不是來自民間形式或其他舊形式。新文藝民族形式的創造，當然也是如此。「我國固有文藝形式中的一些『特徵』，實在都是封建社會經濟的產物，乃中外各國封建文藝所共有，決非中國民族所獨具。」〔註 31〕因之，茅盾認爲它們並不是民族形式，而不過是過時的舊形式而已。在這方面，周揚、胡風等人的論述也很值得注意。周揚認爲：「舊形式具有悠久歷史，在人民中間曾經、現在也仍然是佔有勢力。這是中國封建社會長期停滯及半封建的舊經濟舊政治尙在中國佔優勢的反映。」「文藝上的新內容新形式是新經濟政治的反映和產物，……要完全地恰當地表現民主主義的新內容，那適合於表現封建主義舊內容的形式就成了新內容的桎梏……。」〔註 32〕胡風的見解似乎還高一籌，他不僅指出「新的文藝現象是『從生活裡面出來』」，而且指出文藝形式相對的獨立性，「因而特定文藝形式底崩潰就遠遠地落在它的特定社會存在底崩潰後面」。〔註 33〕他們這些見解，是就舊形式的整體而言的，今天看來或許不盡完善，但在當時卻是可貴的。

在對民間形式的評價上，茅盾堅持批判地繼承的原則。和「中心源泉」

〔註 30〕茅盾：《舊形式、民間形式與民族形式》，《茅盾文藝雜論集》第 860 頁。
〔註 31〕茅盾：《舊形式、民間形式與民族形式》，《茅盾文藝雜論集》第 863 頁。
〔註 32〕周揚：《對舊形式利用在文學上的一個看法》，《文學運動史料選》等 4 冊第 413
　　　～416 頁。
〔註 33〕胡風：《論民族形式問題》第 86、23、30 頁，海燕書店 1950 年版。

論者全盤肯定民間形式以及葛一虹全盤否定民間形式不同，茅盾對民間形式作了一分爲二的剖析，令人信服地回答了從中應該揚棄什麼和吸收什麼的問題。「這五光十色的民間文藝，都是千百年大眾生活經驗、意識情緒之結晶，與大眾有血肉不可分離的關係，但同時，這一切中間，也纏滿了千百年來封建意識的葛藤，也滲透了千百年來長期被壓迫而產生的退讓保守的心理。」〔註34〕在這總的認識之下，茅盾進而具體地分析了「爲封建社會的生產力與生產關係之反映，同時又爲封建社會一般低下的文化水準所扭曲而成」的民間形式的特徵，諸如「韻文」的壓倒優勢，與人物性格無關的贅疣的描寫，以及表演的定型化等等。此外，「結構的散鬆，敘述的平直，部分的描寫過於細膩，『交代清楚』，缺乏暗示——這一切，又都是民間形式的『特徵』，然而這種種，無非是從封建的農村生活之弛緩、散漫、遲鈍所形成」。〔註35〕而「『口頭告白』性質的『民間形式』，則正是中國封建社會中最落後的階層（農民階級）的產物，縱使其中含有如高爾基所稱的長期積蓄的民眾機智的金屑，然而其整個形式斷然是落後的東西」。〔註36〕「民間形式中的某些部分（不是民間形式的某一種，而是指若干形式中的某些小部分），尚具有較高的藝術性，可以作爲建立民族形式的參考，或作爲民族形式的滋養料之一」。〔註37〕綜觀各家關於民間形式的論述，可知像茅盾這樣嫻熟地運用馬克思主義文藝理論武器，如此透闢地分析問題的人，在當時還是鮮見的。

在建立新文藝民族形式的途徑上，茅盾注重現實主義道路。在茅盾看來，「民族形式，尤其是新文學的民族形式，在今天還沒有多少現成的樣子可使我們據以爲『粉本』，則是一個事實。在今天，文學的民族形式，還有待我們……去創造出來。」〔註38〕在深入探討的基礎上，茅盾概括地指明了其創造的基本途徑：「新中國文藝的民族形式的建立，是一種艱巨而久長的工作，要吸取過去民族文藝的優秀的傳統，更要學習外國古典文藝以及新現實主義的偉大作品的典範，要繼續發展五四以來的優秀作風，更要深入於

〔註34〕茅盾：《通俗化、大眾化與中國化》，《茅盾文藝雜論集》第 829 頁。
〔註35〕茅盾：《舊形式、民間形式與民族形式》，《茅盾文藝雜論集》第 866 頁。
〔註36〕茅盾：《舊形式、民間形式與民族形式》，《茅盾文藝雜論集》第 865 頁。
〔註37〕茅盾：《舊形式、民間形式與民族形式》，《茅盾文藝雜論集》第 863 頁。
〔註38〕茅盾：《論如何學習文學的民族形式》，《茅盾文藝雜論集》第 844 頁。

今日的民族現實，提煉鎔鑄其新鮮活潑的質素。」〔註39〕而其中最要緊的，
還是走現實主義道路，真實地表現本民族人民大眾的生活面貌。民族生活的
土壤裡不僅蘊含著深厚的民族性，而且從中可以創造出與新文藝內容相適應
的民族形式。「在這樣忠實於現實的技巧中，就有了民族形式的最主要的核
心。」〔註40〕茅盾認為，深入民族的現實生活如同進山採礦，利用既有的
形式，「好比是應用現存的銅鐵以鑄器，而不是自己開礦煉銅；現成的銅鐵
固然要利用，但入山採礦更要緊」。〔註41〕茅盾的上述見解，和別林斯基所
說的「任何民族的生活都表露在只被它所固有的形式之中。從而，如果生活
描繪是忠實的，那也就必然是民族的」〔註42〕主張是一致的。對此，周揚
的論述也十分明確：「民族新形式之建立，並不能單純依靠於舊形式，而主
要地還是依靠對於自己民族現實生活的各方面的縝密認真的研究，對人民的
語言、風習、信仰、趣味等等的深刻瞭解，而尤其是對目前民族抗日戰爭的
實際生活的艱苦的實踐。離開現實主義的方針，一切關於形式的論辯，都將
會成為繁瑣主義和空談」；「用簡潔明瞭的文字形式，在活生生的真實性上寫
出中國人來，這自然就會是『中國作風與中國氣派』，就會是真正民族的形
式」。〔註43〕郭沫若、艾思奇等人在這個問題上也有精到的論述。他們和茅
盾一起，堅持新文藝民族形式的現實主義道路，代表了當時的正確方向。

以上，我們著重從內容和形式，普及和提高以及文藝和生活的關係問題
上，論述了茅盾在「民族形式」論爭中的理論貢獻。茅盾的貢獻在於，或見
人所未見，或論人所少及，在不同程度上表現了一個馬克思主義文藝理論家
的真知灼見。茅盾在「民族形式」論爭中的理論主張當然不止於此，其他諸
如在抗戰新文藝的民族形式和五四新文藝形式、外來形式的關係等問題上，
同樣也有很多有益的見解，這裡就不一一論列了。由於戰爭環境的制約和歷
史條件的局限，以及文學功利觀念的過分影響，茅盾當時的見解也不都是無
懈可擊的，例如對於「民族形式」討論的應有之義，包括新文藝民族形式的
基本形態，以及與之相應的民族性格和民族精神等問題未能作必要探討，未

〔註39〕茅盾：《舊形式、民間形式與民族形式》，《茅盾文藝雜論集》第 867 頁。
〔註40〕茅盾：《戲劇的民族形式問題》，《茅盾文藝雜論集》第 878 頁。
〔註41〕茅盾：《論如何學習文學的民族形式》，《茅盾文藝雜論集》第 858 頁。
〔註42〕《別林斯基論文學》第 79 頁，新文藝出版社 1958 年版。
〔註43〕周揚：《對舊形式利用在文學上的一個看法》，《文學運動史料選》等 4 冊第 424
頁。

能密切聯繫創作實際，著重從文藝內部規律，特別是美學特徵方面考察問題，等等。茅盾的缺憾也是當時文藝論爭的缺憾。當然，「民族形式」論爭的缺憾或許不止於此。如果我們站到歷史的制高點上，把 40 多年前的這場論爭置於新文藝發展的長河中進行反思，便不能不發現這場論爭所關注的主要是文藝的外部規律，甚至只是外部規律的某些方面，至於其他方面，諸如在民族化和現代化、民族形式和外來形式的關係這樣重大的問題上，總的說來或者未能涉及，或者討論不夠，而對新文藝內部規律的探討就更少了。誠然，茅盾等人一直堅持新文藝的民族化應以五四新文藝為基礎，但是實際上論爭中在批評五四新文藝的歐化傾向時，也忽略甚至排斥了其現代的開放意識，以致削弱甚至放棄了對外國文藝的借鑒，其結果新文藝便不能不陷在狹窄的天地裡，在某種程度上游離了五四文藝的傳統，逐步走向封閉，從而延緩了文藝現代化的進程。這自然是有深刻的社會歷史原因的。「民族形式」問題論爭之後，茅盾繼續從理論和創作實踐上對新文學的民族化問題作了深入的探索，形成了更為完備的理論主張。這是和本文既有聯繫更有區別的論題，筆者另有專文論及，這裡就不贅述了。

（《茅盾研究》第 4 輯，文化藝術出版社 1990 年 3 月版）

第 4 輯

論茅盾旅日散文的憂患意識

　　茅盾旅日時期的散文，在他的散文創作乃至整個文學生涯中有著不容忽視的意義。這些散文不僅在藝術上大都堪稱美文，而且坦誠地表現了自我，表現了作家處在特定歷史條件下的真實心態。這是一個含蘊豐富的世界。在這個世界裡，悵惘和希望交織，憂鬱和奮爭並存，所有痛苦的反思、激蕩的搏鬥，勇敢的抉擇，執著的追求，所有時代的、階級的、個人的情緒，都被籠罩在一層苦悶的霧幔裡了。唯其如此，這又是一個未被深入認知的世界。歷來的研究者往往淺嘗輒止，未能穿越霧幔入於堂奧，而且大都簡單地看待其霧幔而多有非議，似乎只有高亢昂揚的情緒才值得稱道，而苦悶憂鬱則一定是不足取的。然而，只要我們把茅盾的旅日散文置於作家彼時的人生道路上進行考察，準確地把握其心靈的律動，並穿過霧幔般苦悶的內涵加以剖析，那麼，就不僅會看到一個真實的人的誠實情懷，而且會看到一個革命戰士深沉的憂患意識。

一

　　大革命失敗後，茅盾經歷了一生中少有的苦悶時期。這種苦悶的情緒，最先在《蝕》三部曲特別是《追求》中流露了出來。茅盾之所以隻身東渡，當然是為了逃避蔣介石的通緝，同時也希圖通過環境的改變癒合心靈的創傷，獲得「蘇生的精神」。然而，由於茅盾身受的挫傷過於嚴重，更由於茅盾畢竟是一位不能忘懷於革命事業的戰士，因而實際上亡命日本之初苦悶情緒並未消除。這種情緒在他的小說創作中有所反映，在散文小品中則表現得更為直接和突出。茅盾的旅日散文共有 12 篇，全是 1929 年 1 月至 8 月在京都

所作。大致說來，它們可以分作兩類。

　　一類是借景抒情、託物言志，而以抒發內心情緒為主的散文詩似的小品。這類散文所捕捉和表現的，是心靈深處鬱積既久的某種意緒，它們一旦和客觀世界的某種風物相契合，就會賦予對象以特定的負載，藉以表達彼時彼地的獨特感受和心境，因而往往帶有濃鬱的象徵意蘊。《霧》從自然景物的描摹入手，在實寫了濃霧遮沒了山峰，「吞噬了一切，包圍了大地」的情景之後，徑直抒發了作家「詛咒這抹煞一切的霧」的憤激之情。它是實寫心境，又是虛寫社會環境。愁霧漫漫的自然環境，不正是大革命失敗後國內政治環境的寫照麼？而茅盾「滿心想掙扎」的心境，也正是他在革命鬥爭中不甘消沉，奮力抗爭的自白。在霧幔般混沌迷茫的時局下，茅盾雖然一時找不到出路，但並未逆來順受，也未偃旗息鼓，更未躲進象牙之塔裡孤芳自賞，而是在掙脫，在探求，在尋找達到勝利彼岸的正確道路。「路漫漫其修遠兮，吾將上下而求索。」幾個月前茅盾為《幻滅》扉頁所題寫的屈原名句，依然可以真實地反映此時的心態。較之移情於景、直抒胸臆的《霧》說來，《賣豆腐的哨子》抒情性更重，意境更為蘊藉。尋常的賣豆腐哨聲，引發了作家難言的「悵惘」；從夜市景象中，感受到了小販們「心的哀訴」。篇末，又以大霧彌天作結。又是「愁霧」，這時代低氣壓的象徵！一個「愁」字，道出了作家心底的多少苦悶啊！儘管作家否認自己懷有「漂泊者的鄉愁」，也否認自己有對「煙雲似的過去」的追懷，但正所謂「道是無情卻有情」，在文章迴環往復、一波三折的詠歎中，讀者從字裡行間是不難體味到作家「心的哀訴」的。同樣，散文《虹》的社會性內容也很突出。作家從現實環境想到中古騎士，又從現實的彩虹想到希臘神話，點睛之筆在於，虹「是美麗的希望的象徵！但虹一樣的希望也太使人傷心。」這當然是有感而發。彩虹可以給人以美麗的幻想，但彩虹易散，結果無非是一場虛幻而已。在茅盾看來，這正如「左」傾盲動主義者的宣傳一樣，那脫離實際的預約券其實是不能兌現的。作品借虹抒懷，卒章顯志，對困擾人心的盲動主義作了嚴厲的針砭：「像中世紀騎士那樣站在虹的橋上，高揭著什麼怪好聽的旗號，而實在只是出風頭，或竟是待價而沽，這樣的新式騎士，在『新黑暗時代』的今日，大概是不會少的吧？」如果考慮到該文寫於 1929 年春這樣的時代，就可以瞭解茅盾對政治鬥爭的思考具有怎樣的深刻性。此外，《叩門》等作品也以象徵手法對文藝界的圍攻者作了嘲諷（茅盾晚年在回憶錄中稱「事後深悔有

失厚道」)。總之,茅盾的這類小品雖也描寫了霧、虹等自然景觀和哨音、叩門聲等某種情調,但並不重在表現異國風情,而是重在抒寫胸中塊壘,在情景交融的詩意境界中抒發濃鬱的意緒和感受。情動於中而形於外,在作家的審美觀照下,本來平常的景物被染上了鮮明的情感色彩,所謂景語也就成為情語了。

另一類是寓情於景,情隨物移,而以記敘異國風情為主的散文小品。最典型的作品是《紅葉》和《櫻花》。春季賞櫻花,秋季觀紅葉,並為日本風俗之勝事。茅盾幽居京都時雖然心緒不佳,但為了排遣愁悶,還是約伴作了專程觀賞。《紅葉》在記述了遊歷京都郊外的一處名勝的情景之後,不無失望地歎息道:「誰曾在都市的大街上看見人造紅葉的盛況的,總不會料到看紅葉原來只是如此這般一回事!」《櫻花》則是遊玩嵐山、觀賞櫻花後所作。在茅盾看來,櫻花誠然「濃豔得像一片雲霞」,卻「原來不是怎樣出奇的東西,只不過鬧烘烘地惹眼罷了」。這兩篇散文都是採用先揚後抑的筆法,十分微妙地傳達了作家當時的心態。日本風俗中的賞心盛事,在茅盾心目中竟是如此平淡無奇,這固然與不同的民族審美心理有關,但更重要的恐怕是受幽居中抑鬱低沉心緒的影響。在紅葉、櫻花上面,顯然投射著作家的情蘊,不無諷喻和象徵的意義。倘若進而聯繫茅盾當時和國內文壇論爭的背景進行考察,他這種態度也就容易理解了。華而不實,徒有其表;盛名之下,其實難副——在茅盾眼裡紅葉和櫻花的這一特徵,不是很可以給人以若干聯想麼?對於社會現實的關注,看來在茅盾身上已形成一種心理定勢,不僅使他很少有流連山水的閒情逸致,而且即使有所遊歷,也自覺不自覺地滲透出或明或暗的社會意識來。此外,有幾篇表現異國風情的速寫也值得注意,如《速寫二》、《鄰一》、《鄰二》等,讀者不僅可以從中看到異國風貌,而且可以從中感受到作家深厚的人道主義情懷,以及作家自身的落寞和在拋妻別子、孤身天涯中的深沉情愫。這又表明,茅盾誠然是關注社會和人生的作家,但同時也是一個活生生的人,有著豐富的人性和人情。

在對茅盾的旅日散文作了簡單的巡禮之後,可以看到:無論是抒情散文還是記敘散文,大都折射著作家或明或暗的憂患意識。對於國內時局的思慮,對於革命鬥爭出路的探求,對於文藝界圍攻者乃至「左」傾盲動主義領導者的反感,對於人生苦難的關注,對於個人亡命生涯的感喟,所有這一切,共同構成了茅盾憂患意識的內涵。作家自覺不自覺地在用一種憂鬱悵惘的眼光

看待山光水色，風俗人情，從而使作品罩上了一層濃鬱的情緒色彩。

二

　　從根本上說，茅盾的苦悶是時代的苦悶，是苦悶的時代造成的。在大革命運動風起雲湧的時代，即已孕育著種種社會矛盾。大革命失敗以後，中國人民跌入了苦難的深淵，更深重的矛盾又出現了。當時，在廣大的人民中間，特別是在進步的思想文化界，苦悶彷徨的情緒是有普遍性的。即使在革命陣營內部，這種情緒也很突出。茅盾在《蝕》三部曲中所表現的情緒雖是時代情緒的一部分，卻是「能夠如何忠實便如何忠實的時代描寫」。〔註1〕而茅盾的旅日散文，如同阿英所說，「正象徵了一個時代的苦悶」。〔註2〕時代的矛盾造就了時代的苦悶。這矛盾是尖銳的、複雜的，也是無可迴避的。就茅盾說來，對種種社會矛盾的感受更爲深切，這不僅因爲他一向具有高度的社會責任感和敏銳的政治洞察力，有執著於現實的求實精神，而且因爲他有著非同尋常的人生經歷。在大革命運動中，茅盾不是以一名普通的戰士，而是以一名接近革命領導核心的理論宣傳家的身份出現的，因此能夠看到更多深層的矛盾。在晚年的回憶錄中，他曾經回憶說：「在大革命中我看到了敵人的種種表演——從僞裝極左面貌到對革命人民的血腥屠殺；也看到了自己陣營內的形形色色——右的從動搖、妥協到逃跑，左的從幼稚、狂熱到盲動。」大革命失敗後，茅盾在和黨組織失去聯繫的情況下，走上了文學創作的道路，最早以文學表現剛剛經歷過的大時代的一幕，眞實地表達了時代和個人的情緒，較早地透露了對「左」傾偏向的注意和不滿。然而，茅盾的創作及其主張卻受到太陽社、創造社朋友們的圍攻，他們和當時政治上所謂革命不斷高漲的「左」傾盲動主義相適應，文藝思想帶有明顯的「左」的傾向。對此，茅盾的反應是強烈而又執著的。他對於「親愛者的乖張」即瞿秋白的盲動主義感到痛心和失望，對於無視現實、閉著眼睛唱高調的「左」的宣傳家們的理論給予斷然的拒絕，指出那是「沙上的樓閣」，是「把未來的光明粉飾在現實的黑暗上」。〔註3〕聲稱「營營之聲，不能擾我心」。〔註4〕另一方面，對於

〔註1〕　《從牯嶺到東京》。
〔註2〕　《現代十六家小品・茅盾小品序》。
〔註3〕　《寫在〈野薔薇〉的前面》。
〔註4〕　《〈蝕〉題詞》。

「爛泥淖」般的混沌時局,對於中國革命的正確道路,茅盾則確是迷茫的。在《嚴霜下的夢》中,他焦慮不安地問道:「什麼時候天才亮呀?」可見,大革命失敗後的一段時期,茅盾看似處在與世隔絕或半隔絕的狀態,實際上卻在重重矛盾的夾縫之中;蔣介石的通輯使他難以存身,「左」傾盲動主義使他不能接受,文藝界朋友們的圍攻使他心潮難平……。歷史的曲折,現實的矛盾,時代的風雲,透過茅盾持重、冷靜的外貌,在他的內心深處掀起了陣陣波瀾,沖洗並淨化著一個革命者的靈魂。

當然,茅盾的苦悶也不盡是時代的苦悶,在部分旅日散文中所透露的那種去國離鄉、拋妻別子的深沉情愫,那種深層的人性和人情,就帶有明顯的個人色彩。孤寂的生活,特別是憂時傷世的心態,使茅盾的人性受到極大的壓抑。我們知道,人性並非是單一的平面,而是包容著社會質、心理質和生理質等子系統的複雜的立體。作為一個活生生的人,茅盾豐富的人性當然不會僅僅表現在對社會問題的思考和排解上,《速寫二》所以寫得那樣纏綿迴蕩,細膩入微,與作家深層的人性底蘊是密切相關的。文學誠然是社會生活的反映,但也是生命運動和人類經驗的結晶。所謂「憤怒出詩人」,所謂「蚌病成珠」,都是把文學看作人性和人情得以宣洩的結果。茅盾一向以性格內向、富於理性著稱,但在他的文學創作中,特別是在散文寫作中,那種深微的心理內涵也是有所表露的。儘管它們在形諸作品時往往是「模糊的印象」,但卻是只屬於茅盾的個體心理。對茅盾說來,由於個人和社會息息相關,革命事業的成敗影響著個人的悲歡,而外在的影響畢竟要通過內心世界的情感碰撞才能實現,從這樣的意義上說,茅盾的苦悶也是個人的。

確定茅盾苦悶情緒的實質,在我看來至少有以下兩點是不可不辯的。其一,茅盾的政治信仰是否發生過動搖,這是問題的關鍵。在《從牯嶺到東京》中,茅盾坦白地承認自己悲觀、消沉甚至幻滅,但斷然否認有動搖情緒:「我想來我倒並沒動搖過,我實在是自始就不贊成一年來許多人所呼號吶喊的『出路』。這出路之差不多成為『絕路』,現在不是已經證明得很明白?」這段話在當時曾引起大嘩,受到圍攻者的強烈責難。事至今日,在經過半個多世紀的歷史沉澱之後,可知這其實是不錯的。在共產主義的信念上,在革命的立場上,在對中國革命勝利的前途上,茅盾確實一直沒有動搖過。大革命失敗之前自不必說,那時茅盾是革命鬥爭漩渦中的弄潮兒,是叱吒時代風雲的鬥士;即使在蔣介石發動了「四‧一二」反革命政變之後,茅盾也還是表

現得英勇而又堅定。在他擔任漢口《民國日報》總主筆期間所撰寫的一系列社論和文章，諸如《鞏固後方》、《袁世凱與蔣介石》、《討蔣與團結革命勢力》等，無不犀利透闢、振聾發聵，具有鮮明的革命立場和戰鬥鋒芒。汪精衛背叛革命後，茅盾不得不轉入地下。此後的一段時間，茅盾儘管脫離了火熱的實際革命鬥爭，「只能躲在房裡做文章」，但如前所說，卻從未忘懷於革命事業，無論潛居上海的 10 個月，還是亡命日本的一年多時間，茅盾從未在根本的政治立場上有過什麼動搖的表示；其對於大革命失敗的切膚之痛，苦悶之甚，實在也是一個極好的印證。茅盾所不贊成的，決不是自己為之奮鬥的無產階級革命道路，而是「一年來許多人所呼號吶喊的『出路』」。大革命失敗後，「左」傾盲動主義把革命低潮看作高潮，一年來的盲目鬥爭給革命事業造成嚴重損失，事實業已證明此路不通。對此，茅盾予以反對是理所當然的。從這樣的意義上說，如果認為茅盾對盲動主義的鬥爭道路有幻滅感，倒也未嘗不可。圍攻者不加分析地把這樣的幻滅感認定為對無產階級革命道路的幻滅，顯然是有悖於事實的。

其二，究竟應該怎樣看待茅盾的苦悶情緒。如前所說，茅盾的苦悶是時代造成的，這不僅因為他對大革命的失敗痛心疾首，對於盲動主義的道路幻滅悲觀，還因為他對大革命的正確道路茫然不清。儘管他的政治信仰並未動搖，但由於找不到中國革命的正確道路，而又一向執著於嚴峻的現實而無可解脫，因而他不能不感到彷徨、悵惘、憂愁、孤寂，不能不陷於深刻的矛盾和苦悶之中。革命的苦悶，和那種為個人的得失而不能自拔的苦悶是不同的。那種認為革命者的情緒在任何情況下只能是昂揚風發、飽滿樂觀的觀點，無疑是偏頗的。喜怒哀樂為人之常情，革命者自莫能外。問題在於，究竟為什麼而苦悶。在大革命遭受慘重損失的歲月裡，除了極少數有遠見卓識的革命家能夠洞察革命出路而擺脫苦悶之外，絕大多數革命者是在摸索革命的正確道路。處在如此嚴峻的形勢下，他們的苦悶悵惘，實在是完全可以理解的。在我看來，革命者在當時倘能昂揚樂觀固然可嘉，但為革命而感傷憂鬱也未可非議。一個清醒的革命者的苦悶，較之在盲動主義下的盲目樂觀，恐怕更值得肯定。因為前者經過痛苦的心靈搏鬥，可以達到光明的彼岸，可以「透視過現實的醜惡而自己去認識人類偉大的將來」；而等待後者的，卻是碰壁和失敗的悲劇。也許正是從這樣的意義上著眼，松井博光先生才認為茅盾「那些假借日本風土人情而寫出的、吐露自己複雜曲折心情的一系列隨筆，與其

說是爲了短暫的休息，莫如說是對自己的申叱和激勵。」〔註5〕事實上，茅盾自旅日後期開始，特別是回國之後，也確實是以新的精神面貌出現了。自然，我們這樣說並不意味著對茅盾苦悶情緒的完全肯定。無可諱言，大革命失敗後茅盾的情緒是過於悲觀消沉了，在內外交迫的重重矛盾下，他一時只看到「迷亂灰色的人生」，而看不到武裝鬥爭的光明出路；只看到革命力量的慘重損失，看不到正在孕育的更大的革命風暴的興起。他的悲哀，他的孤寂，也就不能不帶有知識分子自身的局限性。但從整體上進行考察，在茅盾的苦悶情緒中，這樣個人的成分是不占主導地位的。

要而言之，大革命的失敗雖然改變了茅盾的人生道路，使他從革命鬥爭漩渦中的弄潮兒變作革命文學家，但是這只能看作是革命陣地的轉移，即使茅盾一度陷入難以自拔的苦悶，也還是一個革命戰士的苦悶。茅盾忠誠於革命事業的信念是沒有改變的。

最後，簡單地談一下對茅盾旅日散文的評價問題。也許由於這些散文突出表現了茅盾的苦悶情緒，在茅盾散文研究中一直未引起應有的重視，論者所稱道的，通常只是後來那些明朗樂觀的篇什。這是失之公允的。其實，無論從內容上還是藝術上，茅盾的旅日散文，特別是那些借景抒懷的作品，都堪稱散文佳品。它們的可貴之處，就在於藝術地表現了作家的主體意識特別是憂患意識，纏綿遼遠，委婉細膩，具有感人至深的藝術魅力。可以毫不誇張地說，在中國現代散文史上的同類作品中，除了魯迅的《野草》和朱自清的一些作品之外，能夠與之相媲美的佳作並不多。就是在茅盾的散文創作中，它們也屬別具一格。作爲現實主義文學大師，茅盾一向以眞實地表現社會現實生活、注重文學的社會意義爲己任，體現在散文創作中，一個顯著特點即是客觀紀實性。相對而言，茅盾散文的主觀抒情性則較爲淡薄。然而，茅盾的旅日散文卻不同。雖然它們表現的多是社會性內涵，但卻是通過表現自我、坦露一己情懷，而不是通過再現外在世界實現的。況且，又是寫得那樣迴腸蕩氣、餘韻曲包。作品所擷取的濃霧哨聲、櫻花紅葉，恰好和作家特定的心曲相交融，作家鬱積的情感及其細波微瀾，也就包容在厚實的象徵意蘊之中。類似魯迅那種「心事浩茫連廣宇」的心態，在這裡也是可以體味的。

（《東嶽論叢》1988 年第 4 期）

〔註5〕 《黎明的文學》。

「未嘗敢忘記了文學的社會的意義」

——茅盾三四十年代的散文掃描

　　如果說茅盾的旅日散文是以對異域風物的描述創造纏綿遼遠的意境，從而抒發抑鬱低沉的內心感受和傳達時代的苦悶的信息見長的話，那麼，他的三四十年代的散文則以表現普通人的生活和命運，忠實地記述特定時代下的人生畫卷和社會風貌，進而深入地揭示歷史發展的本質和規律取勝。1941 年，在談及《如是我見我聞》（結集時名爲《見聞雜記》）中的作品的時候，茅盾不無自謙地稱之爲「所見所聞的流水帳」：「說來很簡單，就是七零八落的雜記。也許描幾筆花草鳥獸，也許畫個把人臉，也許講點不登大雅之堂的『人事』，講點人們如何『穿』，如何『吃』，又如何發昏作夢，或者，如何傻頭傻腦賣力氣……不過我自信，聞時既未重聽，見時也沒有戴眼鏡，形諸筆墨，意在存真。」〔註1〕倒是夏衍主編的《華商報・燈塔》在發表該作時作了切中肯綮的說明：「名作家茅盾先生，年來漫遊大西北及新疆，長征萬里，深入民間……《如是我見我聞》長篇筆記，以其年來隨時精密而正確的觀察，用充滿著愛與力的能筆，作深刻而雋永的敘述。尤其注意的是抗戰中舊的勢力和新的運動的鬥爭與消長，暴露著黑暗社會孕育著危機與沒落，指示出新中華民族的生長與出路。」茅盾的自白和《燈塔》的說明，可以概括茅盾三四十年代散文的基本特徵。如果加以縱向考察，那麼在階段性的掃描中可以分明看出其發展演變的輪廓來。

　　30 年代城鄉社會生活的速寫。自 1930 年從日本回國到抗戰爆發的七八年

〔註1〕　《如是我見我聞・弁言》，《茅盾全集》第 12 卷。

裡，是茅盾生活較爲安定的時期。由於經常由上海回故鄉探望母親，使他有機會更多地瞭解農村的現實。在帝國主義的經濟侵略和國民黨政權的腐敗統治下，昔日「魚米之鄉，絲綢之府」的江南農村，農桑衰敗凋蔽，農民窮困不堪，商界蕭條冷落，商販破產潦倒，正日益走上半殖民地化的窮途末路。對此，茅盾從自己的見聞感受入手，以寫實的筆觸作了描摹和概括，勾畫了一幅林林總總的畫卷。這裡有反映「一二八」戰爭給鄉下人生活和心理造成重大影響的社會剪影，有關於故鄉老鎮百業凋零、愁悶煩囂景象的速寫，有對於鄉村經濟崩潰、騷動不安的紀實……所有這些，不僅具體地再現了鄉鎮陰暗的社會現象，而且深刻地披露了農商無法擺脫的悲劇命運。同時，茅盾的這些散文還爲他的小說提供了素材。「農村三部曲」中的人事和場景，大致是以《故鄉雜記》等作品中的丫姑老爺、香市、洋蠶種等爲藍本的，而《林家鋪子》、《當鋪前》等小說則分明在是寫當鋪、店鋪的散文基礎上的生發和擴充，只不過前者經過更多的藝術提煉和加工罷了。反過來說，茅盾農村題材的散文可以作爲農村題材小說的印證和注腳。

茅盾居住上海多年，出於對社會和人生的關注，也出於創作《子夜》等小說的需要，30 年代也寫了不少從各個方面反映城市面貌的散文。在對社會政治問題的表現上，作家筆鋒直指日本帝國主義的侵略行徑和國民黨當局的不抵抗主義。記述「一二八」戰爭後街頭見聞的《第二天》，勾畫國難中眾生相的《車中一瞥》，揭露當局對少年兒童進行欺騙宣傳的《看模型》，鞭撻奉命慶祝蔣介石西安事變脫身虛假場面的《鞭炮聲中》等作品，無不帶有鮮明的時代烙印。在對上海社會現狀的展現上，注重於揭示畸形和病態的殖民地特徵。這裡有林立的紗廠，但日本紗廠勢力最大，工人們在環境很差的廠房裡勞動，在低暗潮濕的草棚裡生活。這裡有狂熱的公債市場，每天成交在千萬元以上「滿臉流汗的投機者」，總在「百萬翁」和「窮光蛋」這兩者之間翻筋斗。這裡有市面蕭條、世風日下剪影，1933 年大年夜上海就有 500 多家商店過不了年關，人力車夫生意清淡，濃妝妓女躑躅街頭，善男信女拜佛燒香。這裡有破落戶般頹廢墮落的都市文明，在國難當頭和經濟危機的雙重陰影下，「跳舞場電影院咖啡館的娛樂的消費」膨脹，許多有產者和小市民看不到出路，迷惘彷徨，頹唐悲觀，抱著「今日有酒今日醉」的心態瘋狂地追求刺激、尋歡作樂，出現了與工商凋蔽形成鮮明對照的畸形現象。在對上海歷史演變的考察上，注重於表現帝國主義勢力的滋生和蔓延。題爲《上海》的兩

篇同名作品，都是借尋租住房展開描述的，一篇側重於從橫向上介紹一般小市民的生存狀態，另一篇則側重從縱向和橫向的結合上考察大上海的歷史和現狀，其中以帝國主義勢力的膨脹爲中心、運用大量的事例和數據說明其歷史變遷的部分，深刻地剖露了帝國主義的侵略本質和租界的殖民地性質，是特別值得注意的。

除了城鄉社會生活的速寫之外，茅盾 30 年代還寫有《雷雨前》等一組象徵色彩濃鬱的作品。這組作品的突出特徵在於，通過對沉悶的自然景觀和險惡的「夜的國」的描寫，象徵了當時中國黑暗的社會現實。作品中的種種自然景象，都是就作者的視野所及和自我感受顯現的，融情於景，情景交融，看去句句寫景，實則處處象徵。雷雨前令人窒息的自然環境，顯然是國民黨統治下社會環境的寫照；雷電巨人和「灰色的幔」的搏鬥，分明是革命者和反動統治者鬥爭的縮影；《黃昏》中急風暴雨的到來，預示了人民革命的必然勝利。《沙灘上的腳跡》中以縱橫重疊的禽獸足跡象徵前進中的歧路，以青面獠牙的夜叉和妖嬈的人魚象徵兇惡和誘惑，以鬼火排成的好看的字跡象徵陰險的欺騙，然而主人公在「心火的照明」下，毅然決然地排除了重重障礙，沿著尋到的「眞的人的足印」亦即無產階級和人民大眾解放的道路奮勇前進了。茅盾這組散文的藝術風格與旅日散文是一脈相承的，都是運用象徵主義藝術手法，借景抒懷，託物言志，表達對社會現實的思考和對未來理想的探求，然而抒情格調卻大不相同，往日的幽怨悱惻、纏綿遼遠爲堅定執著、昂揚樂觀所取代了。

抗戰時期戰爭煙雲下的人生畫卷。抗戰爆發後，茅盾進入人生道路上的跋涉時期。在顛沛流徙中，他總是留心於彼時彼地的社會風貌，戰時狀態下的世態人心，從而在空前的廣度和深度上勾畫了連軸的人生畫卷。在《雜談文藝現象》一文中，茅盾曾對抗戰時期的文學作品提出這樣的要求：「第一，它不能不揭露大多數人所最關心最切身的問題；第二，它不能不揭露大多數人最痛心疾首的現象；第三，它不能只在問題的邊沿繞圈子，它必須直揭問題的核心；第四，它必須在現實的複雜錯綜中間指出必然的歷史動向。」縱觀茅盾抗戰時期的散文，可以說全面地實現了上述要求。這些作品，按作家的行蹤所至和主要內容說來，大致可以分爲以下三個部分。

其一是記述「八一三」上海戰爭側影，表現抗戰初期人民大眾昂揚情緒的。這集中地收在散文集《炮火的洗禮》中。其中的《追記一頁》、《炮火的

洗禮》和《街頭一瞥》等作品，真實地記述了作家「八一三」前後在上海街頭的見聞：中國軍隊在向前線推進，外灘到處坐滿了難民，租界急遽佈防，銀行奉命停業……保衛大上海的「喜炮」打響後，一時民心沸騰；連日的惡戰，滬東三晝夜的大火，震盪中國兒女的靈魂，既有悲憤，更有剛強；在炮火的洗禮中，中華民族挺起了胸膛。與戰爭的進程相聯繫，《「青年日」速寫》再現了武漢三鎮火熱的抗戰氛圍，《蘇嘉路上》記述了作家帶著孩子離滬間道嘉興去鎮江一段行程的情形……所有這些篇章，作家都以飽滿的情感，曉暢的語言，譜寫了中華民族同仇敵愾的主旋律。

其二是記述作家自大西南到大西北的旅途見聞，暴露國統區的「危機與沒落」和頌揚延安新世界的。出於自己的切實經歷和感受，茅盾的旅途見聞記不僅廣泛地反映了人生世態，而且深入地揭示了其背後的政治根源。在國統區，到處是陰暗的令人沮喪的景象，除了間或碰到的躲避敵機空襲的警報和被轟炸的廢墟外，並沒有多少戰時的氣氛，倒是消費經濟出現了畸形的繁榮：寶雞成為「戰時景氣」的寵兒，重慶的酒館、戲院、商店生意興隆，奸商、小偷、大盜猖獗，貴陽市面上消費品「要什麼，有什麼」……這在很大程度上是官商勾結，營私舞弊、投機販運造成的。在物價飛漲中，大發國難財的暴發戶醉生夢死，淫靡成風，而廣大勞動人民卻掙扎在飢餓線上，餓殍街頭屢見不鮮。政治上則是專制日甚，特務肆虐，進步青年經常莫名其妙地「失蹤」。文化上的箝制愈演愈烈，不學無術的書報審查官隨意查封報刊、書店，刪削塗抹文章，作家們日益處於艱難的境地。凡此種種，涉及茅盾旅途所及的各個角落、各色人物以及紛繁的社會關係，鋒芒所向是顯而易見的。此外，茅盾這期間也偶有山水風物的遊記作品。《新疆風土雜記》洋洋 8000 餘言，盡寫新疆的邊塞風光、民族習尚和人情世態，篇中詠雪吟冰的四首舊體詩，文質兼備，生動感人。在桂林期間，茅盾和柳亞子等友人過從甚密，為排遣胸中鬱悶曾有灕江夜遊之舉，所作《無題》中有詩句「拜月狐狸戴冕旒」、「側身北望思悠悠」，直接地表達了詩人對黑暗社會現實的一腔憤懣和對北國的深切懷念之情。茅盾的紀遊詩文，詠景抒懷，憂時傷世，傳達了作家以天下為己任、關注民族興亡的耿耿心曲。

與上述反映國統區景象的作品形成鮮明對照的，是茅盾表現延安風貌的一組作品。儘管作家在延安只逗留了 4 個月，然而由於彼此聲息相通，離開延安後仍然寫下了不少佳構。這其中有描述黃土高原自然環境的《大地山

河》，有謳歌延安大生產運動的《開荒》，有描摹「情感淋漓，大氣磅礴」的
魯藝師生學習、工作和生活情景的《記「魯迅藝術文學院」》，有描寫木刻家
的《馬達的故事》……然而最為膾炙人口的是《風景談》和《白楊禮讚》。
這兩篇堪稱姊妹篇的散文名為寫景，實則「是把真人真地用象徵手法來描
寫」。由於作家情感真摯充沛，藝術上獨具匠心，因之不僅景物寫得栩栩如
生，而且內在的意蘊也十分含蓄深厚。前者擷取了沙漠駝鈴、農人晚歸、延
河夕照、石洞共讀、桃林茶社和晨曦英姿等 6 幅畫面，生動地說明了「自然
是偉大的，人類是偉大的，然而充滿了崇高精神的人類的活動，乃是偉大中
之尤其偉大者」的主題。作品熔記敘、描寫和議論於一爐，虛實結合，情理
相融，真善美達到了完好的統一。後者通過對西北高原白楊樹的禮讚，熱情
洋溢地謳歌了抗日軍民不折不撓、團結抗敵的鬥爭精神和偉岸、正直、質樸
的優秀品德。形象的描寫、詩意的抒情和明快的議論，構成了一曲激越奔放
的樂章。茅盾的這兩篇作品，在現代散文史上是熠熠閃光的。

其三是記述香港戰爭和東江脫險的親身經歷，反映戰火烽煙下的混沌人
生的。太平洋戰爭爆發、日軍侵佔香港時，茅盾幾經遷轉隱匿，艱險備嘗，
終於在東江游擊隊的保護下和大批文化人一起逃脫出來，「走東江，過衡陽，
到桂林」，長途跋涉達兩月之久，從而成為作家人生道路上不平常的一段。在
這之後的幾年裡，茅盾就此寫過不少散文，再現了戰亂中的流離和憂患，勾
畫了危難中面目迥異的眾生相。諸如追記困居香港的《生活之一頁》、《回憶
之一頁》，回憶東江脫險的《脫險雜記》、《不能忘記的一面之識》、《歸途雜識》
和《太平凡的故事》等，都寫得翔實有致，真切可感。而名為小說的《劫後
拾遺》、《虛驚》和《過封鎖線》等作品，儘管其中的人物未用真名實姓，寫
法上也多了一些渲染和描寫，但究其取材和主要內容，其實是與上述散文大
同小異的。

抗戰勝利後的訪蘇散文。1946 年底，茅盾夫婦應邀到蘇聯進行了為期四
個半月的訪問。這次旅行，經海參崴抵莫斯科，先去了南方的格魯吉亞和亞
美尼亞共和國，回莫斯科後又去參觀了列寧格勒、塔什干和巴庫。所到之處，
多是與文化藝術界的作家、藝術家聚談，訪問博物館、報社、工廠、農場，
觀賞文藝演出。茅盾所關注的，是作為社會主義國家的蘇聯各個方面的真實
情形，以便更多地介紹給中國人民，澄清國內對蘇認識上的混亂。《遊蘇日記》
所記頗為詳備，也有描寫和議論，作家的行止見聞，乃至情感體驗，大都包

容無遺，而且時有引人入勝之處。如 12 月 8 日日記描述夜間航行途中情景：
「我偶然到休息室隔窗外望，眞使我大吃一驚，原來天空是一色青蒼，月明
如畫。但聽那吼聲，便知風力甚強，浪高數丈，白沫噴激如霧……」12 月 31
日日記在記敘了莫斯科青年學生娛樂會的盛況之後，由蘇聯青年的幸福生活
聯想到中國青年在黑暗中的奮爭，預示了他們像蘇聯青年一樣的光明未來，
表現了作家坦直、亢奮和明朗樂觀的思想感情。《蘇聯見聞錄》所收作品，除
《烏茲別克文學概略》外，都是作家實地考察的記錄，是《遊蘇日記》的具
體化。雖然茅盾在蘇期間行止匆匆，但他的散文卻非浮光掠影之作，其觀念
之確當，觀察之深入，描述之具體，都是十分突出的。其中的《第比利斯的
「地下印刷所」》生動地描寫了當年斯大林和他的同志們的革命活動，可謂茅
盾訪蘇散文的代表作。而幾篇對於作家卡泰耶夫、西蒙諾夫和吉霍諾夫的訪
問記，則不僅繪聲繪色地寫出了雙方友好交談時的情景，而且在很大程度上
寫出了對方的個性。

在我們分作幾個部分對茅盾三四十年代的散文作了縱向的巡禮之後，可
以看出一條明顯的發展軌跡。從城鄉社會生活的速寫，到抗日戰爭風雲下的
人生畫卷，直至訪蘇見聞錄，貫穿著茅盾一以貫之的文學追求，帶有作家鮮
明的藝術個性。茅盾三四十年代的散文，在思想感情上是深沉而又成熟的，
在藝術表現上是老練而又凝重的。具體些說，主要表現爲以下幾點。

一是鮮明的社會性。懷著神聖的社會責任感和使命感，以反映和表現時
代生活爲己任，堅持不懈地揭露黑暗，頌揚光明，揭示歷史發展的本質及趨
勢，是茅盾文學思想的根本特徵，也是其散文的根本特徵。正是在這一點上，
茅盾和那些脫離社會和時代而追求「靈性」、「閒逸」情趣的作家劃清了界限。
1932 年底，茅盾在回顧自己的文學道路時說：「未嘗敢忘記了文學的社會的意
義。這是我五年來一貫的態度。」〔註 2〕當然，這也是茅盾畢生的態度。在《我
們所必須創造的文藝作品》一文中，他更明確地宣稱：「立在時代陣頭的作家
應該負荷起時代所放在他們肩頭的使命。」爲了文學的社會意義，也爲了給
小說創作準備素材，茅盾以表現「全般的社會結構」爲目標，以親身經歷和
耳聞目睹的社會現實生活爲題材，爲五光十色、陸離紛紜的社會和人生留下
了長長的剪影。儘管它們取自作家見聞所及的一鱗半爪、平凡人生的細枝末
節，卻可以透視出當時的社會風貌和時代氛圍來。如果皮相地看，它們大都

〔註 2〕 《茅盾論創作》，上海文藝出版社 1980 年版，第 9 頁。

是日常生活的速寫和瑣記，但是聯綴起來，卻不啻是現代中國社會和人生的一軸畫卷。所有重大的政治事件諸如「一二八」戰爭、西安事變、「八一三抗戰」、皖南事變、抗戰勝利等等，所有形形色色的社會心理，所有經濟的文化的世態百相，都在其中留下了或多或少、或深或淺的影像。《見聞雜記》從經濟生活上披露大後方的「投機橫行，游資猖狂，通貨膨脹，生產萎縮，土地兼併，赤貧滿野」〔註 3〕的社會現實，《時間的記錄》從政治文化上暴露國統區「貪官污吏，多如夏日之蠅，文化掮客，幫閒蔑片，囂囂然如秋夜之蚊，人民的呼聲，悶在甕底，微弱得不可得聞」〔註 4〕的歷史面貌，都是頗有代表性的作品，體現了作家大題小作、以小見大的藝術追求。這正如評論家李健吾論及茅盾作品時所指出的：「他不是故意往黑暗裡看，也不是隔著顯微鏡用文字擴大黑暗的體積……他對於社會的看法不是傳奇式的故事的獵取。牽一髮而動全局。他從四面八方寫，他從細微處寫，他不嫌猥瑣，他不是行舟，他在造山——什麼樣的山，心理的，社會的，峰巒迭起，互有影響。」〔註 5〕由於茅盾始終保持有清醒而明確的理性，因而使他在紛紜複雜的社會矛盾和社會現象的描述中，處處表現出如郁達夫在《〈中國新文學大系·散文二集〉導言》中所說的「觀察的周到，分析的清楚」的藝術個性。如果說一個時代有一個時代的文學的話，那麼，茅盾的散文正是時代的文學。

二是較為單一的主體性。茅盾三四十年代的散文，固然有像《雷雨前》等一組作品的象徵蘊藉，有像《白楊禮讚》和《風景談》等的酣暢明麗，能夠給人以美的享受，但總的說來，這樣情景交融的有著豐富的主體意識的作品不多。這個時期的大部分作品，由於如同作家自己所說的那樣「意在存真」和「總不脫『俗』的議論」，因而重在對社會生活客體的描摹和介紹，雖然貫注著作家的價值判斷和情感取向，但涵蓋創作主體的是一種政治意識，而較少審美意識，也很少像旅日時期的散文那樣坦露豐富的主體情懷，主體意識的單一性是無可諱言的。但應當說明，作為主體意識之一個方面的政治意識，在茅盾散文中多是藝術地表現出來的。《香市》在對鄉風民俗不假雕飾的描述中，不動聲色地表達了作家的今昔之感和淒惻之情；《大旱》把如阿英所說的「憤怒和冷刺的笑」寓於鄉鎮原野的片斷剪影之中，發出了「人患甚於天災」

〔註 3〕 《茅盾文藝雜論集》，上海文藝出版社 1981 年版，第 1087 頁。
〔註 4〕 《時間的記錄·後記》，良友復興圖書印刷公司 1945 年版。
〔註 5〕 劉西渭：《清明前後》，《李健吾創作評論選集》第 537 頁。

的呼喊；《鄉村雜景》中「好像是巨靈神在綠野裡劃的一條墨線」的鐵路，「像爬蟲似的火車」，如同「惡霸」似的小火輪，以及飛行在空中「像一個尖嘴姑娘似的」「鐵鳥」，都在富有時代特徵的環境描摹中浸染著作家的情感色彩；《戽水》分別通過水源充足時的歡快場面、水源半枯時的沉悶場面和水源枯竭後的灰暗場面的實寫和渲染，強化了作品的抒情效果……所有這些作品中的政治意識，儘管有濃淡之別，深淺之分，但都是通過對生活中的場景和畫面的藝術描寫表現的，並無直露之嫌。當然，無可否認，茅盾也有一些散文是失之粗疏的。李健吾在《咀華二集》中談及茅盾的小說時說：「他作品的力並不來自藝術的提煉，而是由於凡俗的浩瀚的接識。壞時候，他的小說起報章小說的感覺；然而好時候，沒有一位中國作家比他更其能夠令人想起巴爾扎克。」這個說法不無道理。對於茅盾三四十年代的散文說來，大致也可作如是觀。只是須補充一句，好的作品還是主要的。

三是小說家的筆法。作為一代小說巨匠，茅盾在散文中自覺不自覺地運用小說創作的某些技法，正是情理中事。我們知道，茅盾是把速寫看作報告文學的雛形的，在《關於「報告文學」》一文中，他要求「好的『報告』須要具備小說所有的藝術上的條件，——人物的刻畫，環境的描寫，氛圍的渲染等等」。散文自然與小說不同，未必一定要寫人物，然而寫好人物無疑更能增強作品的藝術效果。散文中的人物必須是真實的，但形諸文字也應有所提煉和概括，如能寫出個性特徵來，即便是粗線條的勾勒，也容易產生感人的藝術力量。至於烘托人物的環境描寫和氛圍渲染等藝術手段，散文與小說就更可通用了。在茅盾那些諸如《故鄉雜記》一類展現社會生活的作品中，人物通常是夾帶出現的，作家總是能夠抓住人物富有個性的動作和心理進行簡筆勾勒，使形象站起來。而在那些諸如《老鄉紳》、《速寫》、《瘋子》和《小三》等以人物為主的作品中，作家則幾乎同時運用了上述小說創作的藝術手段，使人物神態畢現，以致很像是小說了。《速寫》攝下的是茅盾乘船途中所見到的一個鏡頭：一個持有「無線電臺發報生」公文的小角色，竟然蠻橫地獨佔了偌大的一間房艙，茶房招呼擠站在艙外的旅客進來，結果挨了他一巴掌，待到帳房先生慌裡慌張地來陪小心，從公文中才知道橫行霸道者原來並不是什麼要人……就是這樣一個戲劇性場面，在茅盾筆下被寫得繪聲繪色：發報生的狐假虎威、盛氣凌人，茶房的懵懂拙直、不識輕重，帳房先生的殷勤小心、前恭後倨，旅客元昌等人的老成怯懦、息事寧人，都在極省儉的勾畫中

現出了輪廓。在茅盾的散文中，像《速寫》這樣小說化的作品不少，它們通常記事多寫片斷和印象，寫人注重個性特徵。儘管它們不對人物作多方面的刻畫，不要求人物性格的豐富性，但作品中人物形象的出現和一定程度上的典型化，不僅真切地展現了大千世界的人生百態，而且可以透視人物背後的文化心理，對於在較大的深度和廣度上表現社會生活是有積極意義的。

茅盾三四十年代散文的社會性、主體性和小說家筆法的個性特徵，固然出於特定的時代和社會歷史條件的制約和需要，但也取決於作家富有理性的現實主義文學觀，取決於作家對於時代和社會準確而有為的反映的執著追求。茅盾並非無視散文的審美價值，也並非缺乏描山畫水、抒情表意的藝術能力。還在 1925 年的《告有志研究文學者》一文中，他就認為，「以我看來，文學之必須先具有美的條件是當然的事……至於給我們以慰安啊，給我們以美的欣賞啊，使我們有一條發洩情緒的路啊……這些都是文學題中應有之義。」而茅盾旅日散文的纏綿遼遠、情景相融，則無可爭辯地證明著作家寫作散文的功力。〔註 6〕茅盾三四十年代的散文之所以突出的是文學的社會價值，很大程度上是出於高度的社會責任感。身處內憂外患深重、烽火硝煙彌漫的社會環境之中，像茅盾這樣以天下為己任的作家把文學的社會價值放在首位，以審美價值服從於社會價值的選擇是很自然的事情。這很容易使我們想到魯迅的雜文。魯迅當然清楚創作小說的價值，但為了現實鬥爭的需要，為了文學的社會意義，他寧可在晚年把主要精力投入雜文的寫作之中。在他看來，「現在是多麼切迫的時候，作者的任務，是在對於有害的事物，立刻給以反響或抗爭，是感應的神經，是攻守的手足。潛心於他的鴻篇巨製，為未來的文化設想，固然是很好的，但為現在抗爭，卻正是為現在和未來的……」。〔註 7〕可見，在文學觀念上，茅盾和魯迅是息息相通的。對於這種在現代文學史上產生深遠影響的功利主義文學觀，像過去那樣給予過分的推崇固然不妥，但如近幾年這樣進行隨意的貶損也不足取。面對歷史上出現的如此紛繁複雜的文學現象，重要的是應該有歷史唯物主義的態度。

（《山東師大學報》1990 年第 6 期）

〔註 6〕 參見拙作：《論茅盾旅日散文的憂患意識》，《東嶽論叢》1988 年第 4 期。
〔註 7〕 魯迅：《且介亭雜文·序言》，《魯迅全集》第 6 卷第 3 頁。

茅盾散文體式略談

　　散文是一個極為寬泛的概念，即便是與詩歌、小說、戲劇並稱的狹義的現代散文，也具有巨大的包容性，大凡速寫、隨筆、小品、遊記、雜文等等，都是散文大家族的成員。然而唯其體式眾多，不拘一格，各種體式之間又並無明確的界限，所以人們對多種散文體式內涵的把握往往言人人殊，相去甚遠。作為中國現代文學巨匠，茅盾在長期的文學生涯中不僅寫下了大量的包羅各種體式的散文作品，而且幾乎對各種散文體式的內在特點都作過相當深入的理論探討，為新文學的建設作了積極的貢獻。考察茅盾在散文體式上的寫作實踐和理論見解，對於準確把握有關散文體式乃至茅盾散文的風貌，當是不無意義的。

速寫：報告文學的雛形

　　速寫，並非古已有之。察其淵源，當是由外來語 Sketch（速寫體）演化而來。作為散文的一種體式，速寫在我國大致是本世紀 20 年代之初萌生和發展起來的。茅盾作品中最早出現速寫這一字眼，是在 1921 年 4 月所寫的《春季創作壇漫評》一文中，他認為凡民的《死——不詳》和曉風的《往杭州去的路上》兩篇作品「都是『Sketch』體的短篇」，並對其「矯健的筆力和濃厚的感情」給予了肯定。不僅如此，茅盾還較早地寫出了有影響的速寫作品，這就是五卅運動中發表於《文學週報》的《五月三十日的下午》、《「暴風雨」——五月三十一日》和《街角的一幕》等。從此，茅盾一發而不可收，勤奮不輟地進行「平凡人生的速寫」，在先後出版《宿莽》、《茅盾散文集》、《話匣子》、《速寫與隨筆》、《故鄉雜記》、《炮火的洗禮》、《見聞雜記》、《時間的記

錄》、《蘇聯見聞錄》和《脫險雜記》等十幾本散文集中，速寫作品佔有絕大部分篇章。正是在長期的寫作實踐中，茅盾積累了速寫乃至報告文學寫作的豐富經驗，並從理論上對速寫的產生、性質、作用和價值等問題作了富有權威性的論說。

　　新的時代背景下產生了速寫的新文體。在茅盾看來，速寫是急遽變動的社會生活的產物，「由於社會現象的迅速地多變，所謂『速寫』這一體也就應了時代的要求很快地成長起來。」（《一年的回顧》）隨著社會矛盾的不斷深化，「讀者大眾急不可耐地要求知道生活在昨天所起的變化，作家迫切地要將社會上最新發生的現象（而這是差不多天天有的），解剖給讀者大眾看」，這就是速寫乃至報告文學「所由產生而且風靡的根因」（《關於「報告文學」》）。這是不錯的。如果說社會生活為速寫的萌生提供了豐厚的土壤的話，那麼讀者大眾的急切需要則是一種催生劑。他們不滿足於從新聞報導中僅僅瞭解發生了什麼事，而且希望知道得更生動些、具體些，就是說，要求有一定的文學性。正是在這一點上，速寫與新聞報導區分開來，應運而生了。茅盾、葉聖陶、鄭振鐸等人描述五卅運動情景的速寫作品所以備受關注，就是因為它們不僅真實而又及時地反映了震驚中外的重大事件，具有重要的新聞性，而且在於其中灌注著文學家濃鬱的情感，生動形象的描寫為讀者所歡迎。而 30 年代速寫的繁榮，——例如 1934 年就被茅盾認為是速寫「特盛的」一年，同樣是基於時代的要求，讀者的需要。離開了社會生活的土壤和讀者大眾的需要，速寫這株新芽是不會開花結果的。

　　速寫「從它的性質和任務看來，大多數實在就是『報告』」（《關於「報告文學」》），茅盾是把速寫看作報告文學的雛形的。就是說，速寫具有報告文學的基本特徵。這種特徵集中到一點，就是新聞性和文學性的統一。「『報告』的主要性質是將生活中發生的某一事件立即報導給讀者大眾。題材既是發生的某一事件，所以『報告』有濃厚的新聞性；但它跟報章新聞不同，因為它必須充分的形象化。必須將『事件』發生的環境和人物活生生地描寫著，讀者便就同親身經驗，而且從這具體的生活圖畫中明白了作者表述的思想。」（同上）對於報告文學的文學性，茅盾還在與小說的比較中作了進一步分析，指出報告文學應該在富有時代特徵的真人真事的基礎上進行藝術提煉和加工，並採用諸如「人物的刻劃，環境的描寫，氛圍的渲染」等藝術手段，認為可以具備小說所有的藝術條件。茅盾主張，在把握報告文學基本特徵的前提下，

其體式大可靈活多樣，「不以體式爲界，而以性質爲主」，「長至十萬字左右，簡直跟『小說』同其形式的，也被稱爲『報告文學』，日記，印象記，書簡體，Sketch——等等形式的短篇，也是。」（同上）在這裡，茅盾是把速寫當作報告文學的一種體式的，因爲它們性質相同。另一方面，它們之間也有區別。比較而言，速寫較之狹義的報告文學快捷、短小，也不太注重於文學手段的多方面的運用，並不精雕細刻，常常是對人物事件或生活場景的簡筆勾勒，如同畫家的素描一樣。由此著眼，速寫便是初級的報告文學了。事實上，縱觀我國報告文學發展的軌跡，大致是經歷了從文藝通訊到速寫再到報告文學的過程的。然而儘管如此，由於速寫有自己的長處，所以不僅並未消亡，而且一直是散文園地裡不可缺少的一枝花朵。茅盾在長期的散文寫作中所寫出的大量速寫，就是明證。

速寫的價值在於「它是文藝部門中短小精悍的一格，它能夠很快地把現實在文藝上反映」（《一年的回顧》）。如果說報告文學是文藝大軍中的一支輕騎兵，那麼，速寫就是這支輕騎兵的尖兵了。儘管就藝術價值而言，它在文藝園地裡並不引人矚目，但它的認識價值和教育價值，它的時效性、真實性和一定的藝術性的結合，卻是獨具優勢的。速寫能夠歷久不衰，根本原因恐怕正在於此。誠然，如果把速寫和小說進行比照，速寫只不過是創作小說的一種準備而已，如同茅盾所說：「作爲初學寫作者的基本練習的速寫，不妨只有半個面孔，或者一雙手，一對眼。這應當是學習者觀察中恍有所得時勾下來的草樣，是將來的精製品所必需的原料。許多草樣組合起來，融合起來，提煉起來，然後是成篇的小說。」（《創作的準備》）這顯然是從藝術價值著眼。茅盾的大部分速寫，以及從速寫到小說的創作，也確是如此。然而無論如何，速寫是不可替代，不可缺少的。說到底，速寫不以藝術價值見長，而是以社會價值取勝。如果把茅盾各個時期的速寫彙集起來，是不難看出社會的若干真實面目的。

茅盾關於速寫基本特徵的論述是切中肯綮的，不僅與其他文學理論家的見解有很大的共通之處，而且似乎更爲全面和科學。胡風在一篇《關於速寫》的文章中專門探討了速寫的特徵，頗多深刻的見地，諸如指出速寫「是一種文藝性的紀事」，「特徵是能夠把變動的日常事故更迅速地更直接地反映」，「是輕妙的『世態畫』」，「是由形象的側面來傳達或暗示對於社會現象的批判」，並進而從三個方面作了具體的概括，即「一、它不寫虛構的故事和綜合的典

型。它底主人公是現實的人物，它的事件是實在的事件。二、它底主人公不是古寺，不是山水，不是花和月，而是社會現象底中心的人。三、不描寫無關的細節而攫取能夠表現本質的要點。」胡風對於速寫這一散文體式的理論把握是相當透闢的，這與茅盾的見解十分契合。他們共同代表了當時文學理論界的認識水準。然而只要深入比較，就可以看出胡風主要是就速寫的真實性和新聞性立論的，沒有在上述概要中足夠地關注文學性。從這樣的意義上說，茅盾的見解似乎就更勝一籌了。

隨筆：大題小作，不拘一格

隨筆，顧名思義，大抵是隨手筆錄的一種散文體式，通常具有有感而發、借景抒懷、夾敘夾議、意味雋永等特點。在現代散文史上，隨筆並不發達，相應的理論探討也較為薄弱。1933 年，阿英編有一本《現代名家隨筆叢選》，可以說是對隨筆作品的一次集中的檢閱和總結。在這本書裡，阿英不僅編選了茅盾的隨筆，而且在「序記」裡指出「茅盾在兩年來寫的隨筆很多」，「有許多很寶貴的值得注意的意見」。只要較為深入地對茅盾的隨筆作些考察，就可知阿英是所言非虛的。

茅盾的隨筆寫作，是從大革命失敗後旅日期間開始的。如他自己所說：「昔年在日本西京，曾因『賣豆腐的哨子』、『紅葉』、『櫻花』等等，而寫了幾篇隨筆。」(《速寫與隨筆・前記》)茅盾提及的這幾篇隨筆，或是緣事而發，或是觸景生情，篇篇情景交融，短小活潑，字裡行間傾注著作者苦悶悵惘、憤世嫉俗的思想感情，是通常意義上隨筆的佳作。例如《賣豆腐的哨子》從尋常的賣豆腐哨音中，引發了作者難言的、無盡的悵惘和愁緒，聯想到夜市見聞，從中進而感受到小販們「心的哀訴」，最後以愁霧彌天作結，給人以悠長的回味。市井小販的困苦和不幸，喚起了作家的憂鬱和感傷，時代的低氣壓像愁霧一樣籠罩大地，往日馳騁華夏的革命者不得不流亡異國，苦悶難耐，憂國憂民的情懷和隻身飄零的感慨交織在一起，具有感人的藝術力量。在這裡，外在的哨音、濃霧和作家內心的感受融為一體，抒情性很強。這些隨筆，是可以稱作抒情隨筆的。

然而，在茅盾的隨筆寫作中，像《賣豆腐的哨子》這類意味雋永的作品並不多，大量的是偏重議論的。《茅盾散文集》和《話匣子》裡的大部分作品，就是如此。在前者的目錄中，還分列了文藝隨筆和社會隨筆兩類。儘管在前

述的抒情隨筆裡也有議論，但份量畢竟不重。而在這些隨筆裡，情形就不同了。文藝隨筆帶有一定的文藝性，雖是隨感而發，隨筆所錄，卻往往寓理於物，寓情於景，多有形象化的描寫，例如《我們這文壇》、《秋的公園》中的議論，就不是直露的。社會隨筆則直接針對社會問題發表見解，幾乎和雜文沒有大的區別。在談及這些作品時，茅盾認爲它們「又像隨筆又像雜感——乃至有時竟像評論」，其中不少「實非通常所謂隨筆而是評論體的雜感」（《速寫與隨筆‧前記》）。茅盾是「素來喜歡發點議論」的，如他自己所說「我的隨筆寫來寫去總不脫『俗』的議論的腔調」（同上），這是由其高度的社會責任感和執著的文學價值觀念決定的。然而，茅盾爲什麼不把它們作爲雜文而仍當作隨筆呢？

這當然與茅盾對隨筆這一散文體式特徵的理解有關。茅盾以爲隨筆是應社會和讀者的需要產生的，「第一得題難，第二做得恰好難」，「太尖銳，當然通不過；太含渾，就未免無聊；太嚴肅，就要流於呆板；而太幽默呢，又恐怕讀者以爲當眞是一椿笑話。」（《茅盾散文集‧自序》）正是從如此甘苦備嘗的寫作實踐中，茅盾總結出了隨筆的基本特徵。他說：「從來有『小題大作』之一說。現在我們也常常看見近乎『小題大作』的文章。不過我以爲隨筆之類光景是倒過來『大題小作』的。」（同上）所謂大題小作，就是以簡短的篇幅、靈活的筆墨反映有關社會人生的重大問題。茅盾在《申報‧自由談》和《東方雜誌》等報刊上發表的隨筆，多是五六百字的短文，然而無不涉及文藝的政治的社會的大問題，以小見大，妙趣橫生。大題小作，從內容和形式兩方面的結合上概括了隨筆的特徵。可見，茅盾對隨筆的把握是頗爲寬泛、不拘格式的，或抒情，或議論，或記事，只要有感而發，即可成篇，藝術上是大可不必過於雕飾的。

茅盾對於隨筆的相當廣泛的理解，是從探求「更合於時代節奏的新的表現方法」（《〈宿莽〉弁言》）出發的。作爲「行文每不忘社會」的作家，茅盾總是十分注重文學的社會作用，這當然是與特定的社會歷史條件分不開的。事實上，茅盾的隨筆也確實發揮了戰鬥作用。然而今天看來，隨筆作爲一種特定的散文體式，還是應與雜文區別開來。夾敘夾議固無不可，但議論的成分不宜太重，描述還是應占主導地位；大題小作言之成理，而小題小作也無不可，總之，內容上還應更爲廣闊，甚至是可以無所不包的。隨筆者，隨意之筆也。如果一定讓它承擔起教化讀者、宣傳新思想的重大使命，恐怕是不

勝負荷的。就散文家族而言，宣傳教育的使命更適合於政論、雜文擔負，隨筆呢，主要的價值大概是認識、審美和娛樂作用罷。

小品文：內容廣闊，形式多樣

1935 年，阿英以社會價值的尺度衡量了現代小品文的發展歷史，出版了《現代十六家小品》。在這本書的序言中，作者明確地肯定了推動社會進步的戰鬥的小品文，批評了逃避現實的消閒的小品文。阿英的觀點是很有代表性的，很大程度上反映了當年革命作家們的共識。歷史地看，這是由當時風沙撲面、虎狼橫行的社會現實所決定的，時代要求的不是漂亮縝密的「小擺設」，而是如同魯迅所說：「生存的小品文，必須是匕首，是投槍，能和讀者一同殺出一條生存的血路的東西」（《小品文的危機》）。然而，如果拂去歷史的煙雲，單就小品文本身而言，其趣味性、知識性、消遣性卻是未便一概抹煞的。正是在對小品文特徵的全面把握上，茅盾顯示了卓然不凡的識見。

小品文雖是古已有之，但現代意義上的小品文卻是濫觴於「五四」時期，發達於 30 年代的。在關於小品文的論爭中，茅盾明確地闡發了自己的主張。其一，提倡戰鬥的小品文。「應該把『五四』時代開始的『隨感錄』『雜感』一類的文章作為新小品文的基礎，繼續發展下去」，使之「擺脫名士氣味，成為新時代的工具」（《關於小品文》）。顯然，茅盾注重發揚魯迅所代表的小品文的戰鬥傳統，強調小品文改造社會的功利作用。其二，容許非戰鬥的小品文存在。對於林語堂在《人間世‧發刊詞》中的「宇宙之大，蒼蠅之微，皆可取材」之說，茅盾並未全然否定，而是對持這樣宗旨的刊物表示了「自然是值得辦的」的態度，只是提請編者審慎從事，「因為一個不留神，就要弄到遺卻『宇宙之大』而唯有『蒼蠅之微』，僅僅是『吟風弄月』，而實際『流為玩物喪志』了。」（《小品文半月刊〈人間世〉》）茅盾的擔心不是多餘的，儘管林語堂標榜《人間世》取材廣泛，但事實上卻是僅僅關注風花雪月、身邊瑣事的，茅盾不幸而言中了。茅盾認為，小品文固然不能無視「宇宙之大」，但也不是「一定要有關於『世道人心』的大議論不可」，「如果每篇『小品文』而一定要有關於『世道人心』的大議論，那就是給『小品文』帶上一副腳鐐」，「一篇『小品文』記遊山，記看花，只要情趣盎然……也是很好」。（同上）可見，從題材和內容上講，小品文天地廣闊，社會人生，歷史地理，山光水色，鳥獸蟲魚，都在可寫之列，大可不必用一個模式套死。只要有益於讀者

的身心健康，而不是麻痺和腐蝕，那麼趣味性、知識性、娛樂性等等就都不必排斥。茅盾的主張和魯迅所要求小品文的「也能給人愉快和休息」（《小品文的危機》）的見解是一致的。其三，反對「以自我爲中心，以閒適爲格調」的小品文模式。小品文可以表現「自我」，表現「性靈」，甚至有一定的閒適性，但如果推向極端，膨脹爲「自我中心主義」，只崇「性靈」、只求閒適，就會走向反面。茅盾指出：「倘使要把『閒適』『自我中心』之類給小品文定起唯一的軌範來，那卻恐怕要成爲前門拒退了『方巾氣』，後門卻進來了『圓巾氣』了！」（《小品半月刊〈人間世〉》）就是說，小品文是不能以什麼模式爲規範的，既然林語堂先生以爲用某種思想去要求小品文是所謂「方巾氣」，那麼，他卻把自己的一套小品文模式當作規範，豈不也是另一種「方巾氣」？顯然，林先生陷入悖論之中了。至於以晚明「公安」派小品爲圭臬，也是不足取的。其四，主張小品文種類的多樣化。茅盾認爲，時事小品側重於時事，諷刺小品側重於諷刺，科學小品和歷史小品則側重於科學知識和歷史知識了。茅盾是科學小品和歷史小品較早的倡導者，還在 1935 年，他就指出：「科學小品和歷史小品之寫作，是非常切要的。因爲這一方面是科學或歷史與文藝的結婚，另一方面是科學或歷史走進大眾隊裡的階梯。」（《科學和歷史的小品》）茅盾的倡導，對於科學小品和歷史小品的發展起了積極的推動作用。

茅盾關於小品文的理論主張，是與他自己的小品文寫作完全一致的。例如他在《太白》上發表的一組小品文，就是題材廣泛、內容豐富、形式多樣的。其中《大事摘要——關於中外文化溝通》對時弊進行了諷刺；《說謊的技術》、《「自傳」做法——才人筆調》對某些不良傾向作了揶揄；《未能名相》描畫針砭了可悲的社會相；《「自由」的推論》則是對一種論調的解析……茅盾的小品都是有所爲而作，短小精悍，明快有力，雜論、讀後感所在多有，打油詩甚至曲藝小品也不無嘗試。茅盾以小品文成功寫作的實績，爲自己的理論作了注腳。

茅盾對於小品文這一散文體式的理論見解，經受住了時間的檢驗，無疑是難能可貴的。

遊記：走向社會和自然的寫眞

現代意義上的遊記，是以文學筆調描述遊覽經歷和地方風光的記敘散文。所謂地方風光，既包括自然景觀，又包括社會風貌。好的遊記，應該滲

透有作者的個性和情愫，有較高的文學性。依照題材的不同，遊記大致是可以分爲山水遊記和社會遊記的。

茅盾半生飄泊，旅日之外，足跡遍及大半個中國，其間也遊歷過不少名山大川，然而寫下的山水遊記不多。究其原因，恐怕與他的文學價值觀念有關。茅盾一向注重文學的社會意義，把文學作品看作改造社會、改良人生的工具，由此出發，對於遊歷山水之作，自然也就並不重視了。在《如是我見我聞·弁言》中，他說：「這不是什麼遊記。遊記之類，現在也頗難著筆，而且——也不便多寫。」既不容易寫，又不便於多寫，這正是茅盾很少寫山水遊記的原因所在。然而儘管如此，在茅盾的文學生涯中值得提及的山水遊記還是有的，諸如在日本賞紅葉、遊嵐山的《紅葉》、《櫻花》，描摹自然氣候以象徵政治氣候的《雷雨前》、《黃昏》，記述新疆邊塞風光、風俗習尚的《新疆風土雜記》，在桂林詠景抒懷的舊體詩《無題》等等。這些遊記，不僅描寫了彼時彼地自然景觀，而且帶有作者憂時傷世的個性色彩。深重的憂患意識像影子一樣追隨在茅盾身上，他是很難有輕鬆閒適的心境描山畫水的。

與山水遊記不同，茅盾的社會遊記是大量的。隨著行蹤所至，茅盾不間斷地記述了所到之處的所見所聞，它們作爲「小小人生的剪片」，眞實地反映了當時的世態人情和社會風貌。從旅日期間的異國風情，三四十年代戰爭煙雲下的社會人生寫眞，到戰後的蘇聯訪問記，茅盾的遊記給歷史留下了長長的剪影。其中的《鄉村雜景》、《白楊禮讚》、《風景談》、《第比利斯的「地下印刷所」》等，都是爲人稱道的佳構。這些社會遊記，顯然是以鮮明的社會性見長的。

茅盾的遊記儘管不乏名篇佳作，但總的說來藝術成就不大。郁達夫認爲「抒情鍊句，妙語談玄……不是他的所長」(《〈中國新文學大系·散文二集〉導言》)，這也許是其中的另一個原因罷。

雜文：短小精悍的文藝性論文

說到雜文，人們首先會想到魯迅。在雜文領域，茅盾不僅是魯迅雜文的權威研究者，而且是忠實地繼承魯迅雜文精神，深諳雜文特性的寫作者。在長期的研究和寫作中，茅盾對作爲散文重要體式的雜文形成了深刻的理論見解。

在文體的功能上，茅盾特別注重雜文的戰鬥性。和魯迅一樣，茅盾也把

雜文看作是「變動得很快的社會中文化鬥爭的利器」(《關於「報告文學」》)，是「中國新文學中的突擊隊」(《現實主義的道路》)。他認爲，在對敵鬥爭中，雜文是顯微鏡，可以照出社會上種種毒瘡的病菌；雜文也是照妖鏡，能夠使僞裝的妖魔鬼怪原形畢露。另一方面，雜文的戰鬥性還體現在「對自己陣營內的錯誤傾向的鬥爭，對迷路的朋友們的不妥協的堅持原則的忠告，以及對中間分子的搖擺不定的針砭。」(《聯繫實際，學習魯迅》)

在文體的性質上，茅盾認爲雜文是文藝性論文。他十分讚賞魯迅在《僞自由書‧前記》中的一句話：「論時事不留面子，砭錮弊常取類型。」在他看來，這是對雜文性質的集中概括。雜文是議論性和文藝性的統一。一方面，議論要犀利，說理要一針見血，不講面子，「面子是掩蔽牛鬼蛇神的一張幕」，只有揭開這張幕，才能認清隱蔽在幕後者的本質；另一方面，雜文的說理不同於政論，並不只靠邏輯思維，還要靠形象思維，靠「取類型」即典型化的藝術手法，像魯迅那樣通過刻畫「比它主人更嚴厲的狗、媚態的貓、未叮人之前還要哼哼地發一篇大議論的蚊子、嘬著營營地叫著戰士們的缺點和傷痕的蒼蠅，以及脖子上掛著一個小鈴鐸的山羊」等類型，以揭示「豪奴，幫閒，二醜，僞善者，『正人君子』」等人的嘴臉。(《研究、學習、並且發展他》) 正是因爲優秀的雜文家能夠借助生動的形象傳達對某一社會問題的感受，論辯某種道理，將抽象的理性思考寓於人們所熟悉的事物之中，使雜文既同論文又同文藝作品區分開來，所以雜文才有了自己獨立的品格，成爲散文園地的奇葩。

在文體的形式上，茅盾強調雜文的短小精悍和多樣化。雜文沒有一定的格式，但要求篇幅短小精悍、語言簡淨暢達、類比巧妙、貼切等等卻是共同的。出於雜文家的個性不同，雜文自然也就有不同的風格，也就有了雜文的多樣化。茅盾主張「不要把雜文當作一朵花，要把它當作一種花」，「如果把雜文看作一種花，它就可以有好多花，有的色彩美麗，有的色彩不怎麼美麗，有的還帶有刺」(《在編輯工作座談會上的發言》)。即便就一個雜文家而言，也未必就是一種面孔，一個模式，他高度評價魯迅雜文「包羅萬有，除了匕首、投槍，也還有發聲振聵的木鐸，有悠然發人深思的靜夜鐘聲，也有繁弦急管的縱情歡唱」，是「回黃轉綠，掩映多姿」(《聯繫實際，學習魯迅》)的。

茅盾的雜文實踐了自己的藝術主張，既有論文的性質，又有文藝的特點，犀利透闢，簡潔明快，往往能夠從看似平常的社會現象和自然現象中發掘出

令人警醒的事理。《看模型》、《也算是「現代史」吧》分別從看模型和馬戲寫起，由淺入深，鋒芒直指玩弄把戲的矇騙者；《聞笑有感》、《狂歡的解剖》抓住常見的「笑」和「狂歡」進行剖析，鞭辟入裡地揭示了形形色色的社會心理類型；《談鼠》、《森林中的紳士》借物喻人，有力地撻伐了社會上「鬼鬼祟祟，偷偷摸摸，永遠不能光明正大」的傢伙和像豪豬一樣生活的紳士們……。茅盾雜文所畫出的種種社會相、世態相，是富有典型意義的。

（《山東師大學報》1992 年第 6 期）

有益的嘗試
——論茅盾取材於我國歷史或傳說的小說

　　茅盾的歷史小說向來不爲研究者所注意。茅盾自己也並不重視，甚至以爲《大澤鄉》「是一篇概念化的東西」，[註1] 似乎它們是並無可取之處的失敗之作。但是，當我們把茅盾的歷史小說置於一定的歷史範疇進行探討的時候，發現它們並不是無足輕重的。茅盾的自我批評，雖然不無道理，卻未免言之過重，恐怕不能當作評價他的作品的唯一依據。總的說來，儘管茅盾的歷史小說並非名篇佳作，並且確實存在著某種概念化痕跡，然而作爲茅盾開拓的一個新的領域，它們基本上保持了作者描寫現實生活小說的風格，而且表現出了若干新的特色，從而體現出作者關於歷史小說創作的若干可貴的藝術見解。因之，探討茅盾歷史小說的成敗得失及其創作主張，對於茅盾研究以及歷史小說的創作並非是無益處的。

一

　　茅盾取材於我國歷史或傳說的小說，只寫了《豹子頭林沖》、《石碣》和《大澤鄉》等 3 個短篇。如果我們把茅盾的歷史小說作爲其文學創作的一個環節來考察，特別是同它們之前的一些現實小說作些比較，便可以從中看到一些顯而易見的特色。

　　題材的變化，從描寫現實生活中的小資產階級知識分子到描寫歷史上農民起義的造反者。1930 年夏，茅盾曾一度有過一個龐大的計劃，醞釀寫一部

〔註1〕　《茅盾文集》第 7 卷後記。

描寫我國第一次農民大起義的歷史小說，後來他感到「這是一種變相的逃避現實」而放棄了。從中揀出的一部分，寫成了短篇小說《大澤鄉》。〔註 2〕那時茅盾患著「更厲害的神經衰弱和胃病」，病休之餘，清晨「便也動動筆，二百字，三百字，至多五百字。《豹子頭林沖》和《大澤鄉》等三篇就那樣的在養病時期中寫成了。」〔註 3〕這三個短篇雖然都選取歷史或傳說作題材，但卻都是寫的農民起義，並且都以造反者爲主人公，集中表現了他們的反抗性格，顯示了人民偉大的力量和可貴的品格。這不是偶然的巧合，也不是如作者所說是「逃避現實」那樣簡單。作爲現實主義文學大師，茅盾在文學創作中有一種執著探求的精神，總是努力開闢新的創作天地，不斷創新。他說：「一個已經發表過若干作品的作家的困難問題也就是怎樣使自己不至於黏滯在自己所鑄成的既定的模型中；他的苦心不得不是繼續地探求著更合於時代節奏的新的表現方法。」〔註 4〕就題材而言，應該說茅盾的這組歷史小說也是表現了作者這樣的苦心的。我們知道，茅盾親身參加了轟轟烈烈的第一次大革命運動，對於青年知識分子在大革命前後的情況十分熟悉，中篇小說合集《蝕》和若干短篇小說都是以此爲題材的。但是茅盾不滿意於自己的舊作，並且要對舊作的題材重新估價，於是便有了改換題材的願望。於是他第一次在題材上從自己所造成的殼子裡鑽出來，把眼光轉向了我國歷史，把藝術筆觸伸進歷史和傳說，這才創作了這組歷史小說，表現了一種執著的創新精神。之後，茅盾創作的題材又回到了現實，從都市生活到農村生活，從資產階級、小資產階級到破產農民，題材更是大大地擴大了。

形式的變化，「第一回寫的『短』」。〔註 5〕短篇不短，「無從剪短似的」問題，曾使茅盾一度十分苦惱。1928 年 2 月，當茅盾的第一個短篇《創造》脫稿時，作者竟「覺得比較作長篇的還要吃力」，甚至自以爲「不會寫短篇小說」。試看《創造》、《詩與散文》、《色盲》和《曇》等描寫小資產階級知識分子的短篇小說，每篇總有一二萬字的篇幅，從內容到形式，有的實在可說是壓縮的中篇。對此，茅盾深以爲非，決不當作尋常小疵而姑息。爲了克服這一缺陷，他執著地努力於「橫截面」的寫法，這在《陀螺》中已初見成

〔註 2〕 《茅盾文集》第 7 卷後記。
〔註 3〕 茅盾：《我的回顧》，《創作的經驗》。
〔註 4〕 茅盾：《宿莽》弁言。
〔註 5〕 茅盾：《我的回顧》，《創作的經驗》。

效，而《大澤鄉》等 3 篇歷史小說，則可說是名副其實的短篇了。這組小說每篇不過三五千字，或寫陳勝吳廣起義之發端，或寫玉臂匠金大堅對秘刻石碣的非議，或寫豹子頭林沖對黑暗社會現實的挑戰，無一不是截取歷史生活的一個橫斷面表現的。茅盾對短篇小說形式的孜孜追求，表現了極其嚴謹的創作態度，對我們今天的短篇創作仍有積極的意義。

格調的變化，從悲觀消沉開始轉變為積極樂觀。作品的格調總是反映著作家的思想情緒。茅盾 1927 年 9 月至次年 6 月所寫的《蝕》三部曲，描寫了大革命前後一批小資產階級知識青年的精神面貌，真實地表現了他們的理想與追求，苦悶與憤懣，動搖與幻滅，揭示了小資產階級知識分子的某種「時代病」。茅盾曾坦率地自我批評說：「我有點幻滅，我悲觀，我消沉，我很老實地表現在三篇小說裡。」並且表示：「我希望以後能夠振作，不再頹唐；我相信我是一定能的。」〔註6〕茅盾接著寫的《自殺》、《一個女性》和《詩與散文》等短篇小說，格調雖有不同程度的改變，卻依然存在著較濃厚的悲觀色彩。至於 1929 年 4 月寫的未完成的長篇小說《虹》，則在格調上發生了顯著的變化，著重表現的是知識青年的覺醒、鬥爭和前進，基本上擺脫了《蝕》的悲觀失望情緒，滲透著樂觀主義精神。而一年後寫的《大澤鄉》等一組歷史小說，則是繼《虹》之後反映茅盾思想變化的又一顯著標誌。這組小說沒有悲哀，沒有憂傷，沒有幻滅，格調是深沉的，樂觀的，向上的，著重表現了造反者們改朝換代的偉大力量，昂揚的鬥志，可貴的覺悟以及高尚的道德等等，蘊含著健康、進步的思想內涵。1930 年春天，茅盾在《蝕》初版題詞中說：「命名曰《蝕》，聊誌這一段過去。」這時茅盾已認真回顧了自己的創作道路，清理和總結了自己的創作思想，醫治了因大革命失敗所造成的心靈創傷，以全新的姿態開始新的戰鬥了。茅盾在這組歷史小說之後接著創作的長篇巨著《子夜》，其格調的明朗、雄壯和博大則是更不待言了。

從上述簡單的比較中，可見茅盾的歷史小說在題材、形式和格調方面的新變化，它們構成了茅盾這組歷史小說的新特色。儘管這些變化多屬表面性的，但確實存在於茅盾的歷史小說之中，這在茅盾不斷探索的創作道路上，是不可忽視的新收穫，新成績。正是在這樣的意義上，茅盾兩年後在《我的回顧》中，是親切地把《大澤鄉》作為自己文學生涯中的一個「里程碑」看

〔註6〕 茅盾：《從牯嶺到東京》。

待的。〔註7〕當然，茅盾在創作這組歷史小說之前創作的小說，自有它們自身的價值，而且不少是遠在他的歷史小說之上的。我們在它們之間進行比較（僅僅限於同歷史小說有關的幾個個別方面），只不過是爲了說明問題方便罷了。

二

歷史小說的創作同以現實生活爲題材的小說的創作是大不一樣的。由於歷史生活年代久遠，作家不可能去親身體驗，因而就有一個如何憑藉史料去熟悉、認識和評價歷史生活，把握歷史眞實的問題。「它的賴以進行概括的資料不是作家自己經歷的生活經驗。而是古人生活的記載或傳說，因而作家必須在充分掌握史料（前人記載和民間傳說的歷史生活）、甄別史料、分析史料之後進行概括，——到此爲止，作家是以歷史家身份做科學的歷史研究工作，他要嚴格地探索歷史眞實；此後，他又必須轉變其歷史家的身份爲藝術家，在自己所探索得的歷史眞實的基礎上進行藝術構思，並且要設身處地、跑進古人生活中來進行藝術構思，否則，就不免會不自覺地把現代人的意識形態強加於古人身上了。」〔註8〕茅盾60年代所說的這段話，不僅指出了歷史小說創作與現實小說創作的根本區別，而且闡明了進行歷史小說創作的過程，這是茅盾從事歷史題材作品創作和研究的寶貴總結。歷史小說的作者首先作歷史家，進而作藝術家，運用邏輯思維對歷史生活進行科學概括，運用形象思維進行藝術構思，把二者結合起來，就是要達到歷史眞實和藝術眞實的統一。但由於作家的立場、觀點和方法不同，所以在對史料的掌握、甄別和提煉等方面也各不同，這就使歷史小說的創作較之現實小說更困難一些。茅盾以自己的創作實踐，在《大澤鄉》等一組歷史小說中顯示了鮮明的特色。

在歷史生活的提煉和概括方面，閃爍著唯物史觀的光芒。在我國悠久的歷史長河中，各種史料和傳說浩如煙海，紛繁複雜，而且大都罩有歷史灰塵，掩蓋著史實的本來面目。正如鄭振鐸所指出的：「中國的歷史一向是蒙著一層厚幕或戴著一具假面具的。所謂文學侍從之臣，秉承著『今上皇帝』的意旨，任意的刪改著文獻，顛倒了是非。不要說關於老百姓們的事他們是往往抹煞眞相，就是關於他們王家貴族，以及士紳階級的事也往往在糞牆上亂塗

〔註7〕 茅盾：《我的回顧》，《創作的經驗》。
〔註8〕 茅盾：《關於歷史和歷史劇》第137頁。

白粉……」。〔註9〕這就要我們先下一番「去粗取精、去偽存真」的功夫。取材於《水滸》的《石碣》，在這方面是一個範例。按照茅盾的看法，《水滸》不是嚴格的或正宗的歷史小說，而是在民間傳說基礎上的創作。〔註10〕從總體上說《水滸》是一本好書，但是其中也不乏糟粕。《石碣》所揭示的，就是其中之一。在《水滸》的第七十一回，即「忠義堂石碣受天文，梁山泊英雄排座次」中，活龍活現地描寫了宋江率眾好漢祭天，天降石碣的情形，宣揚了唯心主義的天命觀。石碣上不僅鑴有「替天行道」、「忠義雙全」的字樣，而且排定了梁山泊好漢上應星魁的一百零八人的座次，從而順利地解決了梁山泊的一個最大難題。其實，這不過是人為的一場把戲而已。在封建社會裡，這樣的把戲屢見不鮮，統治階級借神權的力量以愚弄人民，而農民起義由於歷史條件所限制，找不到先進的思想武器，也往往借之以號召群眾。《大澤鄉》所描寫的「大楚興，陳勝王」的狐嗥，從魚腹中剖出的「陳勝王」素帛，鑴有「始皇帝死而地分」的東郡隕石，以及聲稱「明年祖龍當死」的華山神人等等細節，莫不如此。它們在古籍和舊小說中出現，本來是不足為怪的。但是，今天我們創作中使用這樣的題材時，就要重新認識，批判繼承，正本清源。《石碣》以揭破這樣的把戲為主題，廓清了歷史唯心主義迷霧，披露了梁山泊好漢內部「出身」不同的矛盾，還了歷史的本來面目，這是唯物史觀的勝利。

在對歷史材料認真研究和探索的基礎上，茅盾在創作中著力發掘和表現了歷史上人民群眾的偉大作用。為了準備一部長篇歷史小說（這部小說後來沒有寫），茅盾曾下了很大的功夫，「埋頭於故紙堆中，研究秦國至商鞅以後的經濟發展，戰國時代一些重要的思想潮流，乃至典章文物等等」。〔註11〕《大澤鄉》正是在這樣深厚的研究基礎上寫成的。在這個短篇中，茅盾站在歷史唯物主義的高度，著重描繪和歌頌了大澤鄉農民起義的偉大力量。風雨交加，「風是凱歌，雨是進擊的戰鼓，彌漫了大澤鄉的秋潦是舉義的檄文。」「地下火爆發了！……秦皇帝的全統治區域都感受到這大澤鄉的地下火爆發的劇震。」在九百戍卒面前，解送的兩軍官「簡直是到了異邦，到了敵營，到了只有閃著可怖的眼光的丘墟中。」兩軍官的彈壓像是以卵擊石一樣，被農民起義的烈火輕而易舉地吞沒了。歷史是人民創造的，農民起義是推動歷

〔註9〕　鄭振鐸：《玄武門之變》序。
〔註10〕　茅盾：《關於歷史和歷史劇》第 151 頁。
〔註11〕　《茅盾文集》第 7 卷後記。

史前進的動力，這就是《大澤鄉》揭示出來的深刻主題，這就是歷史的本質。從這個意義上說，茅盾的《大澤鄉》使得《史記・陳涉世家》和其他所有關於大澤鄉農民起義的舊作品都黯然失色。在我國數千年的歷史生活中，茅盾不寫帝王將相，才子佳人，俠客義士，而寫農民起義，寫農民群眾和社會下層的造反者，並且都是持肯定和歌頌的態度，這就使這組歷史小說達到了新的思想高度，閃耀著唯物史觀的光彩。

在根據歷史或傳說進行藝術構思和小說創作中，十分強調歷史真實性。歷史唯物主義要求作家澄清歷史迷霧，是為了認識歷史的本質，還歷史以本來面目，決不是要以今變古，隨意褒貶，甚至編造歷史，把歷史搞得面目全非。茅盾的歷史小說，在嚴格探索歷史真實的基礎上，無論事件、人物還是主要情節，大都是有來歷的，或依據史料，或依據傳說，而這些史料或傳說又是經研究認定為真實可信的。只要我們把《大澤鄉》與《史記・陳涉世家》、《豹子頭林沖》與《水滸》對照一下，就可以看得很清楚：事件和人物自不待言，就是情節也是大同小異，只不過前者內容更豐富、更生動罷了。《石碣》的情節和主題雖同《水滸》迥異，但人物和事件卻是原來就有的。可見，在堅持歷史真實的前提下，茅盾十分尊重歷史資料，在主要方面是嚴格忠實於史料或傳說的。然而，歷史小說畢竟是小說，要想「字字有出處，句句有來歷」是不可能的。歷史小說允許和需要虛構，問題是這種虛構是否符合歷史的真實性。《石碣》的情節雖不見於《水滸》，但卻是彼時彼地一定會發生的事，因而是合情合理的虛構。而讓玉臂匠金大堅和聖手書生蕭讓來秘刻石碣，則是梁山泊上最合適的人選，他們對秘刻石碣一事因出身不同而持的不同態度是可信的。經過「去偽存真」的提煉，《石碣》恢復了歷史的本質真實。茅盾認為，歷史小說的構思和創作，可以是真人假（想像）事，假人真事，乃至假人假事，但是「假人假事固然應當是那個特定時代的歷史條件下所可能產生的人和事，而真人假事也應當是符合於這個歷史人物的性格發展的邏輯而不是強加於他的思想或行動。」〔註 12〕茅盾的這一文學主張，既是衡量不見於正史的傳說、異說以及舊小說中有關材料是否具有歷史真實性的尺度，又是作家憑藉想像進行藝術虛構的準則。它表現在茅盾的創作實踐中，使他的歷史小說有著嚴格忠實於歷史，並且較好地達到了歷史真實和藝術虛構相統一的鮮明特色。

〔註12〕茅盾：《關於歷史和歷史劇》第 107 頁。

在人物形象的塑造上，突出其鮮明的階級性。茅盾在創作中，不僅以愛恨分明的思想感情頌揚正面形象，批判反面形象，而且十分重視在矛盾衝突中發掘人物性格的階級性，在心理描寫中揭示人物形象的階級烙印。這是茅盾歷史小說的又一特色。《大澤鄉》所表現的矛盾衝突是你死我活的階級鬥爭。「閭左貧民」生的渴望，掙脫枷鎖的渴望，對土地的渴望；兩軍官的顢頇、專橫和殘忍；戍卒和軍官之間深深的仇恨……所有這些，都被描寫得十分深刻。小說確認九百戍卒為「被征服的失掉了土地並降為奴隸的六國農民，兩個軍官是升到統治地位的秦的富農階級」，〔註13〕並以此出發規範人物的思想和言行，通過尖銳的矛盾鬥爭，使人物形象展現出明顯的階級色彩。同樣地，《豹子頭林沖》則是通過描寫林沖在一個夜晚中的活動（主要是思想活動），著重表現了林沖「農民根性的忍耐和期待」，樸質和善良，反抗和鬥爭；批判了「三代受了朝廷的厚恩，貴族的後裔的楊志」所抱的那種企圖建功邊庭，以求封妻蔭子的仕途幻想；揭露了白衣秀士王倫的氣量狹窄，「妒賢嫉能，卑污懦弱」，等等；而《石碣》則是通過對梁山泊好漢內部深微矛盾的描寫，表現了玉臂匠金大堅正直的品格，聖手書生蕭讓精細的心計。所有這些，都切合人物的階級身份，抓住了人物的階級實質。我們知道，階級論是歷史唯物論的核心。茅盾在 30 年代初就以之指導創作，把階級觀點鮮明地貫串於歷史小說的創作中，突出描寫人物的階級性，這充分表明當時的茅盾已是具備了「進步的世界觀」了。

在這組歷史小說中，茅盾運用的創作方法依然是現實主義的。茅盾既按照歷史生活的真實面貌來描寫歷史，並且注意細節描寫的真實性，又十分重視環境特別是人物的典型性，努力使環境和人物統一起來，以揭示歷史生活的本質和規律。《大澤鄉》再現了我國歷史上第一次農民大起義中的雄壯的一幕，悲涼蕭索的秋風秋雨，劍拔弩張的敵我對壘，一觸即發的階級搏鬥，正是當時歷史生活的集中概括，達到了一定程度的典型化。聲勢強大的大澤鄉農民起義，展示了歷史發展的必然趨勢。《豹子頭林沖》可說是一幅林沖月夜徘徊圖，茅盾以細膩的筆觸，把林沖投山不得的苦悶、憤懣和對「大智大勇的豪傑」期待的心情描繪得淋漓盡致，預示了農民起義發展的廣闊前景。《石碣》則幾乎沒有環境描寫，而是著力於對話描寫和心理描寫，顯現出金大堅的性格美，無異於一幅清淡的白描人物畫。茅盾歷史小說在這方面創作的成

〔註13〕《茅盾文集》第 7 卷後記。

功，同他運用現實主義創作方法是分不開的。

三

儘管茅盾的歷史小說寥寥幾篇，而且也不能說取得了如何卓著的成績，但是，卻可以從中窺探茅盾關於歷史小說創作的文學主張。作爲一位文學大家，茅盾的文學主張是從不輕易改變的。解放後，茅盾曾就歷史劇創作問題專門寫了長篇論文，詳盡地闡明了他對歷史劇創作的基本觀點。歷史小說和歷史劇都是關於歷史題材的作品，在總的創作原則上是一樣的。茅盾關於歷史劇創作的文學主張，和歷史小說的創作是一致的。因之，在我們從茅盾創作的《大澤鄉》等作品出發，探討他的歷史小說創作的主張時，倘若聯繫他的歷史劇創作的有關論述進行考察，就可以看得更爲清楚。

「五四」以後，自魯迅發其端，歷史小說得到了不斷的發展。特別是 30 年代，由於國民黨政權嚴重的政治壓迫，作家沒有言論自由，爲了寄情言志，借古喻今，借古諷今，因而不少作家從實際鬥爭出發，紛紛創作歷史小說，除魯迅和茅盾外，還有郭沫若、鄭振鐸、巴金等人，使歷史小說的創作一度出現了較繁榮的局面。隨著創作的發展，關於歷史小說創作的不同見解隨之產生，在許多問題上發生了爭論，直到今日，仍難統一。集中起來，主要問題是兩個。而在這兩個重大問題上，茅盾以自己的創作實踐和以後的理論研究作出了明確的回答。

關於歷史眞實和藝術虛構的關係問題。如前所述，茅盾的歷史小說是按照歷史的本來面目描寫歷史，按照歷史生活自身的邏輯來進行藝術虛構的。在這個問題上，茅盾有一系列精闢的論述，表明他的主張是一貫的，只不過後來更系統更深刻罷了。《大澤鄉》等歷史小說發表前後，茅盾似乎沒有就此講過什麼。1937 年，他曾說：「另有作者，則思忠於事實。務要爬羅剔抉，顯幽闡微，還古人古事一個本來面目。這也是腳踏實地的辦法。」〔註14〕從而肯定了宋雲彬的歷史故事集《玄武門之變》。1956 年，茅盾在《給初學寫作者的信》（五）〔註15〕中指出：「寫歷史小說，可以加上相當成分的想像，但主要情節不能『杜撰』。歷史小說如此，根據傳說來寫的小說亦應當如此。」最透闢的，則是 1961 年在一篇長文中的論述：「我以爲我們一方面肯定藝術虛

〔註14〕茅盾：《玄武門之變》序。
〔註15〕《萌芽》1981 年第 5 期。

構之必要，另一方面也必須堅持不能隨便修改歷史；此二者並不矛盾，因為藝術虛構不是向壁虛造，而是在充分掌握史料，並用歷史唯物主義和辯證唯物主義的觀點和方法分析史料、對歷史事實（包括人物）的本質有了明白認識以後，然後在這個基礎上進行虛構的。這樣的藝術虛構就能與歷史真實相結合而達到藝術真實（即在藝術作品中反映的歷史）與歷史真實（即客觀存在之歷史）的統一了。」〔註 16〕茅盾的這些見解，今天仍然不失其積極的現實意義。

關於古為今用問題。茅盾曾就自己的創作說過：「我所能自信的，只有兩點：一，是未嘗敢粗製濫造；二，是未嘗為要創作而創作──換言之，未嘗敢忘記了文學的社會意義。」〔註 17〕這對茅盾的歷史小說是同樣適用的。茅盾的歷史小說儘管沒有一句涉及現實政治的話，但其意義卻蘊含在小說的藝術畫面之中。試想，在國民黨反動派的法西斯統治下，在共產黨領導的農村革命運動發展壯大的形勢下，茅盾對秦王朝的封建暴政及其色厲內荏本質的揭露和批判，難道不就是對蔣家王朝的揭露和批判嗎？而對農民起義的偉大力量及其光明前途的歌頌，難道不正是對中國共產黨領導的工農紅軍的革命鬥爭以及土地革命中農民運動的歌頌嗎？歷史往往是有驚人的相似之處的。茅盾認為，「如果能夠反映歷史矛盾的本質，那麼，真實地還歷史以本來面目，也就最好地達成了古為今用。」〔註 18〕這是茅盾關於古為今用問題的基本見解。十分明顯，茅盾的這一見解與魯迅的主張是不一樣的。我們知道，魯迅的歷史小說總有著明顯的現實針對性，甚至往往在歷史題材中加進若干「油滑的」現實材料。然而，茅盾對魯迅的歷史小說同樣十分推崇，他高度評價說：「魯迅先生以他特有的銳利的觀察，戰鬥的熱情，和創作的藝術，非但『沒有將古人寫得更死』，而且將古代和現代錯綜交融，成為一而二，二而一。」〔註 19〕與此同時，也正確地指出一般作者很難把魯迅的寫法學到手，往往「未能學而幾及」，倒是「終未免進退失據，於『古』既不盡信，於『今』亦失其攻刺之的。」〔註 20〕茅盾對於古為今用問題的卓越見解，是發人深思的。

〔註 16〕茅盾：《關於歷史和歷史劇》第 136 頁。
〔註 17〕茅盾：《我的回顧》，《茅盾全集》第 19 卷第 406 頁。
〔註 18〕茅盾：《關於歷史和歷史劇》第 106 頁。
〔註 19〕茅盾：《玄武門之變》序。
〔註 20〕茅盾：《玄武門之變》序。

　　從上面兩個問題的簡略概括中，可以看到茅盾既有創作實踐，又有專門研究，他的見解卓有見地，切中肯綮，是很值得我們重視的。需要說明的是，我們指出這一點，並不以爲茅盾關於歷史小說的創作主張就是最完美的主張，更不是要以之代替和排斥其他創作主張。有比較，有鑒別，才能促進文學事業的繁榮。在文學創作理論方面，是可以而且應該各抒己見，百花齊放的。

　　茅盾的歷史小說在其 60 餘年的文學生涯中，並不佔有怎樣的地位。誇大它們的價值，固然不妥；然而忽視甚至抹煞它們的價值，籠統地否定爲「失敗之作」，也不公平。作爲茅盾文學創作的一個組成部分，作爲茅盾開拓的一個不容忽視的領域，我們探討茅盾歷史小說的創作特色及其創作主張，無非是要說明：它們是歷史小說百花園裡的花朵，即使不是最美麗的花朵，卻也有著自己的獨特光彩，然而決不是雜草。誠然，茅盾的歷史小說確有它的失敗之處，諸如有著明顯的概念化的痕跡，人物形象不夠豐滿，性格不夠鮮明，個別地方同歷史生活不盡一致，等等。但是，同它的成功之處相比，這些缺陷畢竟是次要的。況且，如果把它們置於 50 年前的歷史條件下進行考察，那麼是完全可以理解的：當茅盾以「進步的世界觀」和重新投入戰鬥的滿腔熱情回國進行文學活動的時候，他在思想內容方面對自己過去的文學作品是頗不滿意的，他要探求新的創作道路，改變作品的內容和主題，創作不同以往的新作。這樣的創作宗旨無可非議，然而卻或多或少地忽略了藝術創作的規律。同時也由於是新的嘗試，因而在歷史小說創作中過分突出人物的階級性，卻忽視描寫性格的其他方面了。這可說是矯枉過正，不足爲怪，倒是很可以給我們啓示的。必須指出的是，茅盾歷史小說的概念化，並不是因爲作家堅持以唯物史觀指導創作的緣故，這同作品的概念化並無必然的聯繫；而是因爲茅盾沒有像這之前的創作那樣，堅持從生活出發，充分按照藝術規律塑造人物形象，這才是造成概念化的根本原因。正因爲這樣，茅盾的歷史小說未能取得重大的成功，這實在是一個很好的教訓。新文學作家確立馬克思主義世界觀對於藝術創作至關重要，這一點是任何時候也不能動搖的。「一個做小說的人不但須有廣博的生活經驗，亦必須有一個訓練過的頭腦能夠分析那複雜的社會現實；尤其是我們這轉變中的社會，非得認眞研究過社會科學的人每每不能把它分析得正確」〔註21〕茅盾的這一經驗之談，是我們應該牢牢記取的。

　　　　　　　　（《文苑縱橫談》第 1 輯，山東人民出版社 1981 年 9 月版）

〔註21〕茅盾：《我的回顧》，《茅盾全集》第 19 卷第 406 頁。

第 5 輯

茅盾研究突破芻議

　　茅盾研究如何突破問題，是茅盾研究者包括老中青在內共同關心和探討的問題。在這一點上，茅盾研究者的目標是一致的。所謂突破，是說在既有的茅盾研究基礎上取得重大進展和成果。這當然不是一蹴而就的，通常則是一個漸進的過程。我們的任務，就是加速這個進程。應該說，在廣大茅盾研究者的共同努力下，新時期茅盾研究工作正在紮紮實實地向前邁進：規模宏大的《茅盾全集》編纂工作進展順利；茅盾研究的專著陸續問世；有創見的茅盾研究論文越來越多；北京、桐鄉兩地的茅盾故居修繕一新，展室布置日趨完備；茅盾研究資料基本上發掘和整理出來……所有這些，都為茅盾研究的突破打下了良好的基礎。看不到茅盾研究的既有成績，顯然不是實事求是的態度。但是另一方面，也不能不看到，在現代文學研究領域，與魯迅研究、巴金研究、郁達夫研究等相比，茅盾研究確實存有一定的差距，前進的步履不大，這主要表現在研究者多還局限於傳統的茅盾研究觀念之中，茅盾研究的格局還沒有根本性的變動，研究的方法多還是社會學的方法，茅盾研究中的若干難點和重點也還沒有得到令人信服的解決……從這樣的意義上看，茅盾研究者特別是青年研究者不滿意於現狀，發出要求突破的呼聲是完全可以理解的。那種無視茅盾研究中的局限和不足，以為文學觀念和研究方法的更新無足輕重的態度，是無益於茅盾研究的突破的。茅盾研究的突破，說到底是在現有的研究水平上的突破，沒有突破，就停滯不前了。而只有對茅盾研究的現狀作出合乎實際的評價，才會找到適當的突破口，突破才會更有成效。在這當中，有成績的研究者在努力超越自我的同時，還應有寬闊的胸襟，真誠地歡迎並支持新起的研究者超越自己，這才是一種值得倡導的良好品格，

茅盾在這方面的楷模同樣是值得效法的。新起的研究者在學術觀點上完全可以同前輩學者進行平心靜氣的商討，那種墨守成規、亦步亦趨的治學態度是不足取的，然而也要注意情感上的理解和尊重。只要新、老研究者方向一致，攜手共進，可以相信，茅盾研究的突破是爲期不遠的。

爲了對茅盾研究突破盡綿薄之力，筆者不揣淺陋，擇要陳述管見如下，以就正於方家。

一、要有當代意識，也要有歷史感，努力於當代性和歷史感的統一

所謂當代意識，就文學研究者而言，在我看來就是一種新的開放的文學觀念。這種文學觀念認爲，文學應該走向自身，它不僅是外在的社會生活的反映，而且要表現人物豐富多采的內心世界，是有意識的內心生活的表現，也是潛意識甚至無意識的內心生活的表現，「人的文學」的涵義在這裡得到充分的肯定和拓展；與內容的要求相適應，在創作方法和藝術表現上則要求多樣化。文學觀念的更新，對研究者來說實際上是知識結構和思維方式的更新。同任何事物的變革一樣，文學觀念的更新也是一個不斷發展和完善的運動過程。研究者應該努力和這一運動同步，從中不斷地吸取營養以豐富和充實自己，並以較前更爲接近藝術規律的文學觀念觀照文學現象，評價作家作品，以進一步深入地探討並總結藝術規律，推動文學事業的發展。有無當代意識，當代意識是強還是弱，對於文學研究者說來是至關重要的。在茅盾研究中，長期以來我們採用社會學的研究方法，這本來無可非議，實際上也取得了相當大的成績，但問題是常常被我們簡單化了。我們往往習慣於從文學和社會生活的聯繫上，特別是從作品的思想傾向上評價作品的高下，於是具有重要文學價值的《蝕》三部曲長期被冷落了。所謂美學觀點和歷史觀點相統一的批評標準，在這裡只剩下單一的政治標準，再兼之以哲學的反映予以評價似乎就萬事大吉了。其結果便不能不導致茅盾研究的局限性，即擁擠在一個狹窄的胡同裡兜圈子，其他一些廣闊的天地，諸如豐厚蘊藉的審美價值，凝聚於人物形象身上的人性表現和民族文化心理積澱，乃至作爲創造主體的作家的完整而豐富的內心世界等等，多還是少有人問津的處女地。茅盾研究中的固定視角和僵化的思維模式，表明傳統文學觀念的陳舊和封閉，它大大束縛了茅盾研究的開拓和突破。近年來越來越多的研究者摒棄單一的表象的政治尺度，力圖從文學自身的規律特別是審美規律出發從事茅盾研究，取得了較

好的成績。茅盾研究觀念的嬗變，使得長期被冷落的作品正在被重新評價，多年來被遺忘的領域正在被開發，茅盾作爲文學家的獨特風貌正在被從政治的氛圍中廓清出來，茅盾研究展現出了美好的前景。事實表明，如果研究者缺乏當代意識，觀念老化，那麼茅盾研究的進展和突破是難於奏效的。

　　如果說確立當代意識是一種理論武裝，那麼樹立歷史感則是從事研究的一種客觀依據。任何文學現象的出現，都不是偶然的。研究者如果不顧其所由產生的社會歷史條件，把研究對象從其背景中剝離出來，然後用今天的眼光進行審視，用新的尺度重新衡量，品頭論足，百般挑剔，顯然不是科學的研究態度。因之，研究者的歷史感是不可缺少的。這裡所說的研究者的歷史感，是指歷史主義的意識。就是說，研究者在以當代意識對過去的文學現象進行觀照的時候，一定要顧及歷史背景，顧及特定時代政治的、經濟的、文化的因素的影響。新文學的一些顯著特徵，例如強烈的憂患意識，明顯的社會功利性，以及現實主義流派的強大生命力及其主流地位等等，無不是由當時的國情所制約，並與政治思想等因素息息相關的。茅盾作爲一代文學巨匠，同時也是偉大的共產主義者，他對社會政治問題的關注遠遠超過一般民主主義作家，他的巨著《子夜》就是參與並回答當時社會性質論戰的。對於茅盾作品的理性色彩，茅盾的社會功利觀如何評價，也就成爲茅盾研究的焦點之一。對此，研究者之間是頗有歧異的。老的研究者較之新起的研究者往往有著更多的歷史感，因而給予了更多的肯定，而新起的研究者則往往據今天的評論尺度給予更多的否定。顯然，這裡有一個文學研究的當代性和歷史感統一的問題。注重於當代意識不等於苛求歷史，顧及歷史意識也不是排斥當代意識。重要的不是簡單的褒貶，而是科學地探討茅盾的文學世界，使茅盾研究走向新的高度。當然，這是有待於茅盾研究者共同實踐的。

二、要繼續加深客體研究，也要注重創造主體研究，努力於二者的統一

　　這裡所說的創造主體是指茅盾自身，而客體則主要是指茅盾創作成果，包括文學作品和理論著述等。長期以來，人們關注的是客體研究，特別是其中的文學創作。而在文學創作中多注重小說，在小說中則往往矚目於《子夜》等少數幾個作品。這幾乎形成了固定的研究視角和對象。研究者所看重的，往往是作品對於對象世界的眞實反映，是典型環境的描繪和典型形象的塑造等等，總之是茅盾創作中所表現出的革命現實主義特徵，這是不錯的，作爲

現實主義文學巨匠，茅盾在這方面的貢獻值得繼續研究。但是，茅盾的創作研究還可以有各種不同的視角，還可以有各種各樣的側面，可以有微觀研究，也可以有宏觀研究。小說之外，茅盾的散文、文學批評和文學理論等的研究也不可忽視。近幾年來，開始有一些研究者選取新的視角，涉足新的領域，並結出了初步的果實。可以說，在客體研究方面，茅盾研究打開了局面，可望不久會有越來越大的收穫。

相形之下，對於茅盾的主體研究則是相當薄弱的。除了茅盾的文學觀外，我們以往只注意他的世界觀，從政治思想及其對文學創造的影響上作了不少的考察。茅盾誠然是一位偉大革命作家，但他首先是一個生氣灌注的人。對於他的無限豐富的內心世界，他的個性、氣質及深層文化心理構成，他的倫理觀、審美觀、文藝觀，乃至他的家庭、婚姻等等，我們卻知之甚少，而所有這些又都是和他的文學事業密切相關的。研究者心目中的研究對象倘若是扁平的而非立體的，倘若只停止於淺層的政治表象而非深層的靈魂世界，那怎麼會作出科學的闡釋和評價呢？其實，即便在從政治角度所作的考察中，我們也往往停留於線性的因果思維上，認為茅盾的無產階級思想制約甚至等同於其文藝思想，影響並促進了其文學創作；集革命家和文學家於一身，並且兩者達到了較好的結合。但是如果深入考察和思考，就不能不出現新的問題：文學和政治畢竟不是一回事，它們在茅盾身上有統一的一面，然而是否也有不盡一致的一面呢？當作家按照美的規律進行文學創作的時候，其理性意識是以怎樣的形態出現的？是寓理於情、情理交融，理性沉澱於形象之中，還是理重於情、情理游離，思想大於形象呢？恐怕這都需要具體分析，不可一概而論。可見，從創造主體來看，茅盾研究是大有文章可作的。然而，無論客體研究還是主體研究，事實上都難於孤立地進行，雖可有所側重，但要完整地把握作家的藝術世界，是非有兩者統一的總體研究不可的。

三、運用社會學的研究方法，也運用其它研究方法，努力於研究方法的多樣化

在我們傳統的文學批評方法中，除了文學評點方法外，主要就是社會學的文學批評了。這種方法的長處在於，側重於從社會的歷史角度，從文學和時代、文學和生活的關係上看待文學現象，有益於研究者對於對象的總體把握，例如研討現實主義的作家作品、編撰文學史就特別需要這一方法。儘管它並不等同於馬克思主義文學批評，但兩者之間確有不少共通之處，而且在

馬克思主義文學觀的指導下，兩者又是可以統一起來的。當前，社會學的文學批評已經基本擺脫了庸俗社會學的迷霧，煥發出新的生命力。事實表明，在茅盾研究中，這是一種行之有效的批評方法。那種以為社會學的文學批評已經過時的看法，是沒有根據的。

但是，僅僅掌握社會學一種批評方法是遠遠不夠的。對於茅盾研究來說，這不僅難於全面審視其絢爛多彩的文學世界，而且也容易造成思維方式的程式化。藝術把握世界的方式是審美的、直觀的，這就要求研究者採用美學批評的方法，從審美規律上觀照審美對象，從中發現美、把握美，探討其感人至深的藝術魅力之所在。對於茅盾作品中成功的人物形象系列，例如「時代女性」形象系列，資本家形象系列等，以往我們從審美角度所作的研究是不多的。誠然，茅盾的文學作品往往帶有鮮明的政治傾向性，但是除個別作品外，他總是努力按照美的規律進行創作，堅持寓理性於藝術表現之中，他一向反對概念化，唯其如此，才會產生像吳蓀甫、老通寶這樣的典型形象，其作品才會產生歷久不衰的藝術魅力。一些新起的研究者往往對《子夜》創作大綱提出非議，恐怕是在用一種純然審美的尺度進行衡量。其實，有了大綱並非就一定會束縛作家的藝術創造力，大綱和作品之間的「誤差」就是證明。大綱之有無，對於作家大可因人而宜，似乎不足以據之對作品予以褒貶，確定高下，而那種任情寫意、信筆揮灑的作品也未必都是上乘之作。除了審美的批評方法外，還可用心理的、生理的等多種批評方法，可以借鑒現代派批評方法的某些有效的方面，例如結構主義批評對於把握作家的創作風格就頗有可取之處。風行一時的系統科學方法論，儘管未便誇大其作用，但它利於從整體上把握對象的長處也是值得肯定的。

總之，多種方法的並存並舉，研究方法的多樣化，有利於茅盾研究的突破和深化。其實，任何方法都有一定的局限性，一般說來，適用於宏觀審視的方法通常則不宜於微觀剖析，反之亦然。這正如大炮能夠遠距離轟擊，而刺刀只能用於近距離拼搏一樣。但是，正像高射炮手不會拒絕學會拼刺刀一樣，研究者也應該掌握多種方法，這裡重要的是發揮自己的優勢，揚長補短，在廣採博取中選擇最得心應手、最宜於突破的方法。倘若一味唯新是騖，捨長就短，也就失卻自我了。

（《昌濰師專學報》1986 年第 2 期）

茅盾小說研究的拓展和深化

——山東省第二屆茅盾研究學術討論會綜述

　　山東省茅盾研究會於 1988 年 4 月 10 日至 14 日在濰坊市寒亭召開了第二屆學術討論會。省內茅盾研究和教學工作者 30 餘人出席了會議。會議中心議題是茅盾小說研究和教學研究。與會人員思想開放，暢所欲言，會議氣氛活躍，時有不同觀點的爭論。通過討論，交流了各自的成果和心得，探討了難點和薄弱環節，推動了茅盾小說和教學研究的進展，取得了一定的成效。

一、關於茅盾小說和教學研究的現狀及其深化的問題

　　會議認為，近幾年來，隨著現代派文學思潮的洶湧而來，茅盾及其所代表的現實主義文學受到前所未有的衝擊。張揚主觀、感性乃至潛意識的非理性和非現實主義傾向，正在影響著茅盾小說和教學的研究，一代文學巨匠受到了不應有的冷落。據有的高校統計，高年級本科生中很少有人喜愛茅盾的小說，選修茅盾研究專題課的更是寥寥無幾。茅盾及其創作似乎成為陳舊的不合時宜的了。文學思潮的急劇變動，給茅盾研究和教學工作者提出了更高的要求。一方面，要堅持開放，引進國外各種有益的文學觀念和成果，以世界性眼光和新的思維方式進行觀照和研究；另一方面，要心中有主，既不眼花繚亂，更不妄自菲薄，無論採取什麼角度和方法，研究都要注重於科學性。要像「五四」時期的茅盾那樣，在和世界文學思潮的聯結中努力把握傳統文學和西方文學的精髓。茅盾作品作為剛剛成為歷史的一份寶貴財富，作為新文學傳統的一個重要組成部分，茅盾作為一定歷史時期占主流地位的現實主

義流派的巨擘，還遠遠沒有被我們所認知和把握。茅盾研究既然是科學，就要充分地尊重歷史，完整地佔有材料，在對創作主客體統一的觀照中進行探討，努力尋出合乎對象本來面目的結論來。在這裡，重要的是研究者要有獨立的意識。那種被現代主義文學思潮衝得暈頭轉向，不加分析地貶斥茅盾及其創作的態度固然失之輕率和偏執；而自囿於淺薄的社會學批評的規範裡而不自拔，置洶湧澎湃的文學批評新潮於不顧，一味地讚譽有加，以捍衛者出現的姿態也不足取。茅盾及其所代表的現實主義文學，既然在新文學發展的歷史進程中煥發了旺盛的生命力，作出了卓越的建樹，那麼也一定經得起時間的檢驗。在新文學的百花園裡，茅盾所代表的現實主義花卉具有自己的重要位置是自不待言的。無論茅盾及其創作有怎樣的短長，無論社會思潮發生怎樣的變化，茅盾小說和教學研究的深化都是需要的。

二、關於茅盾小說理性化傾向的問題

茅盾小說的理性化傾向，是茅盾研究的難點之一，也是招致非議的焦點之一。注重於對現實生活「正確而有爲的反映」，強調表現「全般的社會結構」，既要在橫向上描寫社會生活的各個環節，又要在縱向上展示社會發展的方向，以及「先從一個社會科學的命題開始」的藝術構思和分析的描寫法，構成了茅盾鮮明而獨特的理性色彩。對此，討論會上出現了兩種不同的評價。一種是有一定保留的肯定。這種意見認爲，從總體上說茅盾的這一創作個性是作家有意識追求的結果，從早期在東西方文學的碰撞中，在對舊文學「遊戲的消遣的」文學觀念的批判中選擇和確立「表現人生、指導人生」的新文學觀，到 30 年代發展爲革命現實主義文學觀，茅盾一直把樹立正確的社會科學思想放在創作的首要位置，並以自己的創作實踐在新文學史上留下了豐碑，以致形成了事實上的社會分析派。《子夜》的創作就是這樣的一個範型。這是作家執著的社會參與意識，「行文每不忘社會」，具有高度的社會責任感和使命感的表現。實際上，文學創作歸根到底離不開理性光輝的燭照，單憑感覺、直覺和潛意識是不夠的。當然，文學創作也不能過分誇大理性思考的作用，否則就容易出現公式化概念化的弊端。文學創作有自身的規律，如果缺乏眞情實感，缺乏藝術表現力和感染力，就會導致理性的淺露和作品的單薄。即以茅盾而論，儘管他一直反對公式化概念化偏向，但也發表過並不成功的作品，有過過於直露的議論和描寫，《三人行》、《第一階段的

故事》自不必說，就是代表作《子夜》中也不無敗筆，例如一向爲論者所稱道的以吳老太爺之死象徵「五千年老僵屍」風化的典型細節，以及關於工人運動和農民運動的某些描寫，就是如此。它們更多的是出於表現社會意識的需要，而某些題材和生活也未必是作家所熟悉的。儘管這樣，總的說來作爲特定社會歷史條件下產生的文學現象，茅盾小說中的理性和情感、社會價值和美學價值是達到了較好的統一的。另一種意見則認爲，茅盾小說中的社會意識和審美意識並未結合好，他更多的是以一個政治家而不是文學家的眼光看取生活、進行創作的，其文學主要爲政治服務，帶有鮮明的社會功利性，這就造成了作家主體性的失落。或者說，作家的個性意識消融到群體意識之中了。除了政治意識之外，在茅盾的大部分作品中很難看到作家的內心世界。而文學是最注重表現豐富的主體性的，紀實性、社會性和時代性固然是茅盾小說的顯著特徵，然而由於缺乏情感的滲透和審美的把握，一些作品也就更接近於新聞報導和報告文學。《子夜》等作品的主題先行，不能不削弱了本身的審美價值。對於茅盾來說，鮮明的理性其實是束縛了他的藝術個性，儘管它不同於蔣光慈的理性，但很難說有實質性的差異。擴而大之，儘管茅盾極力抨擊舊文學的「文以載道」觀，而茅盾的創作是爲了傳達進步的革命的思想，兩者的內容根本不同，但是在思維方式上卻是相同的，都是把文學當作了工具。所以，茅盾的理性化傾向是不能肯定的。如果說一個時代有一個時代的文學的話，那麼茅盾的時代已經過去了。

三、關於茅盾小說的現代性問題

作爲新文學運動的先驅者之一，茅盾還在「五四」時期就爲新文學的現代化建設開始進行理論上的準備。對世界文藝思潮的窮本溯源，取精用宏，爲他後來走上現實主義文學創作道路打下了基礎。茅盾曾經廣泛地介紹和研究過西方各種文學思潮和流派，在主要接受 19 世紀批判現實主義特別是俄羅斯文學的同時，並未放棄對現代派作家的研究和借鑒。以茅盾與象徵主義劇作家梅特林克來說，就可以看出茅盾小說的現代性特點。一方面，揚棄了梅特林克悲觀消極的哲學思想，另一方面則大膽地吸收了其象徵性、暗示性的藝術技巧，諸如《蝕》、《虹》、《子夜》等小說富有象徵意蘊的命名，《創造》中在人物、情節乃至細節上運用的象徵手法，以及「穿了戀愛外衣」的《自殺》、《色盲》等作品中人物的象徵寓意，都是顯著的例證。在這裡，茅盾是

借取梅特林克的長處以豐富自己的現實主義創作，而不是用象徵主義化掉現實主義。顯然，茅盾對於現代派藝術並不是拒之門外的。實際上，構成茅盾小說美學基本特徵的真實性、史詩性和社會性，都可以在巴爾扎克、托爾斯泰那裡找到根由，只不過不是那麼明顯和浮淺罷了。進入 40 年代之後，以《霜葉紅似二月花》的創作而論，茅盾確實更多地注重於繼承民族文化遺產特別是《紅樓夢》的優秀傳統，從而使作品表現了鮮明的民族特色，然而並未摒棄外來藝術的影響，這在作品宏大的構架和細膩的描寫中即可得到證明。那種以為茅盾的創作由開放走向封閉的觀點是沒有根據的。此外，茅盾表現社會生活的觀念也並不陳舊，例如《水藻行》就塑造了財喜這樣一個「真正的中國農民的形象」，肯定了他衝破封建倫理束縛的行徑，從而顯示了茅盾新的婚姻道德觀念。所以，茅盾的小說是一種既有現代性又有民族性的文學，倘若以為它們是陳舊之作，未免失之皮相之論了。

四、關於茅盾旅日生活中的婚外戀插曲的問題

香港《廣角鏡》1985 年第 4 期發表秦德君的《我和茅盾的一段情》一文後，曾經在茅盾研究界引起過廣泛的關注。對於這一樁和茅盾創作密切相關的公案，作為茅盾研究者是不容迴避的。就茅盾本人來說，一直對此諱莫如深，雖有可以理解的隱衷，但其實是大可不必的。研究者當然也不必為尊者諱。無論秦德君的文章有多少失實之處，披露這樣一段隱情很可能改變茅盾在人們心目中的形象。對此，有的研究者認為，即便確有其事的話，對茅盾也沒有多少貶損，只要考慮到當時日本的社會風氣、茅盾深重的無可排遣的苦悶等因素，也就可以釋然了，——他的某些短篇小說或者多少透露了自己婚戀生活的信息，而在《速寫二》、《鄰一》和《鄰二》等旅日散文中或隱或現的生命意識也許可以給人以聯想和印證。由此，我們可以窺得茅盾當年的婚戀道德觀念，以及他的擅長描寫女性心理的某些依據。也有的研究者不以為然，認為無論有怎樣的理由，婚外戀也是不足取的，更不能想當然地以反對封建道德規範的名義給予肯定和讚譽，傳統道德中誠然有陳舊的一面，但也有合理性的一面，維護婚姻的嚴肅性是社會生活的準則之一。大家一致的意見是，應該弄清事實真相，這對於深入研究茅盾及其創作是必要的。

（《山東師大學報》1988 年第 4 期）

後　記

　　1978 年 5 月，經過一番努力，我得以從高校的行政部門調至專業單位，到《山東師大學報》（人文社會科學版）從事編輯工作，主要編輯中國現當代文學、文藝學等學科的學術文稿。

　　在自己感興趣的專業領域工作，是我留校時即有的願望，然而陰差陽錯，留校後卻被分配到校政治部幹了幾年的秘書工作。秘書工作通常被認爲是重要崗位，可以有較好的仕途，而當時的政治部主任吳毅光（一位「三八式」的老幹部，謹祝他的在天之靈安息））確實對我也不錯，但我卻難以適應。整日在事務堆裡打雜姑且不說，最讓人撓頭的是人際關係。雖然高校的行政部門與社會上的行政機關不同，但行政化傾向也十分嚴重，算得上是半個官場，而官場的人際關係實在複雜，有人稱之爲關係學，據說是一門很高深的學問，是從政者必懂必通的，但我卻不諳此道，也不想鑽營此道。以我書生氣的性情，向來恪守堂堂正正做人的原則，對於那種曲意逢迎、趨炎附勢的世俗行徑，內心裡不僅格格不入，而且總是十分厭惡，深感那是對人格尊嚴的自我貶損。「安能摧眉折腰事權貴，使我不得開心顏！」自幼即接受的這種文化薰陶，於我已是深入骨髓、無可改變了。也許正是這種不合時宜的書生氣，注定了自己並非從政的「料」。這點自知之明，是我在近 5 年的工作實踐中得到的，它使我下定了放棄從政的決心。儘管當時不少人對我的選擇感到惋惜，但我一直深感慶幸和欣慰：仕途不是個人所能左右，學術上的發展卻大致可由自己決定，況且，在專業領域裡人際關係相對而言也要單純得多。離開官場，我的心態輕鬆多了。

　　學報作爲學術期刊，要求編輯人員具備較深厚的文化素養和較高的專業

水平。由於編輯人員通常須承擔幾個學科文稿的編輯工作，也就要求在幾個
學科裡達到相應的專業水平，有較廣博的專業知識結構。這一點，是與一直
從事某一專業教學和研究的高校教師不盡相同的。既然要求學報編輯知識廣
博，也就往往難以專深，有的老編輯之所以被稱作雜家，大致即由此而來。
當然，這只是就一般情形而言，實際上學報編輯只要抓住某一專業不放，勤
奮耕耘，持之以恆，也還是可以有所成就，成為專家的。改革開放以來，學
術期刊界一再倡導學術編輯學者化，就是由此而發。編輯學者化，無疑是提
高刊物學術質量的基本保證。否則，以其昏昏，何以昭昭？編輯如果對所編
文稿的學術價值無從判斷，又怎麼能夠進行準確地篩選呢？正是在個人興趣
和工作需要的雙重因素制約下，使我進入編輯角色後即走上了學術道路。在
努力履行本職工作的前提下，為了提高自己的專業水平，我一方面抓緊進修，
於上世紀 80 年代初完成了中國現代文學專業的研究生課程；一方面筆耕不
已，在中國現當代文學這塊園地裡留下了隱約可辨的步履。從最初的文學欣
賞開始，到對新時期作家作品的評論，再到對現代作家作品和文學思想的研
究，走出了一條治新文學者通常走過的路子。筆耕的收穫，除了幾本書外，
就是發表在各種刊物上的文章了，或逾萬言的長篇論文，或千把字的名作點
評，發表後即丟在了一邊。天長日久，有些東西到後來連自己也記不清了。
前些年，即有友人建議我把它們選收結集出版，理由是讓它們散佚未免可惜，
況且這對評定正高職稱還可增添籌碼。朋友的好意我是領會的，但對出版集
子卻頗為躊躇。我的這些東西真的值得結集出版麼？我說不準。再說，我先
後承擔了山東省教委支持的幾個研究課題，有些發表的文章就是屬於課題之
中的，總想首先把課題寫成專著出版。至於評定職稱，恕我直言，在人際關
係越來越重要的社會環境下，你的成果籌碼固然重要，但似乎並不那麼重要
了。而若真按成果評審的話，實在說我已有的東西也足夠了，這是我可以自
信的。這樣，出集子的事也就拖延下來。

　　正所謂時光如流，轉瞬即逝，不知不覺間人類已進入 21 世紀，本人也逾
知天命之年。屈指算來，自己的治學生涯竟有了 20 幾個年頭。20 幾年裡究竟
幹了些什麼，似乎也該清理一番了。說來慚愧，籌畫已久的專著，由於種種
原因迄未成稿，而如何處理已發表的一大堆文章的問題，則又一次擺在了面
前。我開始考慮整理舊作，擇選出集子的事了。這倒不是因為現在我以為這
些東西有多大的價值，而是覺得它們畢竟是自己耗費了多少個日夜的結果，

選些勉強拿得出手的東西編集出版，也可算是心理上的自我慰藉和補償罷，如同母親眼裡的孩子一樣，即使孩子再醜，但在母親看來也是可親可愛的，這大概就是人們常說的敝帚自珍了。至於它們究竟對讀者會有多少益處，本人實在不敢妄言。所可自信的，是未嘗敢粗製濫造，敷衍成篇，即使是為最熟識的刊物撰文也從不馬虎，嚴謹紮實、認真細緻乃是本人一向自律的治學箴言。予生也不敏，較之那些才高八斗、揮筆成章的研究者，常常自歎弗如。所可自慰者，是未嘗在學術研究中盲目跟風，隨波逐流，當然也決不抱殘守缺，墨守成規。努力於吸納新觀念、新思潮、新方法，儘可能完備地佔有研究資料，取精用宏，求真務實，言之有據，持之有故，乃是自己一直堅守的治學信條。那種見風是雨，唯新是摹，生吞活剝後即作天馬行空、不著邊際的驚人之語的作派，那種對研究對象一知半解、對某一專題研究的歷史和現狀茫然無知，卻敢於妄加評判的行徑，是絕不可取的。同時，由於生性使然，或許也由於職業的緣故，行文中我總是十分注重於文字的嚴密和規範，本來頗順暢的思路，常常因為詞句的推敲而卡殼，甚至為一字之立而斟酌再三。這種雕章琢句、咬文嚼字的習慣只能事倍功半，但卻避免了拉雜拖沓之弊，使文章較少廢話和水分。人們常有悔其少作、舊作之說，如此一來，在我倒是幾無所悔的。話再說回來，出集子當然更不是為了評職稱。謝天謝地，經過一輪又一輪的折騰，幾年前我總算有了應該屬於自己的正高職稱。職稱曾被認為是專業水準的一種標誌，但在今天卻越來越貶值了。此中況味，不說也罷。

　　翻檢舊作，感慨良多。儘管本人非下筆萬言、立馬可待的才子，但因筆耕未輟，日積月累，粗粗算來已發表的文章居然達 100 餘篇。它們大致可以分作三大類，第一類是中國現當代文學研究和評論的，第二類是文學賞析和教學研究的，第三類是編輯學研究的。如果分類結集的話，那是可以編選成幾本集子的。以常情論，像我輩治新文學者，擴而大之治人文社會科學者，似乎能夠發表出版些東西，有個高級職稱，在圈內多少有點影響，也就可以算是事業有成，可以心安理得了。然而只要深究一下，你那些東西究竟於社會有多少益處，於國計民生有何幫助，事情恐怕就另當別論了。常聽治人文社會科學者自嘲道，他的論文除了自己看和編輯看，大概再沒人看了（評職稱固然需要論文，但評審時卻未必有人看）。這話也許不無誇張，但也道出了部分實情。你孜孜矻矻、絞盡腦汁撰就的論文，既然很少有人關注，那麼其

效益又從何談起？這不能不說是治人文社會科學者的悲哀。農民種田，工人做工，自然科學工作者搞創造發明，皆可以直接造福於人類。相形之下，人文社會科學工作者儘管總體上可以貢獻於人類文化和文明，但具體到某個平凡的研究者，其影響力恐怕就十分式微了。你費心勞神地出版的東西，說不定就是在浪費紙墨。如此說來，真不知我輩的價值何在了。「今我何功德，不曾事農桑。」面對古人的反躬自省，我輩真該汗顏了。

　　然而既然幹上了這一行，也就只能按照行內的規則行事。所謂在商言商，我們是在文言文，儘管價值難論，但心猶不甘，經過篩選的集子還是要出的。收在本書中的篇什，即是上述第一大類中關於茅盾研究的論文，全是學術刊物上發表過的，其中多篇曾獲山東省社會科學優秀成果獎。說到我對茅盾研究情有所鍾，還是始於 80 年代初，這大概是出於與研究對象之間有著某些契合點的緣故吧。從 1983 年第一次全國茅盾研究學術討論會起，歷次學術討論會我幾乎都參加了。在我看來，儘管這些年茅盾備受冷落，茅盾研究也處於低谷，但無論流行的文學思潮怎樣變化，無論茅盾及其創作存在著怎樣的局限性，茅盾作為現實主義文學中可稱之為社會分析派的傑出代表，作為長期引領新文學主流的靈魂式人物之一，其現代文學大師的地位是當之無愧的。茅盾研究當然可以見仁見智，說長道短，當然應該不為尊者諱，不為成說囿，但總要褒貶有據，求真務實。面對茅盾這樣一個巨大的文化存在，一座蘊藏豐厚的高山，我的研究只能算是在它的幾個側面作了點挖掘工作而已。這幾個側面，即是我所確立的以往較少研究的幾個專題，正好作為幾個專輯收在這本集子裡。這就是，第 1 輯：「茅盾早期的新女性觀及其與時代女性」；第 2 輯：「茅盾早期的新文學觀與俄國文學」；第 3 輯：「茅盾與新文學的民族化和現代化建設」；第 4 輯：「茅盾散文和歷史小說片論」；第 5 輯：「茅盾研究突破芻議」。這幾個專題研究，大都曾列入省教委支持的項目，也曾計劃擴充成專著出版，但時移事易，終未如願。唯其如此，儘管本書為論文結集，不免在資料的運用上出現重覆，但由於各輯中的論文有著內在聯繫性，雖不如專著那樣嚴密緊湊，卻還不至於太雜亂無章。書名題為「走近茅盾」，無非是說我的研究僅僅縮短了與茅盾之間的一點距離而已。真正認識茅盾，當然還有長長的路，還得繼續向前走的。

　　中國現代文學研究會副會長、山東茅盾研究會會長、博士生導師朱德發先生在百忙中為本書作序，多有褒揚，這當然是在鼓勵。朱先生是我讀大學

時的老師，多年來在學術研究上對我幫助甚大，本書中多篇論文曾接受過他的指導，個別論文是我們合作（由我執筆）完成的。在我懈怠時，每每念及先生旺盛的學術爆發力、銳意創新的執著追求和不知疲倦的治學精神，就會爲之一振。藉此機會，謹向他表示誠摯的謝意。

　　本書中的一些論文在撰寫過程中曾參考過茅盾研究專家和同仁的成果，《茅盾研究》、《文史哲》、《山西大學學報》、《東嶽論叢》、《山東社會科學》、《齊魯學刊》、《山東師大學報》等學術刊物都曾發表過論文，這裡一併表示感謝。限於學識，本書錯訛之處在所難免，期待著方家的批評指正。

翟德耀
2001 年 3 月初於泉城